KB053696

낙도

낙도 하근찬 전집 5

초판 1쇄 발행 2022년 11월 12일

지은이 하근찬
펴낸이 강수걸
기획실장 이수현
편집장 권경옥
편집 오해은 신지은 김소현 이선화 이소영 강나래
디자인 권문경 조은비
펴낸곳 산지니
등록 2005년 2월 7일 제333-3370000251002005000001호
주소 부산시 해운대구 수영강변대로 140 BCC 613호
전화 051-504-7070 | 팩스 051-507-7543
홈페이지 www.sanzinibook.com
전자우편 sanzini@sanzinibook.com
블로그 http://sanzinibook.tistory.com

ISBN 979-11-6861-102-3 04810
ISBN 978-89-6545-749-7 (세트)

* 본 전집은 백신애기념사업회가 일부 영천시민들의 도움을 받아 제작되었습니다.

하근찬 전집 5

낙도

산지니

밑바닥을 향한 진실한 시선

세상은 속도에 차이는 있겠지만 늘 변해왔다. 그 변화에 사람들은 순응하기도 하고 저항하기도 하면서 발걸음을 맞춰왔다. 좋은 작가에게 우리가 거는 기대가 있다면, '새로운 눈'으로 세상의 변화를 보여주는 것이다. 작가가 보여주는 세계는 새로운 세상의 창조와 같다. 작가가 개성적으로 바라보는 창조적 관점은 세계에 새로운 옷을 입히는 것과 같기 때문이다.

하근찬은 한국전쟁 이후의 상처를 민중의 관점에서 어루만지면서 '치유의 서사'를 펼쳐 보인 좋은 작가다. 그는 전쟁 이후의 혼란한 세계 속에서 '새로운 눈'으로 창조적 소설 작품을 써낸 존재다. 진실을 향한 집념을 가진 작가는 좋은 작품들을 남긴다. 하근찬은 '새로운 눈'과 '진실을 향한 집념'으로 사실의 기록자에 머물지 않고 진정한 창작자가 되었다.

작가는 맑고 정상적인 눈을 가져야 한다. 건강한 눈으로 항상 세상을 골고루 넓게, 그리고 똑바로 바라보아야 한다. 똑바로 바라본다는 것은 바꾸어 말하면 어떤 현상의 밑바닥에 흐르는 진실을 꿰뚫어 보아야 한다는 뜻이다.

세상을 골고루 넓게 바라보는 것도 중요하지만, 똑바로 바라보는, 즉 꿰뚫어 보는 안광이 작가에게는 더욱 중요하다. 그렇지 않고서는 세상이 빚어내는 갖가지 일들의 의미를 파악할 수가 없는 것이다.(하근찬, 「진실을 꿰뚫어야 하는 안광(眼光)」, 『내 안에 내가 있다』, 엔터, 1997, 274쪽.)

하근찬은 세상을 바라보는 '눈'에는 두 가지가 있다고 보았다. 하나는 '세상을 골고루 넓게' 바라보는 눈이고, 또 하나는 '세상을 똑바로' 바라보는 눈이다. 그렇다면 작가가 강조하는 '똑바로 바라보는 눈'이란 무엇일까? 그것은 나타나는 현상에만 머물지 않고, 그 현상의 밑바닥에 있는 원인을 꿰뚫는 혜안을 말한다. '사건이 있었네!'에서, '왜 이 사건이 일어났을까?'라고 질문하는 탐구정신이기도 하다. 하근찬은 '바로 본다는 것'은 보이는 것에만 시선을 두지 않고, "밑바닥에 흐르는 진실"을 밝히는 것이라고 했다. 진실을 위해서는 깊이, 그리고 많이 생각해야 하고, 현상 이면에 담긴 원리와 작용하는 힘을 밝혀내는 노력을 해야 한다.

하근찬은 밑바닥에 흐르는 진실을 탐구한 작가였다. 웅숭깊은 그의 이 시선과 거룩한 문학적 성취는 한국문단에서 보기 드문 문학적 자산이다. 그럼에도 그의 문학세계를 전체적으로 살필 수 있는 전집이 없었으며, 참고할 만한 좋은 선집도 간행되지 못했다는 것은 참으로 안타까운 일이었다.

하근찬 탄생 90주년을 맞아 구성된 '하근찬 문학전집' 간행위원회는 다음과 같은 목표를 설정하였다.

첫째, 하근찬 작품 세계 전체를 충실히 복원하고자 했다. 그간 하근찬의 소설세계는 단편적으로만 알려져 있었다. 하근찬의 등단작 「수난이대」는 일제강점기와 한국전쟁으로 이어져온 민중의 상처를 상징적으로 치유한 수작이다. 그러나 그의 문학세계는 「수난이대」로만 수렴되는 경향이 있었다. 하근찬은 「수난이대」 이후에도 2002년까지 집필 활동을 하면서, 단편집 6권과 장편소설 12편을 창작했고 미완의 장편소설 3편을 남겼다. 문업(文業)만으로도 45년을 이어온 큰 작가였다. '하근찬 문학전집' 간행위원회는 하근찬의 작품 세계를 '중단편 전집' 8권과 '장편 전집' 13권으로 나눠 총 21권을 간행함으로써, 초기의 하근찬 문학에 국한되지 않는 전체적 복원을 기획했다.

둘째, 하근찬 문학세계의 체계적 정리, 원본에 충실한 편집, 발굴 작품 수록을 통해 자료적 가치를 확보하려고 노력했다. 하근찬 문학전집은 '중단편 전집'과 '장편 전집'으로 구분하여 간행했다. 먼저 '중단편 전집'은 단행본 발표 순서인 『수난이대』, 『흰 종이수염』, 『일본도』, 『서울 개구리』, 『화가 남궁 씨의 수염』을 저본으로 삼았다. 이때 각 작품집에 중복 수록된 작품은 제외하여 편집하였다. 또한 단행본에 수록되지 않은 알려지지 않은 하근찬의 작품들도 발굴하여 별도로 엮어냈다. 이를 통해 전집의 자료적 가치를 높였다. 다음으로, 장편의 경우 하근찬 작가의 대표작인 『야호』, 『달섬 이야기』, 『월례소전』, 『산에 들에』 뿐만 아니라, 미완으로 남아 있는 『직녀기』, 『산중 눈보라』, 『은장도 이야기』까지 간행하여 전체 문학세계를 조망할 수 있도록 했다.

셋째, 젊은 세대들의 감각과 해석을 반영하여 그의 문학에 새로운 생명력을 불어넣고자 했다. 하근찬의 작품세계가 펼쳐 보이고 있는 한국현대사의 진실한 풍경들도 젊은 세대들에 의해 읽히지 않으면 의미가 반감될 수밖에 없다. 하근찬 문학의 새로운 해석의 발판을 마련하기 위해, 젊은 연구자들의 충실하고 의미 있는 해설을 덧붙였다. 또한, 개작, 제목 바뀜, 재수록 등을 작품 연보에서 제시하여 실증적 가치를 높이기 위해서도 노력했다.

한 작가의 문학적 평가는 전집이 간행되었을 때 비로소 그 발판이 마련된다고 한다. 1957년에 등단, 집필기간만도 45년의 문업을 이루어 온 장인적 작가에 대한 본격적 연구의 발판이 60여 년이 지난 이제야 비로소 마련되었다는 것은 안타까운 일이다. 하근찬의 문학세계에 대한 새로운 조명이 2021년 문학전집 간행과 함께 활기를 띨 수 있기를 기대한다.

2021.10.
『하근찬 문학전집』 간행위원회
송주현 · 오창은 · 이정숙 · 이중기 · 장수희

일러두기

1) 『하근찬 중단편전집』과 『하근찬 장편전집』은 하근찬의 소설세계를 일반 독자들에게 널리 소개하고, 그 문학적 의미가 현대적으로 재해석되도록 하는 데 목적이 있다.

2) 『하근찬 전집 5 낙도』의 작품 수록 순서는 발표된 순서에 따랐으며, 출전을 작품의 끝부분에 밝혀두었다.

3) 『하근찬 전집 5 낙도』에 수록된 소설들은 작가 생전에 단행본으로 묶어내지 않은 작품들이다. 발표 시기는 1957년부터 1965년까지이다. 작가가 첨삭·가필·개고한 「산중 우화」(원제 「산 까마귀」, 《새벽》, 1960. 7)와 「낙도」는 『현대한국문학전집 13』(신구문화사, 1967)을 저본으로 삼았다.

4) 발표 당시의 시대 분위기를 살리기 위해 일부 방언과 비표준어도 그대로 살렸고, 필요한 경우 각주로 처리했다.
   예 : 뒷겉봉(봉투의 뒷면), 탈치다(채다), 나꾸채다(낚아채다), 알프리(얇다), 까므잡잡(까무잡잡), 추럭(트럭), 팔뚝시계(손목시계) 등.

5) 작가가 지문에서 사용한 방언과 비표준어는 작품을 훼손하지 않는 범위 내에서 현대어로 바꾸었으며, 작가가 의도적으로 구분해서 사용한 '목덜미'와 '목줄기'는 그대로 살렸다.

6) 작가 고유의 표현은 그대로 살렸다.
   예 : 오리막(오르막), 고깃전(어물전), 변솟간(변소), 동넷방(동네 방), 생각키는/생각히는(생각나는) 등.

7) 한 작품에서 같은 뜻의 단어를 표준어와 비표준어 또는 방언을 혼용해서 사용한 경우에는 하나로 통일했다.
   예 : 뒤안/뒤란 → 뒤안, 복받치는/북받치는 → 복받치는, 무신/무슨 → 무슨, 잘몬/잘못 → 잘못, 부시시/부스스 → 부스스, 돋우다/돋구다 → 돋우다 등.

8) 다음과 같은 표현은 어법에 맞게 수정했다.
   예 : 소중스리 → 소중하게, 뭐라고든지 → 뭐라든지, 칭칭하게 감은 → 칭칭 감은, 그리고 나서 → 그러고 나서

9) 영어 표현의 경우 현행 '외래어표기법'에 따르는 것을 원칙으로 했다.

차례

낙뢰

"그 부모네가 어떻겠능교, 대체."

삼[麻]을 가르던 손으로 이마에 내배인 끈적끈적한 땀을 훔치면서 돌메댁이는 곧 한숨이라도 쏟을 듯이 뇌까렸다. 그러나 누리쩝쩝*(혈색이 좋지 못해 거칠어 보이는 상태)한 얼굴의 어느 구석에도 그늘 같은 것이 깃들어 있지는 않다. 노실댁이도 목덜미로 흘러내리는 땀줄기를 씻어내며,

"기가 차고말고."

하였다.

"환장 안 하겠능교 그죠?"

"환장할 노릇이지, 허지만 우야능게, 죽고 사는 것이 다아 팔자소간인데……."

"아들이 며치나*(몇이나) 되능가예?"

"그것 하나뿐이라지, 아마."

"헤헤이 저런! 쯧쯧쯧."

돌메댁이는 콧잔등이에 곰실곰실 주름살을 잡는다.

"자고로 보면 대개 독자가 그런 변을 당커든."

"……."

"와 그렁고 모르지."

"……."

"멕 감다가 빠져 죽는 것도 보면 대개가 다 남의 집 독자 아니덩게."

"어디 그렇덩교, 내사."

돌메댁이는 속이 왈칵 덜 좋은 것을 어쩌지 못하여 가뜩이나 큰 입을 곧장 실룩거린다.

다수굿이*(다소곳이) 앉아서 일손만 놀리고 있던 노실댁의 며느리 분님이가 얼른 눈치를 채고 시어머니더러

"베락이 치는데 뭐 하로 고목나무 밑에 들어섰덩고예?"

하고, 말머리를 돌렸다.

"그게 다아 그래 죽으라는 팔자 아니가, 고목나무 밑에 들어선다고 다 어디 베락 맞나."

"나무가 대밭골 어디쯤 있는데예?"

"마실 앞에 못이 있제?"

"예."

"그 못뚝에 와 안 있더나."

"하아 그 낭게*('나무'의 방언) 떨어졌구만예, 뭐 하로 거기 들어섰덩고 어리석구로."

"거기 안 들어서도 소용없다. 죽을 사람은 우애도 죽니라."

"……."

"염라대왕이 딱 알고 안 있나, 아무 날 아무 시에 아무를 잡아가기로 딱 되어 있는데 뭐, 여축없지*('깔축없다'의 방언. 조금도 부족하거나 남는 것이 없다)."

"흑."

분님이는 큭! 밀려 나오는 웃음을 얼른 입술로 다스려버린다.

저쪽 마룻바닥에 배를 깔고 엎드려서 책을 읽고 있던 영기가

"어무이는 또 시시한 소리하네, 곧이듣는 형수나 어무이나……에이구 참."

하고, 고개를 쩔레쩔레 내흔든다. 그 바람에 분님이는 참았던 몫까지 소리 내어 까르르 웃는다.

부루퉁하고 앉았던 돌메댁이도 밸이 저으기*('적이'의 비표준어) 풀리는 듯

"고동핵교 학상 앞에서 어디 염라대왕이 당능교."

한마디 뇌까리고는 떠들썩하게 웃어댄다. 노실댁이 역시 따라 웃지 않을 수 없었다. 땀이 줄 쏟아졌으나 그래도 시원해 보였다.

이제 우기(雨氣)는 말끔 가시었나 보다. 질질 끌어오던 장마가 활짝 걷히고 나니, 날씨가 여간만 상쾌하질 않다. 여름날치고 하늘이 저렇게 청명할 수가 있을까. 꼭 물속을 들여다보는 듯한 느낌이다. 먼 산들은 새파랗게 돋아나 보이고, 좍좍 쏟아져 내리는 햇빛 아래 들녘은 어디를 둘러보나 온통 생기가 펄펄 넘친다. 마당 안으로 쏟아져 내리는 두터운 햇빛은 어느덧 질컥한*(물기가 많아 매우 차지고 질다) 흙을 말려나가고 있다. 울타리 주변이나 돼지우리 근처가 아직 질금거릴 뿐, 뜰 가운데서부터 마른 땅이, 지도 같은 모양으로

번져나간다. 빗물이 들어 흥건한 우리 속에서 지금 암톳*('암돼지'의 방언)이 야단스럽게 쏘대쌓는다. 대가리를 바깥으로 내밀며 용을 쓸 때마다 우릿간 막대기가 휘청휘청 곧 부러질 것만 같다.

"돼지가 와 저캐쌓노?"

온몸에 땀이 끈적끈적해서 모시적삼을 가볍게 벗어내며 노실댁이는 돼지우리 쪽으로 눈을 던졌다. 돌메댁이도 뻐득한*(뻣뻣한) 삼베적삼을 홀렁 벗어던지며

"억씨기 덥네, 자네도 좀 벗지."

하고, 분님이를 돌아다본다. 그러나 분님이는 양쪽 소맷자락을 걷어붙여 피등피등*('피둥피둥'의 비표준어)한 팔뚝을 드러낼 뿐, 뿌듯한 젖가슴을 헤쳐 낼 수는 없었다.

"아가! 돼지 죽 좀 조옷나?"

"예, 아까 줬심더."

"그럼 와 카노, 암새*('발정'의 방언)라도 냈능강? 영기야! 니 점심 묵고 돼지막*('돼지우리'의 방언) 좀 쳐라 잉?"

"……."

영기는 책에다 눈을 떨어뜨린 채 아무런 대답이 없다.

"잉?"

"내가 우애 치노."

"대강 물이나 좀 퍼내라마, 너거 형이사 공부해도 안 그렇더라."

"집의 영호사 글 좋고, 일 잘하고, 어디 나무랠 디가 있능고."

돌메댁이의 말이 떨어지자 분님이는 귓바퀴를 살짝 물들이면서, 괜히 마른코를 한 번 훌쭉 들어마신다*('들이마신다'의 영천말).

"일이사 와요, 집의 만복이가 황소 아닝게."

"황소면 뭐 하능교, 눈앞에 없는 걸······."

"우리 영호도 벌써 소식 없는 지가, 보자······ 다섯 달이 넘느마, 피차일반 아닝게."

"아이구 그래도 집이사 작은아들도 있고, 며느리도 있고, 영감도 안 있능교오, 말 마세이!"

돌메댁이는 금세 콧잔등이 시근해지며

"우리이 만복이느―은 간 지 이후로 소식도 없고오오 사람의 한 세상이이이 지랄이지이 지랄이여― 어!"

수심스리*('수심스럽다'의 영천말) 넋두리를 시작한다.

"아이구 돌메댁이도, 와 카능게, 그카지 마소."

노실댁이의 말을 이어 영기도 듣기가 안됐는 듯

"지낸 달에 휴전이 성립했으니까 인제 곧 휴가 올 낍니더."
하였다.

분님이는 약간 더 앞으로 고개를 숙일 뿐 아무 말이 없다.

"영감쟁이이이 죽은 뒤로오오 아들 하나아아 믿고설랑!"

밖에서 인기척이 없었더라면 돌메댁이의 청승궂은 신세타령은 언제 그칠는지 모를 뻔했다.

마침 그때

"이 집이 김성주 씨 댁이죠?"
하는 소리가 들려온 것이다. 편지였다.

"예, 그렇심더."

영기는 훌떡 뛰어 일어났다. 노실댁이는 어느새 모시적삼에 한쪽 팔을 끼고 있었고, 돌메댁이는 뻐득한 삼베적삼을 아무렇게나 어깻죽지 위에 갖다 얹어버렸다. 분님이는 끼드득 웃어지는 것을 참

느라고 고개를 저쪽으로 돌려버린다. 배달부 역시 멋쩍은 듯 대나무 사립문에 봉투를 끼워놓고, 얼른 돌아서 나간다.

영호의 편지였다. 다섯 달이 넘도록 소식이 없던 아들의 편지인지라 노실댁이는 눈이 번쩍 뜨이는 듯했다.

"여내*('역시' 혹은 '아직도'의 영천말) 그 부대가?"

손에 들었던 삼 다발을 내던지기가 바쁘게 영기의 무릎 앞으로 바싹 다가앉는다. 분님이도 한 걸음 앞으로 다가들다가 말고, 귓바퀴를 발갛게 붉혀버렸다. 어느새 손에서 떨어져나간 삼 다발을 도로 집어 들기는 했으나, 손가락이 제멋대로 노는 듯 삼오리가 곱게 째지질 않는다. 돌메댁이 역시 일손을 멈추고, 영기의 손에 쥐어진 편지를 물끄러미 바라본다.

"그 부대 맞네, 여내 인사과에 있구만."

영기는 봉을 뿌욱 찢어 알맹이를 끄집어냈다.

"야야 째질라 곱게 해라."

노실댁이는 혹시나 편지가 다칠 새라 저으기 마음이 씌는 것이다.

영기가 소리를 내어 편지를 읽기 시작하자, 사방은 물속처럼 고요해진다. 아버님전상서—로 시작된 글발이 듣기에도 제법 그럴듯하게 미끄러져 나가자, 노실댁이는 무거운 짐이라도 내려놓은 듯 어깨를 들먹이며, 그러나 조심스레 후유— 하고 숨을 내쉬었다.

—돌아오는 추석 경에는 일차 휴가를 가게 될 것이라 생각하나이다. 여쭐 말씀은 여산여해이오나 그 시에 다 사뢰옵기로 하고 금일은 이만 붓을 놓겠나이다. 아버님 어머님의 옥체 일향만강 하시옵소서.

이런 투의 편지가 끝이 나자, 모두들 조심스러웠던 숨을 마음 놓고 몰아쉰다. 노실댁이와 분님이의 숨소리는 한결 부드러웠으나, 돌메댁이의 숨결은 찌뿌듯한 날씨처럼 무겁고 거칠었다. 노실댁이는 두 눈구석에 빚어진 물기를 손으로 찍어내며

"각시점쟁이 말이 우얘 그래 용노, 이 달이나 홋달 새 꼭 사람이 올 끼라더니…… 사람이 온 기나 마찬가지 아니가 관셈보사알."

하였다.

"대밭골 점쟁이 말잉교?"

돌메댁이는 귀가 솔깃한 모양이다.

"맞구마, 그 점쟁이가 각시점쟁이 아닝게."

"언제 갔덩교?"

"얼매 안 됐구마, 보자…… 지낸달 그믐껭강."

"그 마실에 베락 떨어지기 전이구만예, 그럼."

"전이구마, 베락이사 어디 메칠 됐는게, 꿈자리가 하도 시끌시끌해서 안 가봤덩게, 참 용체 용해."

"나도 요 메칠 꿈자리가 어찌 지랄같은 지…….."

"그럼 한 번 가보소와, 백 환만 놓면 돼누마."

노실댁이의 말이 떨어지자 영기는 흐흥! 하고, 코로 힐쭉 웃었다.

분님이는 오줌이라도 마려운 듯 살포시 떨고 일어나 신을 끌고 뜰로 내려선다.

"아가! 점심때 됐제?"

"됐심더, 점심 채리까예?"

"그래, 너거 아버이 상만 채리고 우리사 아무따나*('아무렇게나'의 방언) 한 숟깔 묵자, 영기야! 니 논에 좀 나가 보래, 가서 점심 잡수로 오시라 캐라."

"으으윽!"

영기는 편지를 손에 든 채 일어서서 기지개를 늘어지도록 킨다. 돌메댁이도 삼 다발을 한쪽으로 밀어치우고 하품을 하며, 적삼을 주워 입는다.

"갈라 카능게? 마아 여기서 아무따나 한술 뜨소 와!"

"냄이란 년 밥도 좀 찾아주고, 잠간 갔다 오께요."

품을 들면 점심은 그 집에서 먹기로 마련인 것이다. 돌메댁이 역시 종전에는 번번이 그래 온 터이다. 그런데 어찌된 심사인지 오늘은 기어이 일어서고만 싶었다. 집에 가봐야 할 일이 꼭 있는 것만 같았다. 사람에게는 더러 그렇게 마음이 씌는 때가 있는 법이다.

"냄이도 일로 안 오고……."

"귀찮구로 뭘예."

"돌메댁이도 공연히 친정 졸갱일*(딸린 곁가지) 데리다 고생이구만, 남의 자식 거둬봤자 아무 소용 없구마."

"그래도 우야능교, 애비 에미 없는 자식을."

돌메댁이는 치마폭을 툭툭 털면서 일어서고야 만다.

사립문을 나서서 채마밭*(채소를 심어놓은 밭)을 돌아 개골창을 하나 뛰어넘으면 거기 두 칸짜리 오돌막집*('오두막집'의 방언)이 돌메댁이네 집이었다. 마당가에 옥수수가 성기게 심어져 있을 뿐 이렇다 할 울도 없었다. 그래도 방문 옆 기둥에는 다른 집과 진배없이 본적과 주소와 그리고 식구의 성명, 연령을 적은 판자 쪽이 달랑 나붙어 있다. 반(班)을 통해서 나온 문패였다.

뜰방*('뜰'의 전북 방언) 가마니때기 위에 배를 깔고 납작 엎드려서 냄이는 지금 한창 색색 곯아떨어졌다. 한쪽 볼따구니를 깔고 문대며, 멀건 침을 찔 흘리고 있다. 잠방이*(가랑이가 무릎까지 내려오도록 짧게 만든 남자용 홑바지)만 꿰찬 꼬락서니가 흡사 짐승새끼다. 코밑이나, 입언저리에는 파리 떼가 까아맣게 엉겨 붙어서 떨어질 줄을 모른다.

"또 디베져 자능구나, 고마 일어나아라! 야야."

돌메댁이는 신발채로*(신발을 신은 채로) 냄이의 옆구리를 건드리다가

"익! 이기 뭐고?"

깜짝 놀란다. 냄이의 머리맡에 참으로 꿈같은 것이 놓여 있었던 것이다.

"편지 아니가! 편지!"

돌메댁이는 누가 빼앗기라도 하는 듯이 부리나케 가서 그것을 덮쳤다. 틀림없는 편지였다. 노실댁이네 집에서 본 영호의 편지와 다름없는 봉투편지다. 봉투가 영호의 것보다 매끌하고 커 보인다. 그 대신 두께는 훨씬 얄팍하다. 얄팍한들 무슨 상관이 있으랴. 돌메댁이는 두 눈에 뜨거운 것이 핑 돌았다. 기가 막히게 좋았다. 눈뜬장님이 거기에 쓰여 있는 글자사 알아볼까마는 돌메댁이는 곧장 앞뒤를 번갈아 제껴본다*('뒤집어본다'의 방언).

"이쪽은 멋지게 척척 갈겨썼고 이쪽은 디이기 얌전케 박아 써놓았네, 히! 보자…… 최, 만, 보, 기, 틀림없제, 참 자알 썼다, 누가 썼능공?"

돌메댁이는 뒷겉봉*('봉투 뒷면'의 영천말)에 인쇄되어 있는 '육군본부'라는 네 글자를 한 자 한 자 손가락으로 짚어보고, 울렁거리는 가슴을 감당할 수가 없어 연방 콧구멍을 벌름거리며 헤벌레 웃어

쌓는다. 잠시 어쩔 줄을 모르다가

"얼른 가보자, 뭐라고 했능강 얼른 좀 읽어 봐 달라캐야지, 히!"

돌메댁이는 들먹이는 어깻죽지를 마구 우쭐대며 옥수숫대 사이로 빠져나가, 개골창을 냉큼 뛰어넘는다. 한 손에 소중하게 편지를 들고, 다른 손으로 치맛자락을 불끈 치켜 올린 돌메댁이는 궁둥이를 좌우로 흔들어대며 뒤뚱뒤뚱 잘도 달려간다.

"헤이 치! 우리도 왔네구마, 왔어, 우리 만복이한테서도 왔다니까, 히! 전장에 나간 지 보자…… 삼 년 만이제, 억씨기 기다렸띠 겨이*('기어이'의 영천말) 왔네, 겨이 왔어, 얼씨구절씨구!"

돌메댁이는 허벅지가 뻐근했으나 뻐근한 줄을 몰랐고 숨이 가빴으나 가쁜 줄을 몰랐다. 가슴패기로 쏟아져 내리는 땀줄기도 한결 시원하기만 했다.

"우리도 왔구메이!"

노실댁이네 사립문을 들어서기가 바쁘게 돌메댁이는 소리를 질렀다. 노실댁이는 무슨 말인지 영문을 몰라 어리둥절하다가, 돌메댁이의 손에 편지가 쥐어진 것을 보자

"에이구! 집에도 왔능게."

하였다. 부엌에서 점심상을 차리고 있던 분님이도 얼굴을 내밀며

"아이! 우야면 한 날에 두 집 다 편지가 왔을까이."

하고, 방그레 웃음을 짓는다.

논에 심부름을 간 영기가 돌아올 때까지 돌메댁이는 여간 조급증이 나지 않았다. 가져온 밥 소쿠리를 가운데 놓고 된장에 풋고추를 찍어서 몇 술 불룩거렸으나, 도무지 쓴맛도 단맛도 느껴지지 않았다. 기쁨도 겨우면 입맛이 달아나는 법인가 보다.

영기가 돌아오자 돌메댁이는 입으로 가져가던 숟가락을 얼른 놓아버렸다. 그리고 그가 미처 마루에 올라앉기도 전에 편지를 불쑥 내밀며

"우리도 왔다!"

하였다. 영기는 그것을 받아 들며

"보이소, 괜히 자꾸 걱정을……."

하다가 말고

"이거 뭐……?"

멈칫한다. 뒷겉봉의 '육군본부'라는 네 글자를 보았기 때문이다.

"이거 만복이한테서 온 거 아닙니더예."

"뭐라고?"

"만복이 편지 아니라예."

"와 아니라, 기이다, 최, 만, 보, 기, 넉 자 아니가."

"흑!"

영기는 코로 킥 웃고 나서, 아무렇게나 봉투를 뿌욱 뜯었다.

"야가 조심할 끼구만."

노실댁이는 아들의 거친 손놀림이 곧 위태해서 또 입을 댄다.

"개안쿠마."

영기는 한마디 툭 쏘아붙이고 나서, 알맹이를 꺼내어 눈으로 주욱 훑는다. 사랑에 점심을 들여보내고 나온 분님이도 뛰어와서 영기 곁에 도사리고 앉는다. 돌메댁이는 숨도 크게 못 쉬고 영기의 얼굴빛을 살피기에 여념이 없다. 편지를 훑어 나가는 영기의 미간에는 차츰 주름살이 패기 시작한다. 그러더니 그만 다물었던 입술을 짝 벌리고 만다. 노실댁이는 채 덜 씹은 입안의 것을 그냥 꿀꺽 삼

켜버리고, 숨소리를 죽인다. 돌메댁이는 식은땀이 등골을 타고 쭐 내려가는 것을 느끼며

"잉? 뭐라 캐났는데……."

하고, 바싹 더 다가앉았다. 영기는 어떻게 말을 했으면 좋을지 몰라

"음— 참."

라고만 했다.

"……?"

"와?"

숨 막히는 순간이 흘렀다. 마침내 영기는 퉁명스럽게 한마디 내 뱉고야 말았다.

"죽었구마!"

순간, 돌메댁이는 궁둥이를 들썩하며 벌떡 뒤로 넘어지다가 말 고, 분명히 짐승소리 같은 고함을 질렀다. 눈앞에 불이 번쩍, 했다. 면상을 한 대 야물게 얻어맞은 때처럼 세상이 온통 파아래졌다가 노오래진다.

"저런 일이 있나!"

노실댁이도 입을 짝 벌렸고,

"어마나!"

분님이의 두 눈도 휘둥굴 해졌다. 두 눈기슭이 파아랗게 질려가 던 돌메댁이는 별안간 목줄기에 핏대를 발끈 세우며

"지랄 안 하나, 그 자석! 죽긴 누가 죽었다 말이고, 누가!"

매섭게 쏘아붙이고, 영기의 손에서 편지를 확 탈쳐*('채다'의 방언) 버린다.

"지랄뻥 안 하나."

분함을 못 견디겠다는 듯 와들와들 떨면서 일어나 후닥딱 뜰로 내려선다. 뉘 신인지 알 바가 아니다. 아무것이나 발에 밟히는 대로 주워 신고 헐레벌떼 달려 나간다.

 "문둥이 자석! 지가 뭐 안다고, 지가 한문 글씨를 다 아능강? 자석."

 돌메댁이는 그 길로 편지를 들고 반장네 집을 향해 달려가는 것이었다.

 "허허 그것 참! 만복이가 죽었구만요."

 편지를 보고 난 반장은 입맛을 쩍쩍 다셨다.

 "참말잉교?"

 "예, 그것 참 안됐는데, 보자…… 4285년 9월이니까 일 년 좀 못 됐구만요, 죽은 지가, 근데 전사한 날짜가 없으니 이것 참 제사를 언제 지내야 돼노?"

 꽤 잠긴 목소리다. 돌메댁이는 무너지듯 그 자리에 풀썩 주저앉아버렸다. 이제는 다 살았다 싶었다. 하늘이 비잉 돈다. 땅이 한쪽으로 사정없이 기울어져 간다. 그리고 눈앞이 캄캄해져버린다.

 "어이구우—."

 돌메댁이는 어지럼증과 함께 오는 설움*('설움'의 비표준어)을 이제 어쩔 수가 없었다. 고래고래 울어 젖혔다.

 "진정하이소! 진정하이소! 이미 그래 된 걸 울면 뭐합니꺼."

 반장의 손이 와서 어깨를 흔들어대자 돌메댁이는 그래도 여기가 남의 집이라는 생각이 들었다. 무거운 몸뚱어리를 간신히 일으켜 사립문 쪽으로 비실비실 걸음을 옮기면서도 목구멍에서 터져 나오는 울음을 그칠 재주는 없었다. 반장이 돌려주는 편지를 거들떠보지도 않고 사립문을 나선 돌메댁이는 곧 엎어질 듯 엎어질 듯, 그러나 용케 집을 찾아가는 것이었다. 난데없는 울음소리에 달려 나온 동네 꼬마둥이들이 졸래졸래 그 뒤를 따라붙었다.

냄이는 아직껏 자고 있었다. 깔고 문대던 배를 이번에는 하늘로 불쑥 내밀고 사지를 활개 치듯 내던지고 있었다. 먹은 것도 없는 배통이 어쩌면 저렇게 볼록한지…… 얼굴에는 여전히 까아만 것들이 묻어 바글거린다. 세상이 어떤 지경이 되어 가는지도 모르고 뒤집어져 자고만 있는 냄이란 년을 보자, 돌메댁이는

"요년아! 인나라구마!"

하고, 발길로 냅다 볼기짝을 질러놓는다. 손바닥만 한 볼기를 여지없이 얻어 채인 냄이는 캑! 하고 두어 번 때굴때굴 뒹굴어가서 빨딱 일어나 앉으며, 곧 죽는 소리를 한다.

"울기는 요년이 앙!"

돌메댁이는 두 눈에 쌍심지를 세워가지고 냄이의 헝클어진 머리카락을 가서 덥석 나꾸채어*('낚아채다'의 영천말) 사정없이 흔들어댄다.

"죽인다 요년! 또 울래 또 앙!"

냄이는 눈에 불꽃이 튀는 것을 느끼며 두 눈을 찔끔 감고, 이를 야물게 깨물었다. 돌메댁이는 울음을 뚝 그친 냄이를 마당으로 힘껏 뿌리쳐버리고, 그 자리에 자기가 픽 주저앉아버린다. 주저앉아서 이제 본격적인 통곡을 시작하는 것이다.

"어이구 어이구 원통해라 원통해라아아."

울음소리는 나지막한 추녀 끝을 흔들어놓고, 하늘로 울려나간다. 개구리처럼 나가떨어진 냄이는 질겁을 하면서 마당가로 내달

아 수숫대 그늘에 가서 엎어져버린다. 마당 안에 들어섰던 꼬마둥이들이 놀래어 뿌루루 흩어졌다가 다시 살금살금 모여든다. 돌메댁이의 억척스럽게 쏟아지는 통곡소리와 냄이의 새파랗게 굳어드는 울음소리에 어울려 어디선지 매미들까지 시끌짝하게 울어댄다. 벌건 대낮에 난데없는 울음소리가 고요하던 마을을 발칵 뒤집어놓은 것이다.

아낙네들이 하나둘 모여들기 시작했다. 노실댁이도 뜰방 앞으로 다가왔고, 분님이도 수숫대 밖에 와 서서 행주치마로 코를 누르며 이쪽을 기웃거린다. 사람들이 모여들자 돌메댁이는 왈칵 더 쏟아지는 설음을 이길 수가 없었다. 눈물과 땀이 뒤범벅이 된 얼굴을 하늘로 쳐들며 입주둥이를 나발같이 불기도 했고,

"원통하고오 절통하다 으으으 아윽! 아윽!"

가슴패기를 주먹으로 벅구*(농악에 쓰이는 작은 북. 버꾸) 치듯 마구 두들기기도 했다. 손바닥으로 땅바닥을 예사로 후려갈기면서

"죽다니 죽다니 만복이가 죽다니이, 아이구—우!"

자지러질 듯 한숨을 내쏟기도 했다.

"하늘이 하는 일을 우야능게 참으세이, 참으세이, 관셈보사알."

노실댁이었다. 그리고 다른 이들도 제각기 한마디씩 위로를 한답시고 지껄여댄다.

"암만 울어도 소용없입띠더, 죽은 사람만 불쌍치."

"진정하이소예 진정하이소예."

"어디 혼자만 당는 일잉교, 세상이 다아 당는 일인데, 우지 마소, 우지 마소."

"살은 사람은 우째도 삽니더. 너무 그카지 마이소. 몸만 상느마."

이런 말들에 이어

"베락 맞아 죽는 사람보다사 안 낫능교, 나라를 위해서 죽었으니까예."

하는 사람도 있었다. 돌메댁이는 도무지 성가셔서 속이 왈왈거리기만 했다. 그래도 자꾸들 뭐라고 뭐라고 재재거려쌓는 바람에 간이 팍 뒤집어지며

"가소! 가소! 내사 울기나 말기나 와요?"

하고, 패악스럽게 쏘아붙였다. 고약한 일이다. 아낙네들은 슬금슬금 자리를 뜨는 수밖에 없었다. 몇몇 꼬마둥이들만이 끝내 지키고 서서

"냄이 저거 함매*('할머니'의 영천말) 참 잘 운다 그쟈?"

"소리 참 크다 잉?"

"땅바닥을 와 막 때리노?"

이런 말들을 속살거린다. 냄이는 어느덧 울음을 그치고 눈을 휘둥굴 해가지고 할매의 우는 양을 바라보고 있다. 이따금 깔딱깔딱 깔딱질*('딸꾹질'의 방언)을 한다.

별안간 옥수숫대 몇 개가 우지끈 부러져 나자빠진다. 개골창을 저벅저벅 건너온 돼지란 놈이 대가리로 떠밀어버린 것이다. 나자빠진 옥수숫대를 마구 짓밟고 마당으로 뛰어 들어온 돼지는 이리저리 함부로 쏘다니며 뚤뚤뚤 심술궂게 소리를 질러쌓는다. 들메댁이는 핏대가 벌건 눈으로도 그것이 영기네 돼지라는 것을 얼른 알아볼 수 있었다. 왈칵 구역질 같은 것이 치밀며 눈꺼풀이 파르르 떨렸다. 돌메댁이의 손은 어느새 거기 놓여 있는 신짝을 가서 집어 들고 있었다. 다음 순간 들메댁이는 불같이 몸을 날렸다. 허겁지겁

달아나는 돼지의 등허리를 향해서 무서운 기운으로 신짝을 내리갈기는 것이다. 몇몇 남아 있던 꼬마둥이들도 소리를 지르며 흩어져버리고, 냄이도 논둑길로 줄행랑을 놓는다. 돌메댁이는 질겁을 하고 내빼는 돼지의 뒤를 쫓으며 몇 차례고 몇 차례고 그렇게 갈겨댄다. 입에는 게거품을 내물었다. 고무신이 그만 터져 늘어나버리고 만다. 돼지를 잡으러 나오다가 먼 데서 이 광경을 본 영기는 얼굴이 화끈 달아올랐으나, 돌메댁에게로 달려오지는 않았다. 그저 흰자위가 두드러지는 두 눈을 굴렁거리면서

"돌들돌……."

하고, 돼지를 부를 따름이었다.

그날 밤, 옥수숫대 사이를 요리조리 떠다니던 개똥벌레가 풀섶*('풀숲'의 방언)으로 떨어져버린 뒤까지 돌메댁이는 그냥 뜰방에 앉아 있었다. 멀뚱히 앉아서 요란스러운 개구리울음소리에 귀를 기울이고 있다가 왈칵 또 치밀어 오르는 뜨거운 기운을 어쩌지 못하여 어깨를 들먹거리는 것이었다. 목이 쉬고 지쳐빠져서 소리가 제대로 질러지지 않았으나 그래도 곧장

"영호는 영호는 안 죽었는데에, 우리 만복이는 와 죽었노―오!"

하였다.

하룻밤 사이에 돌메댁이는 십 년은 더 늙어 보였다. 퉁방울처럼 부어오른 눈 아래 광대뼈가 유난히 두드러졌고, 두 볼따구니는 형편없이 패어 있었다. 목줄기에는 멍울이 서서 침을 마음 놓고 삼킬수도 없었다. 그러나 돌메댁이는 날이 아직 희브므레*('희붐'의 영천 말)한데 뭣 하러 벌써 일어나는지, 부스스 털고 일어나서 고무신을 신는다. 고무신 한쪽은 옆구리가 터지고 늘어져서 발에 붙질 않았

으나, 그런대로 아무렇게나 찍찍 끌고 집을 나섰다. 노실댁이네 집 사립문을 밀치고 들어서는 것이었다. 마침 분님이는 치마를 홀렁 까올리고 속것*('속곳'의 비표준어)을 여미며 뒤뜰에서 나오다가 깜짝 놀라 후닥닥 치마폭을 내리고

"웬일잉교? 이렇게 일찌감치예."

하였다. 목덜미까지 온통 붉어진다. 그러나 들메댁이는 그런 일이사 아랑곳없이

"나 저…… 돈 백 환만 꿔 도고, 잉? 어무이한테."

한다. 말소리가 간신히 입술을 들치고 나왔다. 분님이는 두말없이 안방으로 뛰어 들어갔다. 한참 만에 방문을 부스스 열고 노실댁이가 눈이 잘 뜨이지도 않는 얼굴을 내밀며

"대밭골에 가볼라능게?"

하였다.

"가볼라느마."

"가보소, 편지만 가지고 우애 믿을 수 있능게, 죽었단 사람이 번번이 살아서 돌아오는 세상인데……."

"그랬으면 오직 좋겠능교, 후유―."

돈을 받아 쥐고, 돌아서 나가는 돌메댁이의 뒷모습을 바라보며 노실댁이는

"관셈보사알."

하였다.

치맛자락이 이슬에 함추룸이*('함초롬히'의 영천말) 젖는 것도 상관없이 들메댁이는 이른 아침 논둑길을 헐떡헐떡 자꾸 걷기만 했다. 멀리 대밭골이 바라보이는 언덕을 올라섰을 때

“어이구 어이구 불쌍해라아.”

별안간 또 설음이 복받쳤다. 고목나무가 보였던 것이다. 벼락을 맞아 까아맣게 탄 나무가 부러진 팔뚝을 쳐들고 있는 듯 을씨년스럽게 서 있는 것이었다. 그러나 돌메댁이는 밤알만 한 멍울 때문에 목이 아파 어떻게 좀 울어볼 재주가 없었다. 이때, 먼 산 위로 해가 불쑥 얼굴을 내밀었다. 오늘따라 햇빛이 왜 이렇게 눈부신지 모르겠다. 골이 휭 돈다. 어지럼증이 나는 것이다. 돌메댁이는 그 자리에 가만히 쭈그리고 앉아버렸다. 온 세상이 노오랗게 돌아간다. 산, 구름, 나무, 마을 할 것 없이 모든 게 그저 비잉 빙 돌아간다. 돌메댁이는 두 손으로 땅바닥을 단단히 짚고 이를 악물어댔다. 기어이 버티어내는 것이다. 얼마 후에사 하늘이 제자리에 놓이고, 구름이 제자리에 놓이고 해와 산과 마을과 길 같은 것이 모두 제자리에가 놓이며, 노오랗던 세상이 도로 환하게 밝아진다. 이마에 식은땀이 척척했다. 그리고 아랫배가 당긴다. 그제야 돌메댁이는 픽 오랫동안 오줌을 안 누었다는 생각이 들었다. 치마를 걷어붙이고 앉은 자리에서 줄줄줄 볼일을 보기 시작했다. 속이 그럴 수 없이 시원해지는 것을 느끼며 돌메댁이는 두 주먹에 힘을 뿌듯이 준다.

“살아 있을끼라, 황소 같이 힘이 센데 죽다니 말이 되능강!”

《신태양》(1957. 6)

이지러진 입

　내가 칠성이라는 괴상한 친구를 알게 된 것은 6.25동란이 일어나기 한 해 전의 가을이었다. 그 무렵 나는 경상도 어느 두멧골 국민학교에서 교편을 잡고 있었다.

　학교가 냇기슭*(냇물이 잇닿은 가장자리의 땅)에 자리하고 있었기 때문에 나는 아이들을 데리고 냇물에 나가기를 즐겨 하였다. 여름철에는 체조시간이면 으레 아이들의 까아만 몸뚱어리들을 냇물에 가서 잠기게 하였고, 미술시간이나 음악시간 같은 때에도 곧잘 그리로 몰고 나가는 것이었다.

　아이들은 물을 여간 좋아하지 않았다. 물속에 제멋대로 흩어놓을라치면 물고기 부럽잖게 꼬리를 치며 놀아났다. 간혹 피 묻은 손가락을 쳐들고 와서 무슨 자랑거리나 되는 것처럼 내 얼굴 앞으로 쑥 내미는 아이도 있었고, 갑자기 배가 아프다고 자지러지는 녀석도 더러 있긴 했지마는 나는 그런 걸 별로 귀찮게 생각하지 않았다.

　큰 비라도 쏟아지기 전에는 노상 아이들의 배꼽이 잠길 듯 말 듯한 물이었기 때문에 염려될 것은 조금도 없었다. 나는 물기슭 풀밭에 두 손을 베개하고 누워서 지나가는 구름이나 바라보고 있으면 되는 것이었다. 눈을 지그시 감을라치면 물속에서 촐랑거려쌓는 아이들의 노는 소리가 귀에 간질간질해서 좋았다.

　그런 어느 날, 그러니까 내가 칠성이라는 친구를 처음 본 날이다. 그날도 나는 아이들을 냇물에 흩어놓고, 풀밭에 번듯이 누워 있었다. 누워서 지나가는 구름을 멀뚱히 바라보고 있노라니까,

　"선생님!"

하고, 난데없이 어떤 녀석이 와서 고함을 뻑 지르는 것이었다. 나는 고개를 들어 머리맡에 서 있는 아이를 돌아보았다.

　"선생님, 저기 말이예……."

　아이의 두 눈은 무슨 신기한 것이나 본 듯 연신 초롱초롱 빛났다. 저쪽 아래켠을 가리키면서,

　"저기 이상한 사람이 있심더. 고길 생으로 막 씹어 먹심더."

하는 것이었다. 시시한 소리라고 생각하면서도 나는 부스스 일어났다.

　"어디?"

　"저기예, 저기."

　과연 아이들이 웬 사람 하나를 우루루 둘러싸고 있었다. 지금 막 와— 하고 환호성을 올리는 것이었다.

　나는 툭툭 털고 일어나서 그쪽으로 걸음을 옮겨갔다.

　스물을 하나나 둘 넘어 보이는 청년이 붕어새끼를 한 마리 손에

들고, 아이들에게 뭐라고 한창 씨불여쌓는*(지껄여쌓는) 중이었다. 아이들은 모두 그 청년의 입을 바라보고 있었다.

나는 청년의 말소리가 알아 들리는 곳까지 가서 가만히 걸음을 멈추었다.

"너이들 잘 봐래이. 이번엔 안 씹고 그냥 꿀컥 생킨대이. 그냥 꿀컥 생키면 말이지, 뱃속에 들어가서 새끼를 친다 아나? 낼 아침에 뒷간에 가면 붕어새끼가 막 쏟아져 나온대이."

돼먹지도 않은 소리였다. 그따위 시시한 소리에도 아이들은 어쩌면 그렇게 재미가 나는지 몰랐다. 모두 좋아라 하고 웃어대는 것이었다.

"참말잉교?"

"참말이다 와. 누가 비싼 밥 먹고 거짓말 하까 바. 자아 봐라. 씹지 않고 꿀컥 생킬 테이. 자―"

청년은 손에 쥔 붕어새끼를 번쩍 높이 쳐들었다. 그리고 고개를 뒤로 젖히며, 아가리를 짝 벌리는 것이었다. 아이들의 눈이 일제히 초롱초롱 빛났다. 청년의 손가락 끝에 매달린 붕어새끼는 대가리를 흔들며 파다닥거렸다. 그러다가는 지친 듯 축 늘어지는 것이었다. 붕어새끼를 쳐든 청년의 손이 아가리 한 뼘가량 위에 내려와서 멎었다. 그리고 그는 한 번 더 자아 봐라이! 하는 것이었다.

붕어새끼는 마지막 힘을 다하여 안타까이 몸부림이었다. 그러다가, 꼬리를 잡은 청년의 두 손가락이 벌어지자 그만 청년의 아가리 속으로 떨어지고 말았다. 아이들이 일제히 환호성을 올렸다.

청년은 입 안으로 떨어져 온 놈을 단숨에 꿀컥하려 하였다. 허나, 이내 눈깔 검은자위가 위로 치올라가는 것이었다. 쿡쿡거리며 곧 죽는 시늉이었다. 눈알이 흰자위만 남도록 되어서야 비로소 붕어 새끼를 도로 뱉어내었다. 아이들이 킬룩킬룩 웃기 시작하였다. 침을 내뱉고 겨우 목구멍을 추스른 그는,

"새로 하꾸마. 요번엔 꼭 생킬 테이 봐. 아깐 잘못했어."

하고, 땅에 떨어진 붕어 새끼를 다시 집어 드는 것이었다.

나는 그냥 보고 있을 수가 없었다. 인기척을 내고 말았다. 청년의 시선과 아이들의 까아만 눈동자들이 일시에 나에게로 향해 왔다.

"뭘 하느냐? 너이들."

나는 시치미를 뚝 떼고, 가까이 다가갔다. 내 목소리에 겁을 집어 먹고 살금살금 도는 녀석도 더러 있었다.

청년은 귀뿌리를 발갛게 물들이며, 히히! 하고 웃는 것이었다. 그러더니 갑자기 생각이 난 듯 고개를 꾸벅 숙이며 인사랍시고 하는 것이었다.

유별나게 큰 입이었다. 그처럼 큼지막하게 찢어진 입을 나는 아직까지 본 적이 없었다. 입술은 얄프리*(두툼하지 않고 얇다)하였다. 약간 푸른 빛깔을 띠우고 있었다.

나는 등골이 으스슥 하였다. 뭐라든지 한마디 말을 건네는 것이 옳은 일이었으나, 그 입이 딱 질색이었다. 그래서 나는 아이들에게

"모엿!"

하고, 호령을 내려버렸다. 때마침 학교에서 수업 끝나는 종이 땡땡 울려와서 일은 썩 잘 되었다.

"속히 모여라. 끝날 종 쳤다."

여기저기 흩어졌던 아이들까지 쪼르르 모여들었다. 저만큼 비껴 서서 아이들이 정렬하는 것을 바라보고 있던 청년은 성큼 내 곁으

로 다가오더니,

"선상님 미안합니더."

하고, 굽신 허리를 꺾는 것이었다. 나는 뭣이 미안하다는 것인지 잘
알 수 없었으나, 그저

"예, 좋습니다."

해두었다. 그는 어깨를 우쭐거리며 돌아서는 것이었다. 걷어 올린
바짓가랑이가 한쪽은 도로 풀어져 을씨년스럽게 펄럭거렸다. 손에
는 아직도 그 운수 사나운 붕어 새끼가 달랑달랑 매달려 있었다.
몇 걸음 걸어가던 그는 잊었던 듯이 붕어 새끼를 저고리 섶에 아무
렇게나 씩 닦아서, 널름 입으로 가져가는 것이었다. 고약한 자라고
생각되었다. 어쩌면 성격 이상자가 아닌가도 싶었다.

아이들을 앞세우고 학교로 돌아가면서, 나는 몇 차례나 그 청년
의 쭉 찢어진 입을 눈앞에 그려 보았는지 모른다. 몇몇 아이들의
말에 의하면, 그 청년이 물고기를 귀신같이 잘 잡아먹는다는 것이
었다. 물속에 노는 고기를 맨손으로 몰아서 잡아 올리기가 예사라
는 것이었다. 잡으면 배도 딸 생각 없이, 그냥 입으로 가져가서 마
구 뿌두둑거린다는 것이다. 그래서 사람들이 그를 일러 '물고기 사
자'라고 한다는 것이었다. 본명은 칠성이라고 하였다. 학교 뒷고개
넘어 시누댓골에 산다는 것이다.

그 후 여러 차례 나는 그를 만났다. 바람이 제법 선득해지자, 들
에서는 가을이 바빴다. 한 번은 아이들의 가정실습을 독려하러 부
락으로 나가는 길이었다. 논에서 벼를 베다가 말고 쫓아 나와서 굽
신 허리를 꺾는 사람이 있었다. 칠성이었다. 수고하신다고 하니까
그는 큰 입으로 히죽히죽 웃으며 좋아하는 것이었다. 얼굴이 좀 해

쓱해 보였다. 얄팍하고 쭉 찢어진 입술에는 까므잡잡한 초록물이 묻어 있었다. 오늘은 입에 웬 초록물인가 했더니, 조끼주머니에서 메뚜기들이 대가리를 삐죽삐죽 내미는 것이 아닌가.

수고하시라고 인사를 던지고, 나는 얼른 돌아서버렸다. 몇 자국 가다가 고개를 돌려보니, 그는 조끼주머니에서 뺀 손을 입으로 가져가는 것이었다. 나는 등골이 오싹하였다.

또 한 번은 시누댓골 구장네 집 잔치에 초대되어 가서, 거기서 칠성이를 보았다. 상 심부름을 하고 있었다. 손님들 상에서 남아 나가는 고기 부스러기를 모조리 그 큼직한 아가리에다가 쓸어 담아버리는 것이었다. 불룩불룩 잘도 씹어 넘기는 것이었다.

날씨가 쌀쌀해지면서부터는 아이들을 데리고 냇물에 나가는 것을 그만두었다. 그러나 방과 후에 이따금 한 번씩 나는 혼자 물기슭을 찾아가서 휘파람을 날려보는 것이었다. 언젠가는 꽤 추운 날인데 물속에서 칠성이가 돌을 들추고 있었다. 나를 보더니 누런 잇바디를 내밀고 히히 웃으며,

"물고긴 요새가 젤 맛있심대이."

하는 것이었다.

바람에 희뜩희뜩 눈이 묻어 내리면서 겨울이 다가왔다. 그해 겨울은 꽤 자주 함박눈이 쏟아졌다. 겨울 동안에는 냇가에서 얼음을 깨고 있는 칠성이를 먼눈으로 꼭 한 번 보았을 뿐이었다.

얼음이 풀리고, 들길에 아지랑이가 삼삼거리면서부터 냇물에서 칠성이를 만나는 도수가 잦아져 갔다. 봄 물고기는 기름이 빠져서 맛이 적다고 하면서도, 잡히는 족족 뚝딱해버리고, 혀끝으로 입술을 닦아내는 칠성이를 나는 예사 눈으로 볼 수가 없었다.

"배를 따고 먹으면 맛이 더 안 좋겠소?"

이런 말을 할라치면,

"건 아직 모르는 소립니더. 꼬시한*('고소한'의 방언) 맛은 실상 똥집에서 나오는기구마. 배를 따버리면 싱거워서 먹을 맛이 안 납니더."

하는 것이었다.

난리가 일어났다는 소문이 들려 온 것은 6월도 저물어가는 무렵이었다. 그러나 나는 소문이 정말같이 믿어지지가 않았다. 언제나처럼 그저 그러다가 그만두는 것이려니쯤 여겼다.

하루는 무슨 볼일이 있어서 지서 앞을 지나다가 거기 웅성웅성 모여 있는 한 떼의 사람들을 보았다. 들자하니 군대에 뽑혀나가는 청년들이라는 것이었다.

"선상님! 어디 가시는교!"

지나치는 내 소맷부리를 와서 붙잡는 사람이 있었다. 칠성이었다. 삼베옷을 말짱하게 갈아입고, 허리에는 주먹덩이만 한 보자기를 차고 있었다.

"여긴 웬일로?"

"나 구인에 나갑니더. 선상님!"

처량한 눈이었다. 입은 더 크게 찢어져 보였고, 입술은 그날따라 유득이*('유독'의 전남 방언) 푸르기만 하였다.

물고기를 잡아먹고 싶어서 어쩔 것인고 하는 측은한 마음은 잠시였고, 싸움이 정말 크게 벌어진 것이로구나 하는 생각이 가슴을 덜컥 내려앉게 하여 나는 그저 얼떨떨하기만 하였다.

그해도 저물어가는 어느 날, 나는 백을 들고 K읍의 거리를 걸어가고 있었다. 거리는 폭격으로 형편없이 되어 있었다. 한때 내가 거주하던 곳이건만 길을 잘 짐작할 수조차 없었다. 하룻밤 묵고 갈 숙소가 있을 성싶지 않아 은근히 걱정이 되는 것이었다. 다른 학교로 전근이 되어 부임하러 가는 길이었다.

지붕들이 그래도 부서지지 않고 남아 있는 지대를 더듬어, 하룻밤 묵고 갈 주인을 찾아 도는 길에서였다. 허술하게 생긴 군복을 입고 보자기를 든 웬 사람 하나가 지나치며, 슬금슬금 나를 자꾸 눈여겨보는 것이었다. 얼굴에는 때 묻은 마스크를 큼직하게 끼고 있었다. 곧장 머무적거리며 바라보길래 괴상한 녀석이라고 생각하면서 나도 그를 마주 훑어보았다. 눈과 눈이 마주치자, 순간 그와 나는 깜짝하였다.

"선상님 아잉교?"

하며, 다가오는 그 군인은 다름 아닌 칠성이었다. 입에 마스크를 끼고 있어서 그런지 말소리가 도무지 깨끗질 않았다.

"오후! 칠성이 아니요?"

왜 그렇게 반가운지 몰랐다. 몸서리나는 전쟁 속에서 그래도 서로 죽지 않고 살아남아 있다는 감격에서였으리라. 나는 나도 모르게 그의 손을 가서 덥석 잡았다. 그리고는 말문이 탁 막히는 것이었다. 그도 역시 얼른 무슨 말이 나오지 않는 눈치였다.

"선상님!"

그의 두 눈에는 어느 결에 이슬이 맺혀 있었다.

"웬일이요?"

"집이 강 길임더."

말소리가 아무래도 그전의 말소리가 아니었다. 눈자위가 사정없이 꺼져 들어갔고 얼굴빛이 말이 아니었다. 그가 그동안 겪어온 일들을 말로 듣지 않아도 빤하게 알 수 있는 듯하였다.

나는 얼른 길거리를 둘러보았다. 저만큼 떨어진 곳에 '국수'라고 써 붙인 판잣집이 눈에 띄었다.

"잠깐 저리 가봅시다."

"……."

대답은 없었으나, 그는 서슴지 않고 내 뒤를 따라오는 것이었다.

국숫집 탁자를 가운데하고, 그와 나는 마주 앉았다.

"여보 아주머니. 국수 두 그릇 주쇼. 술은 없소?"

"술은 소주밖에 없심더."

"예, 소주 주쇼. 서너 고뿌*('컵'의 일본식 표기)만……."

주인 아낙네는 내 앞에 앉은 칠성이를 힐끗 한 번 훑어보고는, 풍로 위에 냄비를 갖다 얹었다. 칠성이는 무릎 위에 두 손을 얌전히 모으고 앉아서, 나는 물끄러미 바라보고만 있었다. 꼭 등신 같았다.

"어디서 오는 길이요?"

"병원에서예."

"그럼 어디 부상이라도 당했소?"

"에."

대답하는 소리가 아무래도 코 먹은 소리만은 아니었다. 헛바람이 새는 듯한 소리였다.

"어딜 다쳤소?"

"……."

그는 두려운 듯이 나를 힐끗 쳐다보기만 하였다. 나는 구태여 캐묻기도 뭐하고 해서 그만두었다.

국수 두 그릇이 앞에 와서 놓여졌다. 고뿌 두 개와, 손잡이가 달아난 소주 주전자도 와서 놓였다. 나는 고뿌에 술을 쫄 따랐다.

"자아 한잔 하고, 국수 듭시다."

그가 술을 잘 하는지 안 하는지 몰랐으나, 나는 그의 앞으로 고뿌 한 개를 갖다 놓았다. 그는 얼굴을 돌리고 입에 걸린 마스크를 벗기는 것이었다. 마스크가 그의 얼굴에서 떨어지는 순간 나는 하마터면 소리를 지를 뻔하였다.

벗겨진 마스크 속에서 나타난 것은 입이 아니었다. 아무래도 입이라고는 부를 수 없는 것이었다. 구멍이었다. 구멍이라도 그야말로 형편없이 되어버린 구멍이었다. 밥풀처럼 묻어 있는 것은 잇바디였다. 아랫입술은 그래도 꼴만은 지니고 있었으나, 윗입술은 어디로 날아가 버렸는지 흔적도 없었다. 코도 한쪽 모서리가 이지러져 있었다. 그야말로 엉망이었다.

나도 모를 새 찌푸려진 이맛살을 도로 펼 수는 있었으나 무엇이라고 말을 해야 좋을지 몰랐다. 소주 고뿌를 들어 단숨에 꿀컥 들이켜 버리고 말았다. 그리고 내 잔에 손수 술을 따랐다.

내가 하는 수작을 힐끗힐끗 훔쳐보더니, 그도 고뿌를 들어 그 엉망이 되어버린 입으로 가져가는 것이었다. 결코 마시는 것이 아니었다. 얼굴을 뒤로 젖히고, 그 입이라는 구멍으로 갖다 붓는 것이었다. 나는 두 잔째도 단숨에 해치워버렸다. 목구멍이 새근*(조금 시리고 쑤시는 듯하다)하였다.

눈기슭이 호끈호끈 달아오르면서부터는 그의 면상을 마주 바라볼 수가 있었고, 예사로 말도 쏟아져 나왔다.

"자아 한잔 더 하쇼."

"그망 할람니더."

"자아아!"

미처 잔이 차기 전에 주전자의 술이 떨어졌다.

"여보쇼!"

나는 빈 주전자를 들어보았다.

둘째 번 주전자가 말랐을 무렵에는, 칠성이는 온통 홍당무가 되어 있었고, 나도 어지간히 눈시울이 무거웠다.

"자아 국수도……."

"에, 에."

"어서어!"

"아, 술이 치함더."

그러면서도 그는 국수 사발을 넝큼*('냉큼'의 방언) 들어 올리는 것이었다. 입 밖으로 질질 흘러나오는 국수를 애써 끌어넣으며 그래도 잇바디랍시고 남아 있는 것으로 움적움적 짓씹는 것이었다. 정말 보고 있기가 민망스러울 지경이었다. 국수 사발도 이제 빈 사발이 되고 나서였다.

"입을 어쩌다 그렇게 다쳤소?"

나는 마침내 묻고 싶은 말을 끄집어내고야 말았다.

"일선에서 수루탕에예."

그는 곧장 헛바람이 새어나오는 소리로, 입에 부상을 입게 된 경위를 열심히 이야기하기 시작하는 것이었다.

연 사흘 동안, 밤도 없고, 낮도 없는 행군이 계속되다가, 세 시간 취침이라는 명이 내린 것은 어느 산등성이에서였다. 꼭두새벽이었다.

모두들 지쳐빠진 몸뚱어리를 아무 데나 갖다 픽픽 내던지는 것이었다. 칠성이도 장소 같은 것을 가릴 생각은 요만큼도 없었다. 몸이 가는 대로 비실비실 걸어가서, 길 모서리 어떤 나무 밑에 거꾸러지듯 아무렇게나 쓰러져버렸다. 가랑잎 부서지는 소리가 바스락하였다. 보초병의 시퍼렇게 번쩍이는 총검을 보자 몸을 돌려 눕혔다. 무거운 눈꺼풀을 닫아버리기가 무섭게 구렁이 같은 잠이 온몸을 칭칭 휘감아 왔다.

이상한 일이었다. 그렇게 깊은 잠구렁*(깊은 잠) 속에서도 꿈을 꾸는 것이었다.

비릿한 물고기 맛에 정이 든 고향의 앞 냇물인 듯도 하였고, 어쩌면 적과 아군이 뒤섞여 메뚜기처럼 날뛰던 낙동강인 듯도 하였다. 칠성이는 물결에 휘감겨 떠내려가는 것이었다. 기슭으로 헤어나가려고 아무리 발버둥을 쳐도 허사였다. 물은 갈수록 불어 넘치고, 물살은 더 한층 거세어지기만 하였다. 얼마나 멀리 떠내려 왔는지 모른다. 정신을 차리고 보니, 바로 곁으로 시꺼먼 배 한 척이 지나가고 있었다. 살았구나 싶었다. 얼른 그 뱃전을 붙들었다. 미끈하였다. 기어오르려고 하면 미끄러지고, 미끄러지고 하였다. 자세히 보니 그것은 배가 아니라, 커다란 물고기의 시꺼먼 등허리였다. 그런 것이 한 개뿐이 아니었다. 여기저기 헤아릴 수 없이 떠 있었다. 보아하니 그것들이 모두 자기에게로 모여들고 있었다. 이미 강물 속이 아니었다. 물고기의 함정 속에 빠져 있는 것이었다. 배처럼 커다랗던 고기들이 어느새 고향의 앞 냇물에서 잡아먹던 꼭 그만큼

씩 한 고기들로 변해 있었다. 가랑이 사이, 겨드랑 밑, 턱, 코 할 것 없이 온통 미끈미끈한 물고기 투성이였다. 마침내는 눈앞까지 가려지고 말았다. 숨이 답답할 대로 답답하였다. 그러나 아무리 애를 써도 고함소리가 질러지지 않았다. 꽉 둘러싼 고기들이 이번에는 일제히 날카로운 조동아리로 살점을 콕콕 마구 쪼기 시작하는 것이 아닌가. 눈, 코, 입 할 것 없이 그저 엉망이 되는 것이었다.

"으악!"

눈을 번쩍 떴다. 옆에 쓰러져 자는 전우의 구둣발이 가슴 위에 와 얹혀 있었다. 부스스 일어나서, 그 구둣발을 사정없이 밀어 던지고, 다시 자리에 누우려고 하는 바로 그 순간이었다. 눈앞에 불이 번쩍 하였다.

"쾅!"

땅이 들썩하는 바람에 그는 하늘로 훌떡 뛰어올라 저만큼 가서 나뒹굴어졌다.

거기까지는 기억이 분명한데, 그 다음부터는 도무지 어떻게 된 영문인지 모르겠다고, 칠성이는 이야기하는 것이었다. 낯바닥이 화닥거리고*(화끈거리고) 입언저리가 쿡쿡 쑤시는 것을 느끼며, 부스스 눈을 떠보니, 야전병원의 천막 속이더라는 것이었다.

그날 밤, 나는 겨우 얻어 든 여인숙의 돗자리 방 한 켠에 누워서, 그놈의 파편이 왜 하필이면 남의 입을 그렇게 망쳐놓았을까 하고 생각하였다. 물고기를 그처럼 잘 잡아먹던 입을…… 싶으니, 칠성이가 이제 더할 나위 없이 가엾게 여겨졌다. 그리고 부상 당시의 그 꿈이라는 것이 예사롭게 생각키지가 않았다.

새로 부임한 학교의 숙직실에서 그해 삼동을 나고, 먼 산봉우리의 눈도 이제 사라져가는 어느 날, 나는 가족들을 데리러 이전의 그 두멧골로 돌아왔다.

식구들과 한 자리에 앉아서, 그동안 지낸 이야기를 한껏 나눌 겨를도 없이, 서둘러 짐을 꾸렸다. 그리고 달구지 두 대를 교섭해서 이제 내일이면 떠나게끔 일이 되고나니 마음이 가뜬하였다.

해질 무렵이었다. 시누댓골 구장네 집에서 심부름 아이가 왔다. 꼭 집으로 와서 저녁이라도 함께하고 놀다가 가라는 구장의 분부였다. 그 집 아이를 전에 내가 담임하고 있었던 그 정분이리라. 고마웠다. 별로 마음이 내키지는 않았으나 호의를 저버릴 수는 없었다.

구두끈을 매다가 얼핏 생각난 것은 칠성이였다. 그 후 어떻게 지내고 있는지 궁금해지는 것이었다. 입이 그 모양 됐으니 고긴 이제 못 잡아먹을 게고…… 요즘은 어떤 짓을 하고 있을까? 바짝 호기심이 생기기도 하였다.

고갯마루에 올라서 보니 저녁연기가 자욱하게 피어오르는 시누댓골이 산그늘 속에 담겨 있었다. 마을 앞 외솔배기 나무 밑에는 웬 사람들이 까아맣게 모여 있었다.

"저기 웬 사람들이지?"

하고, 심부름 온 아이에게 물었더니,

"모르겠심더. 아까는 없었는데예."

하는 것이었다.

고갯길을 내려 마을 어귀에 이르렀을 때, 사람들이 웅성거리고 있는 그곳에서 사람의 소리가 아닌 듯한 비명이 일어났다. 그러자

둘러섰던 사람들이 제가끔 한마디씩 욕지거리를 퍼부어대는 것이
었다.

"조져라, 조져!"

"저런 누무 자식은 없애야 된다니까."

"대갈빼기를 깨버리라구마."

예삿일이 아닌 듯싶었다. 나는 얼른 그리로 가보았다.

"윽! 크크크, 어우어우—"

또 한 대를 오지게 얻어걸린 모양이었다. 사람들의 어깨 너머로
넘어다보니 구장이었다. 얼굴에 열을 벌겋게 올린 구장이 웬 녀석
의 먹살을 발끈 틀어쥐고 으르대는 판이었다. 이마에 거꾸로 패인
여덟팔자가 곧장 실룩거렸다. 먹살을 졸린 자는 두 손으로 낯바닥
을 감싸고 있었다.

"이누묵 자식아! 또 그랄래, 또?"

"어우, 으으으……."

"이 때리죽일누무 자식아!"

"으으, 다싱 앙그라게심더. 으으으……."

덜덜 떨리는 목소리로 애원을 하며, 두 손을 얼굴에서 뗀 자를
보자, 나는 가슴이 덜컥 내려앉았다.

칠성이었던 것이다. 얼굴에서 뗀 두 손을 구장 앞에 갖다 싹싹
부비는 것이었다. 엉망인 채로 그냥 굳어져버린 그 입에 피거품을
버글버글 물고 있었다.

"왜 이러쇼? 구장어른!"

나는 사람들을 헤치고 앞으로 한 걸음 나섰다.

"예? 구장어른!"

"어서 오이소, 선생님. 아 글쎄 이 때리죽일누무 자식이……."

악이 차서 말이 쉬 안 나오는 듯

"……내 참."

해버리는 것이었다. 그리고 칠성이의 멱살을 놓아주며

"너 이누묵 자식, 오늘 선생님 덕 많이 본 줄 알아래이. 그란했음*('그렇지 않았으면'의 영천말) 구마 빼가질 뿐질러 놀라 했다. 빼가질……."

하는 것이었다.

"흐으— 으으."

칠성이는 이제 살았다는 듯이 큰 숨을 내쉬며, 입에 물린 거품을 손등으로 아무렇게나 닦아내는 것이었다. 그리고 나를 힐끗 쳐다보는 것이었다. 나는 얼른 시선을 돌려버렸다.

"선생님 미안합니더. 자아 어서 들어가입시더."

구장이 앞을 섰다. 둘러섰던 사람들이 길을 비켰다. 나는 구장의 뒤를 따르며 칠성이를 한 번 돌아보았다.

멀뚱히 서서 나를 바라보고 있는 그의 을씨년스러운 모습에서 유난히 눈에 띄는 것은 그 형편없이 이지러진 입과 그 위에서 지금 막 눈물이 넘쳐 쏟아지는 두 눈이었다. 못 볼 것이나 본 듯 나는 가슴이 뭉클하였다. 얼른 고개를 돌리고 예사롭게 걸음을 떼 놓았으나 칠성이의 그 두 눈이 내 뒤통수에 와서 박히는 듯하여 마음이 심상치가 않았다.

"나 참 살다보니 별 누무 자식을 다 본다니까. 아까 그 누무 자식이 말입니더……."

묻기도 전에 구장이 먼저 말을 내놓는 것이었다. 욕지거리를 섞어가며 씨불여대는 구장의 이야기를 들으며, 나는 입맛을 쩍쩍 다셨다. 딱하기도 한 이야기였다.

입을 그렇게 망쳐가지고 돌아오자, 마을 사람들은 너나 할 것 없이 모두 칠성이를 여간 측은하게 여기지 않았다는 것이다. 반신불수가 된 그의 노모와 함께 동네에서 부양해주자는 공론까지 돌았다는 것이다. 그러나 며칠이 못 가서 마을 인심들이 흔들리기 시작했다 한다.

집집마다 닭을 잃기 시작한 것이다. 가까운 산속에서 닭털을 뜯고 있는 칠성이를 한두 번 발견한 것이 아니었다. 그래도 모두 불쌍한 인생이라고 손을 대지 않았다.

점점 간덩이가 부어오른 그는 밤중에 남의 집을 엿보기에 이르렀다. 이틀이 멀다 하고 도난사건이 일어나자 인심이 발칵 뒤집히지 않을 수 없었다. 장거리에서 물건을 팔아 고기를 사 들고, 그 입도 아닌 입으로 질근질근 물어뜯고 있는 것을 보게 되면서부터는 칠성이를 마을에서 내쫓는 수밖에 없다는 공론이 일어나고야 말았다. 그러나 좀 생각을 해볼 일이라고 구장이 만류를 하였다. 그 대신 앞으로 그런 일을 저지르는 현장에서 잡기만 하면 동네매를 때리어 딱 그 버릇이 없어지도록 하자고 의합을 보았다.

외솔배기 정자나무 아래켠에 웅덩샘이 있는데 그 샘에 마을에서 키우다시피 하는 잉어가 있었다. 그 샘에 잉어가 살아야만 시누댓골에 액운이 들지 않는다는, 예로부터 전해오는 이야기가 있기 때문에 마을 사람들은 누구나 그 잉어를 소홀히 하지 않았다. 그런 잉어를 오늘 칠성이가 그만 잡아내어 뿌둑뿌둑 뜯어먹었던 것이다.

일은 그래서 벌어진 일인데 마을 사람들이 그처럼 많이 모인 것은 칠성이를 잡아서 동네매를 때린다는 바람에 앙갚음을 하기 위해서보다도, 그 소중한 잉어를 잡아먹었다는 말에 놀란 까닭일 것이라고 구장은 말하였다.

"이 누묵 자식을 어떻게 했음 좋을똥 모르겠심더. 동네의 큰 두통꺼립니더."

구장네 집 저녁상에는 먹음직한 여러 가지 음식이 차려져 있었다. 허나 나는 입맛이 떨떨하기만 하였다. 집에서 특별히 빚은 청주라고 하면서 내어 온 술에도 웬일인지 마음이 내키지 않았다. 그러나 그날 밤, 나는 눈앞이 빙빙 돌도록 취해버리고 말았다.

《문예》(1960. 1)

절규

　미군부대의 높다란 철조망 가에 사람들이 모여 우글거리고 있었다. 철조망 바깥에서 철조망 안에 서 있는 게시판을 들여다보느라고 법석들인 것이다.

　우글거리는 사람의 무더기 속에 묻혀 명구도 곧장 발돋움을 하며 고개를 뽑아 올렸다.

　"이크! 붙었구나!"

　그는 저도 모르게 뺙 소리를 질렀다. 말할 수 없는 충격이 온몸을 전류처럼 흘렀던 것이다. 얼굴이 화끈 달았다.

　─노무원 채용자를 다음과 같이 발표함─이라는 공고문이 게시판에 나붙어 있었다. 채용자래야 겨우 여남은 사람밖에 되지 않았다. 그러나 그 속에 분명히 '정명구'라는 세 글자가 끼어 있는 것이 아닌가.

　"붙었어! 붙었어!"

정말 어쩔 줄을 몰랐다. 세상에 이럴 수도 있는가 싶을 만큼 좋았다.

명구는 후욱 하고 커다랗게 숨을 들이켰다가 푸우— 힘차게 내뿜었다. 그리고 얼른 공고문 끝에 씌어 있는 글줄로 눈을 옮겨 그것을 소중하게 읽어보았다.

—채용자는 오는 7일(월요일) 오전 9시까지 출두할 것, 만일 그 시간까지 출두하지 않는 사람은 채용을 취소함—

"아아 이제 살았다. 이제 살았어. 이제 살았다니까."

명구는 곧장 콧구멍을 벌룩거리며 사람의 무더기를 헤치고 나왔다.

길에는 아침 햇빛이 좍 내리깔리고 있었다.

지저분하던 길, 아니꼽기 짝이 없던 거리, 참 기가 막히던 세상…… 그러나 오늘 아침의 공기는 어쩌면 이렇게도 상쾌한지, 명구는 두 팔을 크게 내흔들며 신선한 공기를 마음껏 들어마셨다.

"씨팔 나도 이제 한 번 살아보자."

절로 힘이 솟구쳐 올랐다. 발길이 이만저만 가볍지가 않았다.

햇빛이 좍 내리깔리는 길을 날듯이 걸어가며 명구는

"세상에 죽으라는 법은 없다니까. 다 살아가게 마련이란 말이야. 살아가게…… 어머니가 아시면 얼마나 좋아할까?"

곧장 혼자 중얼거렸다. 그리고 가볍게 휘파람을 휘날렸다.

—맘보 맘보, 장미꽃 피는 남쪽 항구 나폴리, 헤이 맘보— 이런 경쾌한 노래를 휘날리며 두 손을 호주머니에 찌르고 어느 골목길을 돌아설 때였다.

"실례합니다."

하고 다가서는 사람이 있었다.

"……?"

"신분증 좀 봅시다."

푸른 빛깔의 안경을 낀 사람이 먼저 자기의 신분증을 꺼내 보이며 명구더러 신분증을 좀 보자는 것이다. 알 만한 사람이었다. 명구는 공연히 가슴이 덜컥했다. 안주머니에서 신분증을 꺼내 보이는 수밖에 없었다.

푸른 안경은 명구의 패스포드를 뒤적거려보고 나더니 불쑥 밑도 끝도 없이

"좀 갑시다."

하는 것이었다. 명구는 아랫배에 꾹 힘을 주며

"어딜 간단 말입니까?"

하고 물었다.

"당신 예비역 훈련 안 받았지?"

"아직 한 번도 영장이 안 나왔어요."

"뭐라구? 제대한 지가 일 년이 훨씬 넘었는데 한 번도 영장이 안 나오다니 그게 말이라고 하나?"

푸른 빛깔의 안경 속에서 두 눈이 날카롭게 빛났다. 그러나 명구는

"안 나온 것을 어떻거란*('어떡하란'의 영천말) 말입니까? 안 나온 것을……."

하고 대들었다.

"안 나오다니, 이게 누굴 바본 줄 아나?"

"정말 안 나왔어요. 뭣 때문에 거짓말을 하겠습니까. 절대로 거짓

말이 아닙니다. 절대로…….”

“잔소리 말고 따라 와!”

푸른 안경은 명구의 패스포드를 쥐고 그만 성큼성큼 걸어가는
것이 아닌가. 참 기가 막혔다. 속에서 불같은 것이 욱 하고 솟구쳤
다. 그러나 명구는 하는 수 없다고 생각하며 푸른 안경의 뒤를 따
라갔다. 휘청휘청 따라가며 명구는 곧장 속으로 부르짖었다.

‘난 절대로 영장을 받은 일이 없다. 언제 나한테 영장이 나왔단
말인가? 절대로 그런 일이 없었어. 난 기피자가 아니야. 절대로 아
니야. 절대로 절대로…….’

경찰서 병사계실을 나온 명구들 일행 삼십여 명은 서(署) 뒷마당
에 삼열 횡대로 정렬을 했다. 모두가 가두에서 걸려든 근무소집(勤
務召集) 기피자들인 것이다.

그러나 그중에는 더러 억울한 사람도 섞여 있었다. 명구처럼 사
실상 영장을 받은 적이 없는 말하자면 기피자가 아닌 사람 말이다.
그러나 당국은 막무가내였다. 제대한 지 일 년이 넘는 사람은 무조
건 영장을 받은 적이 있는 것으로 간주한다는 것이었다.

추럭이 한 대 덜커덕거리며 와서 멎었다. 병사계원이 작성된 명
부를 차례차례 불러 내려가기 시작했다. 이름을 불린 사람은 대답
을 하고 추럭에 올라타는 것이다.

“정명구!”

“예!”

명구도 원숭이처럼 추럭으로 기어올랐다. 그리고 한쪽 구석에 아
무렇게나 처박혀 버렸다. 병사계원이 운전수 옆자리에 들어가 앉

자 추럭은 부릉부릉 발동을 걸었다. 그리고 덜커덕 움직이기 시작했다. 차가 움직이기 시작하자 명구는 무슨 생각이 났는지 얼른 한쪽 손을 코로 가져갔다. 그리고 얼굴에 발칵 힘을 주었다.

"팽!"

툭 튀어나온 누우런 놈을 냅다 땅바닥에 때기장*('패대기'의 방언)치며

"똥도 아니다. 씨팔!"

하고 뇌까렸다.

추럭이 거리에 나서자 지나가는 사람들이 모두 힐끗힐끗 바라보았다. 그러나 별로 측은하게 여기는 것 같지도 않은 얼굴들이었다.

명구는 호주머니에 두 주먹을 꽉 찌르고 앉아서 획획 날아가는 거리의 간판 쪼가리들을 멀뚱히 바라보았다. 그리고 생각했다.

'병사구사령부에*(구 병역법에서 병사구의 행정사무를 맡아보던 국방부의 한 기관)서는 설마 알아주겠지. 영장도 나온 일이 없는 사람을 기피자라고 붙들어 가다니…… 내일 모레 월요일 아침에는 미군부대로 출두를 해야 할 몸인데…… 정말 이제 나도 좀 살게 되는가 보다 했더니 이게 무슨 꼴이란 말이냐. 참 재수도 더럽지. 하늘의 별 따기보다도 어려운 취직인데…… 씨팔! 안 되지, 안 돼. 어떠한 일이 있어도 빠져나와야겠어. 나도 좀 살아 봐야겠어.'

추럭이 비틀거리며 병사구사령부의 정문으로 들어가서 광장에 정거를 하자, 모두 무엇이 그렇게 바쁜지 서로 앞을 다투어 뛰어내리는 것이었다. 명구도 병사구사령부의 마당을 쾅 굴리며 차에서 뛰어내렸다.

광장에는 수많은 기피자들이 여기저기 떼를 지어서 사령부 기관

요원들의 지시에 따라 움직이고 있었다.

명구네들도 상등병 계급장을 붙인 기관요원의 구령에 의해서 오열 횡대로 그 자리에 편히 앉았다. 상등병은 장부를 뒤적이며, 지금부터 자기가 말하는 것을 잘 듣고 거기에 해당되는 사람은 손을 들어보라고 했다. 명구는 옳지 이제 일은 되는가 보다 하며 곧장 콧구멍을 벌룩거렸다.

"계급이 중사 이상인 사람?"

아무도 손을 드는 사람이 없었다. 물론 명구도 해당되지 않았다.

"제1년차 근무소집에 갔다 온 사람?"

모두 두 눈을 깜작거리며 서로 돌아볼 따름이었다.

"생년월일이 4262년 이전인 사람? 그러니까 나이가 만 삼십 세 이상인 사람 말입니다."

"예!"

한 사람이 번쩍 손을 들었다.

"어디 일어서 보시오. 이름이 뭣이죠?"

"양팔평입니다."

"생년월일이 언제요?"

"단기 4200 에― 단기 4261년입니다."

상등병은 장부와 제대증명서 뭉치를 뒤적거려보고 나더니

"어디가 당신이 61년생이요? 63년생이지. 63년 1월 6일생 아니요?"

"집에서 나이가 서른둘이니까 4261년생에 틀림없습니다."

"저런 바보 같으니라구. 집의 나이가 무슨 소용이란 말이요. 호적상의 생년월일을 가지고 따지는 것이지."

"그건 내 잘못이 아니지요. 우리 아버지 잘못이지요."

그러자 모두 웃었다. 상등병도 허— 하고 웃었다. 명구도 웃지 않을 수 없었다. 그러나 그 팔평이라는 어딘지 좀 등신 같으면서도 재치가 있어 보이는 친구가 슬그머니 마음에 드는 것이었다. 상등병은 마지막으로

"여러분들 중에 불명예제대자는 없지요?"

하고 물었다. 아무도 나서는 사람이 없었다. 그럼 모두 가서 잘 교육을 받고 오라고 하면서 상등병이 손에 들었던 장부를 똘 말아 쥐자

"여보!"

하고 빽 고함을 지르며 번쩍 손을 쳐드는 사람이 있었다. 명구였다. 명구는 벌떡 일어섰다.

"영장을 받은 일이 없는 사람은 어떻겁니까?"

"영장을 안 받다니 당신 언제 제대했소?"

"작년 3월에요."

"그런데 한 번도 안 받았단 말이요?"

"예, 안 받았습니다. 정말 안 받았어요."

"그런 억지소린 하지 마쇼. 제대하면 일 년 이내에 다 영장이 발부되기로 되어 있단 말이요. 그런 소린 문제도 안 돼요. 자아 그럼 모두 일어— 섯!"

상등병의 구령이 떨어지자 모두 궁둥이를 툭툭 털며 일어났다. 명구는 다시 더 뭐라고 한마디 말을 건네 보지도 못하고 얼굴만 빨개지고 말았다.

"흥! 보시오. 당신들은 모두 소집에 해당된단 말이요. 우리가 조

금이라도 잘못 취급을 하는 줄 아시오. 홍!"

기피자들을 사령부까지 인솔해 온 경찰서 병사계원이 코언저리에 피식 웃음을 흘렸다.

명구는 곧장 속에서 뜨거운 것이 끓어올랐다.

'그럼 결국 그 별 따기 같은 취직자리를 놓치고 만단 말인가? 아— 씨팔, 지랄같은 세상이다. 아— 씨팔.'

그러나 어찌할 도리가 없었다. 일행이 앞을 다투어 대기하고 있는 버스로 오르기 시작한 것이다. 명구도 떠밀리다시피 해서 결국 버스 안으로 기어들고 말았다. 아무렇게나 한 자리 비비고 앉았다. 그러자 누군가가 여보! 하고 어깨를 탁 쳤다. 바로 곁에 앉은 사람이었다. 아까 그 양팔평이라는 친구였다.

"우리 인사나 합시다."

하고 싱그레 웃어왔다.

"예 그럽시다. 난 정명구라고 합니다."

"내 이름은 양팔평이라고 합니다. 이름이 더럽지요!"

하고는 싱긋싱긋 웃으며 명구의 손을 꽉 잡았다. 명구도 팔평이의 손을 지그시 눌러 잡아주었다.

기피자들을 터지게 집어삼킨 버스는 뿡뿡 요란한 소리를 지르며 병사구사령부를 떠나 일로 예비역사단을 향해 곧장 헐떡거렸다.

제5막사에서는 취침시각이 지났는데도 아직 오락을 끝내지 않고 흥겹게 떠들어대고 있었다. 예비사단의 첫날밤을 술과 노래로서 지새워보자는 그런 심정들인지 제가끔 재주껏 놀아나는 것이다.

"야! 이 새끼야. 너 종삼(鐘三)바레— 좀 안 추어 볼래? 정말 그러기냐?"

지금 막 양동(陽洞)타령이라는 괴상한 노래를 부르고 난 독수리처럼 코끝이 아래로 휘어진 녀석이 곁에 앉아 어깨춤을 추고 있는 얼굴이 삼각형으로 생겨먹은 녀석에게 던지는 말이었다.

"이거 왜 이래. 종삼바레―가 그렇게 값싼 것인 줄 아나? 아무 데서나 함부로 내놓게……."

"그럼 여깄다. 한 잔 더 처넣고 해봐라!"

독수리코는 절반쯤 남은 진로 병을 삼각형의 아가리에다가 갖다 대고 마구 쏟아 넣었다.

"으ㅎㅎ…… 큭큭큭."

삼각형이 넘어가는 시늉을 하자 막사 내에 웃음소리와 함께 요란한 박수소리가 일어났다. 독수리코는 더욱 의기양양해졌다.

"자아 이래도 종삼바렌가 똥삼바렌가 그것 좀 못해보겠니?"

"오냐, 춘다, 춘다. 에이 그 새끼……."

삼각형은 턱밑으로 흘러내리는 소주를 군복자락으로 아무렇게나 씩 훔치고는 휘청거리며 일어섰다. 그리고 뇌까렸다.

"야! 이 독수리코야. 종삼바레―를 글쎄 어떻게 혼자서 춘단 말이냐? 무식도 풍부한 이 새끼야! 상대가 있어얄 게 아냐. 상대가……."

"그렇지. 그럼 내가 상대가 돼 주지."

독수리코를 상대역으로 해서 그를 조종해가며 삼각형은 소위 종삼바레―라는 춤을 추기 시작했다. 삼각형의 포―스와 율동이 바뀔 때마다 막사 내는 떠나갈 듯 웃음으로 들끓었다. 별별 잡스럽고 희한한 장면이 다 많았다. 꼭 미쳐 돌아가는 두 마리의 망측한 짐승 같았다.

"아이쿠 못 살겠네—"

웅크리고 앉았던 팔평이란 놈이 별안간 괴상한 소리를 싸질렀다. 그러자 관물상자에 비스듬히 기대앉았던 명구도 팔평이를 돌아보며 헤벌레 웃었다.

이렇게 막사 내가 물 끓듯 들끓고 있을 때 슬그머니 문이 열렸다. 중대장이었다. 싱글싱글 웃는 얼굴로 걸어 들어왔다.

중대장이 나타난 것을 알자 종삼바레—는 그만 뚝 중단되고 말았다. 그리고 그 자리에 둘이 다 얼른 앉아버렸다. 앉아서 입을 헤— 벌리고 벌겋게 웃었다. 모두 웃었다. 중대장도 웃었다. 그러나 그는 이내 입술로 웃음을 싹 씻고 나더니

"에— 이제부터 내가 하는 말을 잘 들어주기 바란다."

하고 제법 엄숙한 목소리로 말했다. 물 끓듯 하던 막사 내가 별안간 기분이 나쁠 정도로 조용해졌다. 중대장은 막사 내를 유유히 둘러보며 일장의 열변을 토하기 시작했다.

목소리가 굵고 힘차기는 했으나 도무지 무슨 뜻인지 잘 알 수 없는 그런 열변을 한참 토하고 나더니 끝으로

"앞으로 한 달 가까운 교육기간 중 이 중대장과 함께 무사히 교육을 마치고 무사히 수료를 해서 나가기를 간절히 바란다. 그리고 각자 여러 가지 애로사항이 많을 줄 아니 그런 애로사항은 해골이 아프게 혼자 고민하지 말고 이 중대장에게 와서 상의해주면 이 중대장이 힘이 미치는 데까지는 힘써 주겠으니 잘 알겠나?"

하고 꽥 고함을 질렀다.

"예!"

막사의 어설픈 창문이 드르릉 울렸다. 술기운들 때문인지 여간 우렁찬 대답소리가 아니었다. 중대장이 만족스러운 표정을 짓자 누군가가

"중대장님!"

하고 힘차게 일어섰다. 명구였다.

"뭐야?"

"예! 병장! 정명구!"

관등성명을 대고 나서 명구는

"중대장님, 한 가지 애로사항이 있습니다."

하고 소리를 질렀다. 중대장은 약간 이마를 찡그렸다.

"무슨 애로사항이야? 말해 봐!"

"예! 다름이 아니라 저는 제대한 이후로 아직까지 근무소집 영장을 받은 일이 없습니다. 영장을 안 받은 사람을 어찌 기피자라고 할 수 있습니까?"

"이놈아! 그런 건 애로사항이 아니야!"

"아닙니다. 중대장님! 제 말씀을 들어 봐 주십쇼. 영장을 안 받았다는 것보다도 저는 내일 모레 출두를 해야 합니다."

"출두를 하다니? 어디로 출두해? 재판소에 나간단 말인가?"

"아닙니다. 취직이 됐습니다. 취직이…… 하늘에 별 따기보다도 더 어려운 취직이 오늘 됐습니다. 내일 모레 월요일 아침 아홉 시까지는 어떠한 일이 있어도 출두를 해야 합니다. 출두를 안 하면 일은 다 틀려버립니다."

"……"

"중대장님! 저는 영장을 한 번도 받은 일이 없습니다. 절대로 참

말입니다. 기피자가 아닙니다. 취직이 된 사람을 기피자라고 잡으면 저는 어떻겁니까? 저는 앞으로 어떻게 살아갑니까?"

"음—"

중대장은 심각한 얼굴을 하며 숨을 크게 내쉬었다. 막사 내는 숨이 막힐 듯 조용했다.

"중대장님! 지금 세상이 어떤 세상인지 아십니까? 군복을 벗고 나가면 살 수가 없습니다. 거지가 아니면 도적질밖에 할 것이 없어요. 그러나 저는 취직자리를 구했습니다. 꼬박 일 년 오 개월 동안 돌아다니다가 말입니다. 거지질도 도적질도 안 했습니다. 다 우리 어머니 덕택이지요. 찹쌀모찌 장수를 하고 있어요. 모찌 바구니를 머리에 이고 온종일 돌아다닙니다. 그런데 제가 취직이 됐단 말입니다. 미군부대에 말입니다. 내일 모레 아침 아홉 시까지는 어떠한 일이 있어도 출두를 해야 합니다. 중대장님!"

명구의 목소리에는 어느덧 물기가 묻어 있었다. 어느 구석에선지 흑! 하고 코를 들어마시는 소리가 나기도 했다. 팔평이는 놀란 듯한 눈으로 명구의 얼굴을 뚫어지게 바라보고 있었다.

"알았다. 그만 앉아라."

중대장의 목소리도 약간 떨려 나왔다.

"중대장님! 저의 애로사항은 그것입니다. 저를 내일 집으로 보내 주십쇼! 어떠한 일이 있어도 취직자리만은 놓칠 수 없습니다. 어머니가 불쌍합니다. 우리도 좀 살아야겠어요. 만일 중대장님이 저의 이 애로사항을 안 알아주신다면……."

명구의 말이 잠깐 끊어지자 막사 내의 모든 시선이 더욱 뜨겁게 명구에게로 몰려들었다. 중대장도 명구의 얼굴을 똑바로 바라보고 있었다.

"……저는 이곳에서, 이곳에서……."

잠시 또 말이 끊어졌다가

"탈영하고야 말겠습니다."

하고 끝을 맺었다. 불을 뿜는 듯한 선언이었다. 그리고 이글이글 타는 눈으로 중대장의 얼굴을 쏘아 보았다. 무서운 순간이었다.

막사 내에 사람이 있는 것 같지 않았다. 오직 불타오르는 눈깔들만이 있는 것 같았다.

잠시 후, 이 숨 막히는 공기를 휘저어놓은 것은 팔평이었다.

"중대장님, 정말 그렇습니다. 취직이란 하늘의 별 따기 한가집니다. 이 사람을 집으로 보내 주는 것이 훌륭한 중대장님이죠."

굳어졌던 중대장의 표정이 약간 움직였다. 그러자 막사 내의 긴장이 이상스럽게도 확 풀리는 것이었다. 웃음을 참지 못해서 킥킥 소리를 내는 치도 있었다.

중대장은 굵고 힘찬 목소리로 말했다.

"좋다! 그 애로사항은 내가 내일 충분히 고려해보겠다. 그러나 탈영할 생각은 전적으로 취소하기 바란다. 우리 중대에 큰 지장이 초래할 뿐 아니라 네 신세도 전적으로 좋지 못하니 알겠나?"

"예!"

명구도 힘차게 대답했다. 그러자 중대장은

"일 분 내로 전원 취침!"

하고는 일부러 군화를 요란하게 울리며 걸어 나갔다.

이튿날, 중대장은 명구의 일에 대해서 그것이 사실이라면 동정은 하나 자기의 권한으로서는 어떻게도 할 수 없는 일이라고 말했다.

그 말을 듣는 순간 명구의 얼굴은 흙빛처럼 변했다. 그리고 그는 무섭게 입을 다물어버리고 말았다.

날이 저물었다. 취침시각이 되었다.

명구와 팔평이는 나란히 포단*(군대에서 덮고 자는 모포) 속으로 들어갔다. 불침번이 소등을 했다. 불이 꺼져도 한참은 포단 속에서 수군수군 얘기들이 계속되었다. 그러나 오래잖아 막사 내는 물속처럼 고요해지고 말았다. 드르릉드르릉 코고는 소리가 일어나기도 했다.

명구는 가슴 위에 두 손을 얹고 반듯하게 누워서 창틈으로 새어드는 달빛을 유심히 바라보고 있었다. 보름이 가까운 달인데다가 구름 한 점 없는 밤이었다. 명구는 가만히 입맛을 다셨다.

지금까지 찍소리 없이 누워 있던 팔평이가 슬그머니 다가와서

"정 형 어떻걸*(어떻게 할) 참이요?"

하고 명구의 귀에다 대고 들릴락 말락 속삭였다. 그러나 명구는 아무런 대꾸도 하지 않았다. 귀찮기만 했다.

"군대란 냉정한 것입니다. 정 형 잘 생각해서 하쇼. 잘못하면 큰일 납니다."

"……."

"오늘 밤은 달이 너무 밝아요. 큰일 납니다."

"……."

명구가 대꾸를 하지 않는 바람에 팔평이는 입을 다물고 말았다. 그리고 포단자락을 코 밑에까지 바싹 끌어당겼다. 여기저기 코고는 소리가 한창이었다. 불침번은 아으윽! 하고 하품을 하고 있었다. 팔평이는 지그시 눈을 감았다. 어디선가 멀리서 서로 연락을 하

는 듯한 신호소리가 들려오고 있었다. 사단 주변의 보초망에서인 듯했다. 팔평이는 괜히 으스스 떨렸다. 코 밑에까지 끌어 올린 포단 속으로 그만 얼굴을 묻어버리고 말았다.

얼마를 잤는지 모른다. 요란한 총소리에 팔평이는 소스라쳐 잠이 깨었다. 직감적으로 옆을 돌아보았다. 없다. 곁에 누워 있어야 할 명구가 보이지 않는 것이다. 팔평이는 저도 모르게 포단을 걷어차고 뛰어 일어났다. 불침번은 으으윽! 기지개를 켜며 손등으로 눈을 부비고 있었다. 총소리에 잠을 깬 사람들이 꽤 많아 막사 내가 별안간 시끌짝해졌다. 얼마 후, 팔에 완장을 두른 주번하사가 문짝을 요란하게 걷어차고 뛰어들며

"여기가 5막사지? 잡혔어, 잡혔어. 다리에 총이 맞았대, 다리에……흥! 어디라고 제가 탈영을…… 어리석은 놈이지. 이름이 뭐? 정 뭐?"

하고 뇌까렸다. 그러자 그 말을 팔평이가 받았다.

"주번하사님! 그 사람 참 억울합니다. 그 사람 아무 죄도 없어요. 그 사람 기피자 아닙니다. 그리고 하늘에 별 따기 같은 취직자리 안 놓칠랴고 탈영한 겁니다. 그건 그 사람 죄가 아니죠. 죄가 있다면 세상에 죄가 있어요. 이치가 안 그래요? 주번하사님!"

해가 둥둥 떠오르자 사단 의무실의 파아란 지붕이 더욱 선명해 보였다. 의무실 앞뜰에는 앰뷸런스가 한 대 놓여 있었다. 빨갛게 그려진 열십자가 햇빛을 받아 곱게 빛났다.

지금 앰뷸런스에 환자가 한 사람 실리고 있는 것이다. 명구였다. 들것에 담긴 명구는 정신을 잃은 듯 그저 두 위생병이 하는 대로였다. 다리에 칭칭 감은 붕대에는 벌겋게 피가 배어 있었다. 환자를

차에 싣고 나자 위생병 하나는 뛰어내려 의무실로 들어갔다. 의무
실장은 잉크를 쿡 찍어 서류에 아무렇게나 사인을 해서 그것을 위
생병에게 던져주며

"빨리 후송해야 한다. 늦으면 야단이야. 늦으면 다릴 절단해야
될지도 모르니까 빨리 빨리……."
하고 뇌까렸다.

"예!"

서류를 받아 쥔 위생병은 실장에게 멋 떨어지게 경례를 붙였다.

앰뷸런스 안에 실린 명구는 백짓장 같은 이마에서 싸늘한 땀을
줄곧 흘리고 있었다. 위생병이 담요를 덮어주었다. 앞 운전대에는
운전병이 무표정한 얼굴로 콧구멍을 후비고 앉아 있었다. 서류를
쥔 위생병이 뛰어나와

"빨리 갑시다!"
하고 옆자리에 올라앉자, 운전병은 새끼손가락 끝에 묻어 나온 코
딱지를 톡 튕겨버리고 꾹 페달을 밟았다.

사단을 빠져나와 앰뷸런스가 어느 산모퉁이*('산모퉁이'의 영천말)
를 잡아 돌 때였다. 지금까지 의식을 잃고 있던 명구가 무엇에 놀
란 사람처럼 두 눈을 번쩍 떴다. 무섭게도 큰 동공이었다. 그러나
그 동공에는 초점이 없었다. 곁에 앉았던 위생병이

"이제 정신 좀 돌아왔소?"
하고 말을 건넸으나 아무런 반응이 없었다. 명구의 무섭게 부릅뜬
두 동공은 무엇인가를 서서히 한데 끌어모으고 있는 듯했다. 빛을
찾고 있는 것이었다.

앰뷸런스가 반대쪽으로 휙 기울어지며 길을 잡아 돌자 명구는

두 눈을 한 번 껌벅했다. 그리고 위생병의 얼굴을 비로소 발견한 듯 표정을 약간 움직였다. 얼마를 달렸을까? 명구는

"지금 몇 시?"

하고 까아맣게 탄 입술을 달싹거렸다. 가느다란 목소리였다. 위생병은 시계를 가지고 있지 않았다. 대충 짐작으로

"여덟 시 반쯤 됐을 거요."

했다. 그러자 의외에도 명구는 좀 힘이 들어 있는 목소리로

"빨리, 빨리, 빨리."

하고 똑같은 발음을 세 번 되풀이하는 것이었다. 그의 얼굴 위로 초조한 빛이 스쳐 가고 있었다. 얼마를 안 가서 명구는 또

"몇 시?"

하고 입술을 달싹거렸다. 아까보다도 훨씬 작은 곧 넘어가는 듯한 목소리였다. 위생병은 명구가 왜 자꾸 시간을 묻는지 그 까닭을 모르기 때문에 큰소리로

"글쎄요. 한 여덟시 삼십일 분쯤 됐겠죠."

하고는 히죽히죽 웃었다. 그러자 명구는

"빨리, 빨리."

하고 이번에는 같은 발음을 두 번 되풀이했다. 역시 초조한 빛이 얼굴에 있었다. 잠시 후 다시 그는

"몇 시?"

했다. 그러나 그 소리는 이미 위생병의 귀에까지 전달되지 않았다. 앰뷸런스는 얼마 남지 아니한 육군병원을 향해 마구 달리고 있었다.

《새벽》(1960. 2)

온혈적(溫血的)

"설마 나올 때가 됨 나오겠죠."

이번에 새로 부임해 온 교사 허승은 결식아동조사부를 펼치면서 이렇게 심드렁하게 대답했다. 옆 책상에 와서 빙 둘러앉아 점심을 마치고 담배를 한 대씩 피워 문 직원들이 오늘도 또 봉급타령을 늘어놓으면서

"허 선생! 소위 교육계란 곳도 이 모양이니 어떻게 해먹겠소? 봉급을 한 달 두 달 늦추는 게 예사니 말이요."

하고 말을 건넨 동료가 있었던 것이다. 승은 지당한 말이라고 생각했다. 그러나 모여앉은 자리에서 내놓는 화제라는 것이 죄다 그런 따위의 것이고 보니 절로 구역질이 나지 않을 수 없었다.

"그렇지만 허 선생!

하고 다음 말이 날아오는 바람에 승은 이맛살을 찡그려버렸다. 승이 싫어하는 기색을 본 직원들은 일제히 얼굴을 돌리고 저희들끼

리 뭐 교육구청이 어떠니 보수 규정이 어떠니 하고 시부렁거린다.

그따위 시시한 소리야 들은 체 만 체하고 승은 조사부에서 자기가 담임한 학급을 찾았다. 그가 담임한 3학년 2반의 난(欄) 맨 첫머리에 기재되어 있는 이름은 서기수였다. 나이는 열하나, 가정상황에는 부모 사망 기타 불명이라 적혀 있고 다음 결식상황에 가서는 아침— 보리죽, 점심— 없음, 저녁— 풀죽 혹은 메뚜기 죽, 이라고 씌어 있다.

승은 저도 모르게 피식 웃었다. 메뚜기 죽이라는 말이 우스웠던 것이다. 그러나 그 말이 어째서 우스운지는 잘 알 수 없었다. 승은 다시 한 번 기수에 대한 조사 내용을 훑어보았다. 가족상황에 적혀 있는 기타불명이라는 넉 자가 웬일인지 가슴을 쿡 찔렀다. 가벼운 소름이 등골을 씻어 내려가기까지 했다. 부모 사망, 기타 불명— 생각해보면 아무 일도 아닌 것이다. 전번 담임의 조사가 소홀했다는 것뿐이다. 그러나 승은 어쩐지 그 기타 불명이 마음에 걸리는 것이었다. 부모 사망이라는 말 밑에 적혀 있기 때문에 그런지도 몰랐다. 제법 호기심 같은 것이 움직이기도 했다.

결식아동 구호용으로 우유가 배당되어 나오자 구호대상자로서 결식아동을 조사한 것이라 하니 꽤 정확을 기했을 것이 분명하다. 기수의 결식 상황을 보더라도 메뚜기 죽이라는 말까지 씌어 있을 정도로 상세하니 말이다. 현재 가족상황에는 어찌 이런 무책임한 말을 써 놓았는지 모를 일이었다. 다른 스무남*(스물이 조금 넘는 수)의 아이들을 모조리 훑어보아도 이런 책임 없는 말은 한 군데도 씌어 있지 않았다.

'내가 한 번 조살 해봐야겠는데…….'

승은 꿀꺽 침을 삼켰다. 신출내기가 되어서 그런지 이런 사소한 일에도 곧잘 마음이 쓰이는 것이었다.

조사부에 의하면 승이 담임한 3학년 2반에는 결식아동이 모두 스물여섯이었다. 물론 그것이 절대적인 것인 것은 아니겠지마는 그러나 오늘 오후에 우유 가루를 이 스물여섯 명에게 나누어주는 수밖에 달리 도리가 없다고 승은 생각했다. 그래서 그 이름들을 뽑아 적었다.

그리고 승은 창고에 가서 자기 학급 몫으로 우유 두 바케스를 받아 양손에 들고 직원실로 운반해 왔다.

며칠 동안 학교에서 우유를 끓여 점심시간에 결식아동들을 불러 모아서 한 양재기씩 급식해 오던 것을 그러다가는 장작 값도 한정 없고 일도 일일 뿐 아니라 언제 끝장을 볼지 모를 노릇이니 그냥 가루로 나누어주고 말자는 말이 어제 직원회의에서 논의되어 그렇게 하기로 결정을 보았던 것이다. 그럼 직원들도 조금씩 얻어갈 수 있는 문제가 됐군요 하고 성급하기로 이름 있는 교무가 한마디 내뱉는 바람에 교장, 교감을 비롯해서 한쪽 구석에 앉아 있던 급사 녀석까지 좋아서 큰소리로 웃었던 것이다.

봉급타령에도 이제 겨웠는 듯 모여 웅성거리던 직원들이 제각기 흩어져 갔다. 승은 옷에 묻은 우유 가루를 털고 앉아서 손거울을 내어 그 속을 들여다본다. 학교를 졸업하고 머리를 기르게 되면서부터 승은 곧잘 거울에다가 얼굴을 비추어 보는 버릇이 있었다. 이제 제법 길어 오른 머리카락을 쓰다듬어 넘기고 있노라니까 오후의 시작종이 깡깡깡…… 울려왔다.

양손에 우유 바케스를 들고 낭하를 걸어가며 승은 저도 모르게 피식 웃었다. 메뚜기 죽이라는 말이 생각났던 것이다.

'부모 사망, 기타 불명이라…… 서기수란 애가 어떤 앨까?'

승이 우유 바케스를 내려놓고 교실 문에 손을 댔을 때 실내에서 쾅쾅 발을 구르는 소리와 책상을 떵떵 두들기는 소리가 요란했다. 그리고

"때리자! 때리자!"

"잡아 엎어라! 잡아 엎어!"

"죽여 버리자!"

하는 아우성에 섞여

"아윽! 잉잉……."

하고 한 줄기 울음소리가 터지는 것이었다. 여럿이 덤벼들어 한 아이를 골리고 있는 것이 분명했다.

승은 힘차게 문을 열어젖혔다. 커덩!

하고 문짝이 요란한 소리를 지르는 바람에 조무래기들은 깜짝 놀라며 아우성을 뚝 끊고 제자리로 우르르 물러간다. 책상 밑으로 뿔뿔 기는 녀석도 더러 있다. 흑판 앞에 그대로 서서 훌쭉훌쭉 흐느끼고 있는 놈이 집중공격을 당한 피해자에 틀림없다. 피 묻은 코를 기다랗게 입에 빼물고 있다. 실내에 먼지가 자욱하여 코가 매울 지경이었다. 승은 우선 창문을 죄다 열어라고 호령했다. 창문이 활짝 활짝 열리자 먼지가 연기처럼 나부껴 나갔다.

"너희들 왜 이렇게 교실에서 떠드느냐?"

승은 아랫배에 꾹 힘을 주며 위엄 있게 소리를 질렀다. 그러나 역시 좀 열에 뜬 음성이었다. 승의 말이 떨어지자 조무래기들은 약속이나 한 듯 일제히 말문을 터놓는 것이다. 제각기 뭐라고 떠들어대

는 바람에 승은 도무지 정신을 차릴 수가 없었다.

"급장 일어나서 혼자 말해 봐!"

"예!"

시끌짝하던 실내가 다시 물을 뿌린 듯 조용해졌다.

"선생님, 저 자식이 철호 능금을 훔쳐 먹었심더. 아까 점심시간에
예."

급장의 말을 듣고 승은 훌쩍거리고 있는 녀석을 돌아보며

"정말 네가 남의 능금을 훔쳐 먹었나?"

하고 물었다.

"……."

"왜 말을 못해 응? 훔쳐 먹었음 훔쳐 먹었다고 정직하게 말을 해
야지."

"……."

역시 아무런 반응이 없다. 모가지를 움츠린 채 꼼짝도 하지 않
는다.

"응! 말을 못하겠어?"

승의 목소리가 좀 거칠어지자 코를 빼문 얼굴을 겨우 좀 쳐들어
보였다. 가느다란 두 다리가 경련을 일으킨 듯 곧장 달달달 떨렸
다. 그러다가 한참 만에 입 안에서 우물거리는 소리로

"훔치지 안 했심더."

한다.

"훔치지 않았어?"

"예."

어떤 자신이 깃들어 있는 그런 대답이었다.

"훔치지 않았다는데 그래?"

승은 자기에게 집중되어 있는 까아만 아이들의 눈을 향해서 말을 던졌다.

"아니예. 정말로 훔쳤심더."

"훔치는 걸 보았심더."

"그 자식 도둑놈입니다."

아이들이 또 와— 하고 들고 일어났다. 승은 이 녀석이 필경 버릇이 나쁜 녀석이로구나 싶으며

"네 이름이 뭐고?"

물었다.

"……."

대답이 없다. 그 대신

"서기숩니더."

하고 다른 아이들이 입을 모아 일제히 소리를 질렀다.

"네가 서기수냐!"

승은 곧장 고개를 끄덕거렸다. 아이들은 이제 큰 벼락이 떨어지는 것이려니 하고 선생님과 기수의 얼굴을 번갈아 바라보았다.

그러나 그들의 생각과는 딴판으로 승은

"자리로 들어가 앉아라. 나중에 조사해 볼 테니……."

부드러운 목소리로 말했다. 아이들은 뜻밖에 이런 말이 떨어지자 서로 마주보며 수군덕거리기도 했다. 기수는 코를 손등으로 씩 훔치며 제자리로 가서 가만히 궁둥이를 놓았다.

결식아동들에게 우유가루를 분배해주고 나서 승은 기수를 좀 남으라고 했으나 때마침 직원 집합을 알리는 종소리가 울려왔기 때

문에 내일로 미루고 그냥 돌려보냈다.

새로 부임해 왔다는 구청 학무과장의 인사말을 듣고 교실로 돌아온 승은 창가에 앉아 '단원 학습지도법'이라는 책을 펴 들었다.

가을치고는 유별히 따뜻한 창가였다. 승은 온몸에 햇빛을 받으며 그 책을 열심히 읽어나가고 있었다. 그러고 있을 때였다.

"내 우유 내놓아라! 이 자식아! 내 우유, 내 우유—"

목을 째는 듯한 소리가 들려왔다. 승은 얼른 고개를 소리 나는 쪽으로 내밀었다. 기수였다. 기수가 얼굴이 새파래가지고 악을 쓰며 달려오고 있었다. 기수에게 쫓겨 내빼는 듯한 녀석은 벌써 저쪽 변소 뒤를 돌아 사라지고 있었다. 승은 무슨 영문인가 해서

"서기수! 서기수!"

하고 막 지나가는 기수를 불러 세웠다.

승의 앞에 와 선 기수는 또 다리를 달달 떠는 것이었다. 겁을 집어먹은 것이 분명했다. 승은 우선 기수의 손목을 잡고 부드러운 목소리로 걸상에 앉으라고 했다. 기수는 순순히 궁둥이를 걸상에 갖다 놓았다. 그러나 역시 떨고 있었다.

"선생님을 무서워함 안 돼. 선생님은 무서운 사람이 아니야."

승이 이런 말을 꺼내니까 뜻밖이라는 듯 기수는 힐끗 승의 얼굴을 살핀다. 승은 이 애가 퍽 눈칫밥을 먹는 애로구나 싶으니 측은한 생각이 들었다.

"기수야."

지극히 다정스러운 목소리로

"우유를 누구한테 빼앗겼나?"

하고 물었다.

"철호가 쏟아버렸심더. 가만히 있는데 자식이 막……."

기수는 콧물을 줄 흘렸다. 그의 말에 의하면…….

우유를 받아가지고 기수는 아이들의 눈을 피해서 학교 돼지우리 뒤로 숨어들어 갔다. 그것을 싸들고 집에까지 가기에는 배에서 꼴꼴 너무나 소리가 났던 것이다. 돼지우리 뒤에 숨어 앉아서 기수는 그것을 여간 맛있게 퍼먹는 것이 아니었다. 입천장에 짝짝 들어붙는 것이 오히려 먹음직하여 어쩔 줄을 몰랐다. 그렇게 한참 넋을 잃고 있는 참인데 어디선지 난데없는 소낙비가 좍 쏟아져 왔다. 기수는 저도 모르게 벌떡 일어서면서 돼지우리 추녀 끝에 대가리를 받았다. 얼마나 야무지게 받았는지 눈에서 불이 번쩍 했다. 또 한 번 소낙비가 쏟아져 내렸다. 기수는 그만 앞으로 팍 엎어지고 말았다. 그 바람에 손에 들고 있던 우유 가루가 땅바닥에 형편없이 흩어져 깔려버리고 만 것이다. 쏟아져 온 것은 정말 소낙비는 아니었다. 어떤 녀석이 모래를 갖다 퍼부었던 것이었다. 점심시간에 능금을 잃어버렸다는 철호라는 녀석이었다. 그래 놓고는 좋아라고 웃어대며 뺑소니를 치는 것이었다. 기수가 고래고래 악을 쓰며 뒤를 쫓은 것은 그 때문이었다.

돼지우리 뒤에 숨어서 우유 가루를 퍼먹었다는 말에 승은 코허리가 시큰했다.

"우유 가루 또 줄 테니 걱정하지 마라. 내가 또 얻어다 줄 테니……."

승의 말이 떨어지자 기수의 얼굴은 활짝 피어나는 듯했다. 두 눈에 생기가 반짝 빛났다.

"그런데 서기수! 너 점심시간에 정말로 남의 능금을 훔쳐 먹었나?"

"아니예, 훔치지 안 했심더."

"그럼?"

"줏었심더. 책상 밑에서예."

"그래서 그만 먹어버렸나?"

"예."

고지식한 대답이었다. 승은 픽 웃음이 튀어나오는 것을 참았다. 그리고 그것이 사실일 것이라고 믿었다. 그건 그렇다고 해두고 이제 부모 사망, 기타 불명의 그 기타 불명을 좀 알아 볼 생각으로

"집에 아버지 어머니 다 계시나?"

물었다.

"아니예."

"그럼 아버지 어머니 모두 돌아가셨나?"

"아니예."

"그럼?"

"……."

그 다음은 대답이 없었다. 집에도 없고 사망이 아니라면 그럼 어떻게 되었단 말인가? 부모 사망이란 말 역시 기타 불명이라는 말에 못지않게 확실성이 없는 것이 되고 말았다.

"그럼 어디 먼 곳에 가 있나?"

"……."

"하, 이런."

그러나 성을 낼 수는 없었다.

"그럼 기수야 집에는 누가 있니?"

"……."

이것 참 알 수 없는 노릇이다. 아마 전번 담임도 이래서 그만 적당히 부모 사망, 기타 불명이라고 써버린 모양이다. 한 번 가정방문을 해볼 필요가 있다고 승은 생각했다.

우유 가루를 한 봉지 얻어서 주어 보낸 다음 승은 많은 아이들 중에는 별별 환경의 아이가 다 있을 것이라 싶었다. 학급을 잘 운영하려면 아동 하나하나의 환경조사를 정확하게 해놓을 필요가 절대로 있는 것이라고 생각하며 닥쳐오는 농번기 휴업에는 꼭 부락으로 출장을 나가야겠다고 마음먹었다.

다음 날 어찌된 셈인지 기수는 학교엘 오지 않았다. 기수와 한마을에서 다니는 여생도에게 물어보아도 모른다는 것이다. 승은 매우 궁금했으나 하루쯤 결석이야 흔히 있는 일이라고 여겨버렸다. 그러나 그런 게 아니었다. 다음 날도 또 그 다음 날도 기수는 학교에 나타나지 않았다. 이쯤 되고 보니 승은 그냥 모른 척하고 있을 수가 없었다. 오는 일요일에는 꼭 기수네 집을 찾아가 보아야겠다 싶었다.

그러고 있는 어느 날 오후였다. 급사가 교실로 찾아와서 지금 교장 선생님이 부르시니 곧 가보시라는 것이었다. 무슨 일로 오라더냐고 물으니

"글쎄요, 잘 모르겠는데예, 아마 무슨 일이 생긴 모양입띠더."

하는 것이었다. 무슨 일이 생긴 모양이라는 말에 승은 가슴이 철렁했다.

"응? 무슨 일이라니?"

"잘 모르겠는데 아마 선생님 반 아이가 무슨 사고를 일으킨 것 같습띠더. 순경한테 끌려왔습띠더."

승은 어떻게 교장실까지 왔는지 몰랐다. 잠시 옷매무새를 고치고 똑똑똑 노크를 했다. 그리고 조심히 문을 열었다.

근심스러운 얼굴을 하고 있는 교장의 곁에는 정복 순경이 앉아서 담배를 뻐끔뻐끔 태우고 있었다. 이야기는 일단락이 된 모양이었다. 승이 나타나기를 기다리고 있는 듯했다. 한쪽 구석에서 코를 빼물고 서 있는 아이는 다름 아닌 서기수였다.

기수가 정복 순경에게 끌려오게 된 까닭은 다름이 아니라 읍내 상점에서 우유를 훔쳤기 때문이었다. 깡통에 든 우유를 훔치려다가 주인에게 붙잡혀 때마침 지나가던 순경에게 인계되어 학교로 끌려오게 된 것이었다.

교장은 다른 아이에게 미칠 영향을 생각해서라도 퇴학을 시키는 것이 마땅한 일이라고 했다. 그러나 승은 새로운 교육에서는 그렇게 아이들을 처벌해서는 안 되는 법이라고 주장했다. 만일 이 일로써 아이를 퇴학 처분해버리면 이 아이는 영영 버림받은 아이가 되어 정말로 불량한 인간으로 떨어지고 말 것이니 그것이 어찌 참다운 교육이 될 수 있느냐고 강력히 주장을 했던 것이다. 결국 무기정학으로 낙착이 되고 말았다. 순경을 보내고 들어와서 승은 교장에게 말했다.

"이 아이를 제가 책임지고 선도하겠습니다. 다른 아이들과 다른 퍽 불행한 환경에 있는 아이올시다. 꼭 제가 책임지겠으니 교장 선생님 저에게 맡겨 주십쇼."

승의 말에 교장은

"허 선생, 그런데 부형을 부르시오. 불러서 가정교육을 잘 하도록 좀 톡톡히 일러야 그렇지 않곤 또 무슨 일을 저지를지 모르니까요."

했다.

"예 그렇게 하겠습니다. 교장 선생님 너무 염려하시지 마시고 저한테 일임해 주십쇼."

"그러나 이삼 개월 정학을 시켜서 근신을 하도록……."

"예, 예."

승은 기수를 데리고 교실로 물러나왔다. 기수는 코를 빼물고 언제나처럼 조그마한 얼굴을 숙이고 가느다란 다리를 달달 떨었다. 승은 기수가 우유를 훔치게 된 데에는 적지 않은 까닭이 있으리라 했다. 요전 날 돼지우리 뒤에 숨어서 먹다가 모래 소낙비를 맞은 일도 있었으니 말이다.

"기수야 이놈아! 왜 남의 점방의 물건을 훔치려고 했나 응?"

놈 자가 섞이는 말이었으나 결코 거친 음성은 아니었다. 조금 원망스러운 듯한 말소리였다.

"……."

기수는 아무 말 없이 승의 얼굴을 힐끗 한번 바라보기만 했다.

"기수야 말을 해봐라. 조금도 숨기지 말고 말을 해봐. 선생님은 너를 훌륭한 사람 되게 할려고 얼마나 마음을 쓰고 있는지 아나? 기수야 어서 말을 좀 해보라니까."

"선생님예 저— 흥 잉잉……."

기수는 그만 울음을 터뜨리고 말았다. 어린아이의 울음이었으나 퍽도 측은했다. 마음에 얼어붙은 설움이 따스한 인정 앞에서 줄줄 녹아내리는 그런 울음이었다. 승도 코허리가 시큰해지는 것이었다. 필경 무슨 말 못할 곡절이 있었으려니 하고 승은 기수의 울음을 끝까지 좋은 말로 달래고 나서 차근차근 그 까닭을 물었더니…….

요전 날 철호 때문에 돼지우리 뒤에서 우유 가루를 쏟아버리고 승에게서 새로 한 봉지 얻어 든 기수는 이번에는 한눈을 팔지 않고 똑바로 집을 향해 갔다. 책보자기는 허리에 감고 우유봉지를 두 팔로 소중히 가슴에 안고 가는 길이었다. 벼가 누우렇게 익어가는 들길이었다. 메뚜기가 날고 있었다. 참메뚜기 송장메뚜기에 섞여 방아깨비란 놈도 풀풀 날고 있었다.

"히야— 많다."

기수는 저도 모르게 고함을 질렀다. 그런데 커다란 방아깨비란 놈이 한 마리 푸루룩 날아와서 기수의 어깨에 척 앉는 것이 아닌가.

"요곳 보래."

기수는 어깨에 와서 앉은 방아깨비밖에 정신이 없어서 그만 두 손으로 그 녀석을 냉큼 사로잡고야 말았다. 그러나 그 바람에 소중한 우유 봉지가 땅바닥에 떨어져 보기 좋게 흩어지고 말았던 것이다.

"으악!"

그러나 논두럭*('논두렁'의 방언)에 흩어져 깔린 우유 가루를 다시 어떻게 주워 담을 도리는 없었다. 기수는 그만 목을 놓아 울어버렸다. 그리고 방아깨비란 놈을 짝짝 찢어서 콱 밟아버렸다.

그날 밤 기수는 설사를 주룩주룩 내갈기며 엉금엉금 마당으로 기어나가곤 했다. 집안사람에게 떡이 되도록 매를 맞았던 것이다. 우유 가루를 집으로 가져오지 않았다고 해서였다. 아무개는 학교에서 받은 우유 가루를 집으로 가져와서 온 집안이 떠들썩하도록 웃음판을 이루면서 맛있게 나누어 먹는데 너는 어디서 혼자 다 처

먹고 빈손으로 탈래탈래 들어오느냐는 것이었다. 아무리 변명을 해도 막무가내였다.

연달아 며칠 동안 학교를 결석한 것은 그 때문이었다. 겨우 몸을 추스르고 일어나서 책보를 든 기수는 공부 같은 것은 조금도 마음에 없고 그저 어떻게 해서든지 우유 가루를 구해서 집에 갖다 바쳐야겠다는 생각뿐이었다. 그래서 책보를 들고 집을 나서기는 했으나 학교 생각은 없이 똑바로 다리 건너 읍으로 들어갔던 것이다.

기수를 집으로 돌려보내면서

"기수야 선생님이 너희 집을 찾아갈 때까지 학교에 나오지 말고 집에서 공부해라 응?"

이런 말을 할 때 승은 가슴이 뻐근했다. 머리를 납작 숙여 인사를 하고 돌아서 나가는 기수의 바짝 마른 목덜미를 바라보며 승은 저 애를 내가 도와주어야 되지 않을까― 이런 생각이 들었다.

일요일이었다.

들에는 가을이 한창 무르익고 있었다. 누우런 벼의 물결이 시원스럽게 우쭐렁거렸다*('우쭐거리다'의 다른 표현). 군데군데 벌써 벼를 베는 곳도 있었다. 기수가 사는 마을은 학교에서 오 리가 훨씬 넘는 곳이었다. 승은 들길을 훨훨 걸어가며

'그동안 기수는 집에서 뭘 하고 있을까? 기수를 그렇게 모지게 때렸다는 집안사람이 대체 누구일까? 그리고 요즘은 메뚜기가 많으니 아침으로도 메뚜기 죽을 먹고 있을는지도 모르지…….'

별생각을 다 했다.

메뚜기가 여기저기서 풀풀 뛰고 있었다. 이따금 한 마리씩 어깨나 머리 위에 와서 앉기도 했다. 승은 가볍게 휘파람을 날렸다.

조그마한 개천을 뛰어넘어 백양나무 숲을 지나면 건너편 산허리에 다닥다닥 붙어 앉은 초가집들이 보였다. 그게 기수네 마을이었다. 마을 앞으로 또 하나 개천이 흐르고 있었다. 승은 징검다리를 성큼성큼 뛰어 건너 둑으로 올라섰다. 그리고 사방을 둘러보았다. 학교에 다니는 애들을 찾아서 기수네 집을 묻는 수밖에 없었던 것이다.

　저만큼 떨어진 곳에 어떤 아이 하나가 허리를 구부렸다 폈다하며 논 기슭을 돌고 있었다. 승은 그쪽으로 걸음을 옮겨갔다.

　그게 바로 기수였다. 허리를 구부렸다가 펼 때마다 입으로 손이 가곤 했다. 무엇을 잡아서 씹고 있는 것이 분명했다. 메뚜기였다. 메뚜기를 잡아서 씹으며 논 기슭을 돌고 있는 것이었다.

　"서기수!"

　승의 부르는 소리를 못 듣고 기수는 여전히 메뚜기를 쫓기에 여념이 없었다.

　"기수야!"

　이번에는 알아들은 듯 얼굴을 이쪽으로 돌렸다. 담임선생이 찾아온 것을 알자 주춤하더니 곧 이랑으로 뛰어오는 것이었다. 바로 코앞에까지 뛰어와서 머리를 납작 숙이며

　"선생님예."

하고 반긴다. 입술에 까므잡잡한 물이 묻어 있다. 메뚜기를 씹은 물에 틀림없다. 승은 약간 이마를 찌푸리며

　"너 메뚜길 생으로 먹나!"

하고 물었다.

　"……."

기수는 아무 말 없이 손등으로 입을 씩 닦고 승을 쳐다보며 헤―
웃었다. 전보다 더 초췌한 얼굴이었다. 눈자위까지 푹 꺼졌다.

"너 어디 아팠나?"

"아니예."

"그럼 요새도 너거 집 죽 끓여먹나?"

"밤에만 죽 먹심더. 아침에는 밥을 해 먹심더."

"하…….."

승은 고개를 끄덕이며 아무렇지도 않은 체했으나 속으로는 우습
기도 하고 눈물겹기도 했다. 기수를 앞세우고 마을로 들어서며 승
은 결식아동 조사부에 적혀 있던 부모 사망, 기타 불명이라는 말이
곧장 머리에 떠돌았다.

학교 선생이 찾아왔다는 말을 듣고 부스스 기어 나온 사람은 머
리가 파뿌리같이 된 노파였다. 눈곱이 끼어 있고 옷은 때가 절어서
번질거렸다. 을씨년스럽기 짝이 없었다. 방에 들어가자고는 하나
보아하니 들어가 앉을 만한 방도 있는 것 같지가 않았다. 게딱지만
한 오두막집이었다. 승은 바쁜 일이 있어서 곧 가야 되니 여기서 잠
시 말씀 드리겠다고 말을 꺼냈다.

"할머니 저…… 기수하고 어떻게 되십니까?"

"예, 기수가 바로 내 외손잡니더. 젖먹일 때부터 내 손으로 키웠
심더 선상님. 무슨 놈의 팔자가 이런 놈의 팔자가 다 있는교?"

승이 궁금하게 여겨오던 기수의 가족 환경이 이 외할머니라는
노파의 입으로부터 줄줄 쏟아져 나오는 것이었다.

기수를 낳자, 기수 아버지는 기수 어머니를 친정으로 쫓았다는
것이었다. 어린애를 낳은 달 수가 아무리 헤아려보아도 맞지 않다

는 이유에서였다. 친정으로 쫓겨 온 기수 어머니는 사흘을 연달아 울더라는 것이었다. 그러더니 어린애의 이레*('한 칠'을 말함)가 다가는 날 밤 그만 어디론지 흔적을 감추어 버렸다는 것이다. 마을에서도 도저히 용서할 수 없는 계집이라고 공론이 자자했다 한다. 기수 아버지가 그 소식을 듣고 찾아온 것은 며칠 뒤의 일이었다는 것이다. 오더니 그만 덮어놓고 아이를 죽여 버리고 말겠다면서 부엌에서 정지칼*('식칼'의 방언. 부엌칼)을 들고 나오더라는 것이다. 자기가 그때 그 어린 것을 치마에 싸안고 울타리 구멍을 뚫지 않았더라면 기수는 꼼짝없이 죽고 말았을 것이라는 것이다. 요새 와서 생각하면 차라리 그때 그대로 내버려 두었더라면 싶다 한다. 그 후 꼬박 삼 년을 동네 젖을 얻어 먹이느라고 죽을 욕을 다 보았고 오늘날까지 키우느라고 아들과 며느리한테 모진 눈치도 많이 먹었다는 것이다. 어린애 어미는 흔적을 감춘 이후로 죽었는지 살았는지 지금껏 소식이 없고 어린애 애비도 이제는 생사를 모른다는 것이다. 이제 그런 일이사 어떻게 되었든 상관없는데 아들과 며느리만 좀 지랄을 하지 않으면 살겠다는 것이다. 유득이 개방정*(온갖 점잖지 못한 말이나 행동을 낮잡아 이르는 말)을 떨어쌓는 며느리 때문에 하루에도 몇 번씩 양잿물 생각이 나는지 모른다는 것이다.

"집안 꼬라지가 이 모양이라 인제 학교도 안 보낼랍니더."

이것이 이야기의 결론이었다.

승은 한 대 얻어맞은 것처럼 멍멍하기만 했다. 부모가 이 세상에 살아 있으면서도 고아와 같은 몸이 되어버린 기수, 바짝 마른 저 가느다란 모가지…… 승은 속에서 무엇인가가 꿈틀거리는 것을 느꼈다. 설움인 것 같기도 하고 노여움인 것 같기도 했다. 아무튼 그것은 어떤 뜨겁게 사무쳐오는 기운이었다.

"할머니!"

승은 별안간 음성이 높아졌다. 약간 격해 있었다. 노파는 곱이 낀 두 눈을 치뜨며 이 양반이 왜 이렇게 고함을 지르나 하는 표정이었다. 기수는 놀란 시선으로 승과 할머니를 번갈아 힐끔힐끔 바라보았다.

"기수를 나한테 맡겨주쇼!"

"......?"

"기수를 나한테 맡겨 달란 말입니다."

"맡기다니 그게 무슨 말씀인교?"

"못 알아듣겠습니까?"

승의 목덜미에서는 가느다란 핏줄이 뜨겁게 팔딱거리고 있었다.

점심시간이면 교무실에는 으레 이야기의 꽃이 피었다. 화제는 그때그때에 따라 달랐으나 봉급타령만은 꼭 따라다니는 것이었다.

"언제쯤 나오는고?"

"글쎄 속히 좀 나와야 살겠는데……."

이런 잡담 속에 섞여 승도 이제는 제법 맞장구를 치게 되었다.

"그달 봉급은 그달에 딱딱 내주면 오직 좋을까마는……."

그러나 승이 이렇게 봉급을 기다리는 것은 여느 직원들이 그것을 고대하는 것과는 성질이 좀 달랐다. 승은 자기의 봉급 일부로서 바싹 마른 가느다란 목숨 하나를 키워가고 있는 것이다. 물론 이제 메뚜기 죽 같은 것을 먹이지는 않았다.

《세계》(1960. 4)

산중 우화

깊디깊은 산골이었다. 어찌 보면 하늘이 꼭 깨진 거울조각만 밖에 안 했다.

해가 길려야 길 수가 없었다. 이쪽 산 위로 얼굴을 내밀었는가 하면 어느 결에 저쪽 산 위로 기울어지게 마련이었다. 이런 안타까운 골짜기에 그래도 사람이 살고 있었다.

영감과 할미였다.

영감은 흡사 원숭이였고, 할미는 꼭 너구리 같았다. 둘이가 다 주름살투성이였다. 조그마한 움집 속에 살고 있었다. 지금 막 땅에서 돋아 오르는 버섯 같은 모양의 집이었으나, 조석으로 어김없이 연기가 피어올랐다. 모락모락 연기가 나부껴 오를라치면 부엌에서는 감자와 밤이 구수하게 익어갔다. 영감은 밤을 좋아했고, 할미는 감자를 즐겨했다. 감자는 여기저기 산비탈에 일구어진 밭뙈기에서 캐었고, 밤은 고개 하나 너머에 있는 밤나무 숲에서 거두어들였다. 그리고 물은 바로 집 앞을 사철 졸졸졸 흘러내리고 있었다. 별로 걱정될 게 없었다.

언제 어디에서 이 산골로 들어왔는지, 혹은 무엇 때문에 들어왔는지조차도 잊어버릴 만큼 영감 할미는 태평이었다. 그저 배가 부르면 서로 등이나 긁어주며, 이름도 성도 없이 살고 있었다.

그런데 이런 옛날이야기 같은 산골에 그만 어처구니없는 일이 생기고야 말았다.

산등성이를 넘어 불어오는 바람이 차츰 선득선득해지자, 영감은 부지런히 고개를 넘나들었다. 밤나무 숲에 가서 밤을 거두어 오는 것이었다.

어느 날 해거름이었다. 영감은 여느 때와 다름없이 알밤으로 가득 채운 푸대*('부대'의 방언. 자루)를 둘러메고 밤나무 숲을 나섰다. 산그늘이 짙어오고 있었다. 영감은 잰걸음으로 고개를 오르기 시작했다. 꽤 가파른 비탈이었으나, 별로 대수롭지 않게 올라채는 것이었다.

고갯마루에 올라선 영감은 푸대를 내려놓고 이마에 맺힌 땀을 씻었다. 그리고 고의춤을 풀어헤치며 멀리 서녘하늘을 바라보았다.

무슨 커다란 과실 같은 붉은 햇덩어리가 지금 막 땅 밑으로 꺼져들어가고 있었다. 놀은 곱게 타오르고 있었다.

영감은 쭈그리고 앉아서 오줌을 누며,

"햐……."

입을 딱 벌렸다.

오줌을 다 누고 일어서다가였다. 저만치 떨어진 곳에 무엇인지 반짝거리고 있는 것이 눈에 띄었다.

"저게 뭐꼬?"

영감의 두 눈은 번쩍 빛났다. 고의춤을 여미기가 바쁘게 가서 그것을 주웠다.

"이게 뭐꼬?"

영감은 고개를 옆으로 갸웃이 눕히며, 요모조모로 살펴본다.

길이가 꼭 가운뎃손가락만 하다. 굵기도 거의 그만 하다. 한쪽은 좀 가늘고, 끝이 뾰족하다. 동그랗고 매끈매끈하고 노란 빛깔이다. 무게가 꽤 있다.

"뭐 이런 기 있노?"

영감은 그것을 가만히 코밑으로 가져갔다. 냄새를 맡아보는 것이다. 아무런 냄새가 나지 않자, 이번에는 혀끝에 살짝 대어본다. 역시 별다른 맛은 없고 좀 차기만 하다. 무슨 쇠붙이에는 틀림이 없는데…… 영감은 다시 고개를 반대쪽으로 기울였다. 참 알 수 없는 물건이었다.

언제 어디에서 이런 것이 여기에 굴러왔을까? 영감은 그 쇠붙이를 손아귀에 소중히 쥐고 푸대를 둘러메었다. 그리고 몇 걸음 걷다가였다. 영감은 다시

"요곤 또 뭐고?"

하고, 우뚝 멈추어 섰다.

이번에는 뭔지 희뜩한 것이 떨어져 있었던 것이다. 꼭 새끼손가락 한 도막만 한 크기였다. 그것을 주워 든 영감은 그만 킬킬킬…… 웃음을 터뜨렸다. 그리고 냅다 큰소리로,

"담배다! 담배!"

했다.

담배꽁초였던 것이다. 영감은 그것을 한참 신기한 듯이 들여다보고 있다가,

"사람이 지나갔구나."

하고 중얼거렸다. 그리고 멀리 뻗어나간 산줄기를 바라보는 것이었다. 두 눈에는 어떤 야릇한 빛이 담겨 있었다. 어쩌면 그것은 일종의 아득한 향수인지도 몰랐다.

집에 다다르자 영감은 푸대를 내려놓기가 바쁘게 부엌에서 불을 지피고 있는 할미에게 그 이상한 쇠붙이를 불쑥 내미는 것이었다.

"그게 뭐꼬?"

"참 이상하제? 저 산날망*('산마루'의 방언)에 떨어져 안 있나."

"⋯⋯?"

"이거 말고 담배도 떨어져 있더라. 아마 사람이 지나갔는 모양이지."

"뭐? 사람이⋯⋯."

할미의 꾀죄죄한 얼굴에도 어떤 야릇한 표정이 어리었다.

영감은 할미 곁으로 가서 앉았다. 그리고 할미의 손에 그 이상한 물건을 놓아주었다. 홀홀홀⋯⋯ 불이 타오르고 있는 부엌 아궁이 앞에 앉아서 구수하게 익어가는 감자와 밤 냄새를 맡으며 영감 할미는 곧장 그 이상한 물건에 대해서 공론이었다. 한참 요모조모로 어루만지고 있던 할미가 별안간 무슨 대단한 생각이라도 떠오른 듯 영감을 향해 두 눈을 번쩍 뜨며,

"놋쇠다 놋쇠."

했다.

"뭐? 놋쇠?"

"그래 놋쇠다."

"놋쇠가 뭐고?"

"아이 지랄아, 놋쇠도 모르나? 놋쇠도 잊어묵었나?"

"……."

"놋그릇 말이다. 니 장가왔을 때 놋그릇에 밥 안 담아 주더나? 그래도 모르겠나?"

"아아, 그 하얀 쌀밥 담아주던 그릇 말이가?"

"그래, 그게 바로 놋쇠로 만든 그릇 아니가. 보래, 이것도 그 놋쇠 아니가."

"맞다, 맞다, 햐아 놋쇠다."

"그런데 이게 뭐하는 긴지 모르겠네."

할미는 그 놋쇠붙이의 용도까지를 알아낼 양으로 곧장 요모조모로 뜯어보아쌓는다. 영감도 덩달아서 고개를 갸웃거리다가,

"송곳 아니가?"

한다.

"뭐? 송곳? 히히히…… 무슨 놈의 송곳이 이렇게 굵은 놈의 송곳이 다 있노. 아니다, 아니다."

"그럼 뭐꼬?"

"글쎄 이게 대체 뭘꼬? 알 수가 없네."

아무리 궁리해보아도 그게 무엇인지 그들 영감 할미로서는 알아낼 재주가 없었다. 좌우간 무슨 귀하디귀한 물건이라는 데는 의견이 일치하였다.

그날 밤, 이슥해서 잠이 들 때까지 영감은 그 이상한 쇠붙이를 손

에서 놓지 않았다.

　이튿날, 아침을 먹고 나서였다. 영감은 오늘도 일찍이 밤나무 숲으로 나가려고 밤 푸대를 비우고 있었다. 그러고 있는 참인데 부엌에서 설거지랍시고 딸각거리고 있던 할미가 별안간,

　"저게 뭐꼬? 저게? 얼른 나와 보래!"

　고함을 지르는 것이었다. 영감은 후닥닥 밖으로 뛰어나갔다.

　"뭐 말이고?"

　"저것 보래, 저거!"

　할미가 가리키는 쪽 하늘을 향해 영감은 이마에 손을 얹었다. 과연 저게 무엇일까? 지금까지 보지 못했던 이상한 새가 한 마리 산줄기 위를 빙빙 크게 맴을 돌며, 차츰 이쪽으로 가까워오고 있는 것이 아닌가. 그리고 잠시 후에는 우르릉우르릉…… 하고 이상한 소리까지 들려오기 시작했다.

　영감은 할미를 힐끗 돌아보았고, 할미는 영감을 돌아보았다. 시선이 마주치자 둘이는 약간 불안한 듯한 표정을 지으며, 조심스레 한숨을 한 번 쉬는 것이었다.

　그 이상한 새는 점점 더 큰소리를 지르면서 가까워왔다. 얼마나 큰 새인지 몰랐다. 날개가 분명히 다섯 개였다. 앞에 큰 날개가 두 개 양쪽으로 뻗어 있고, 그리고 뒤꽁무니에 조그마한 날개가 세 개나 붙어 있는 것이 아닌가. 두 개는 옆으로 하나는 위로, 그리고 앞대가리에는 팔랑개비 같은 것이 달려 부릉부릉 돌고 있는 듯했다. 우르릉우르릉…… 울리는 소리가 그 팔랑개비에서 일어나는 것 같았다. 참 괴상한 새였다.

　그런데 더 신기한 것은 그 새가 무엇인지 희뜩희뜩한 것을 좍좍

뿌리고 다니는 것이었다. 그 새가 뿌린 희뜩희뜩한 것들이 바람을 타고 온 산골짜기로 가랑잎처럼 떨어져 내리는 것이다.

방금 또 한 뭉텅이가 새의 몸뚱어리에서 좍 떨어지더니 팔랑팔랑 나부끼면서 사방으로 내려앉는다. 그중의 몇 개는 이쪽으로 흘러오고 있다.

영감은 두 손을 번쩍 쳐들며,

"햐아."

소리를 질렀다. 할미도 곧장 두 눈을 깜작거리며 그 나부껴오는 물건을 유심히 바라보고 있다.

마침내 그것이 비탈에 서 있는 소나무 위에 와서 얹히자 영감은 재빨리 비탈을 기어 올라갔다. 나뭇가지에 올라가서 영감이 그 이상한 물건을 손으로 잡을 때까지 할미는 여간 초조하지가 않았다. 그것을 집어 든 영감은 할미를 향해,

"종이다, 종이!"

하고 냅다 고함을 질렀다.

"뭐? 종이라?"

"그래, 종이다, 종이, 글자가 써져 있다."

영감이 종이 두 장을 주워가지고 돌아오자, 할미는 얼른 한 장을 빼앗아보았다. 그것은 틀림없는 종이였다. 거기에는 이런 말이 씌어 있었다.

—친애하는 인민군 패잔병들이여! 그리고 남녀 빨치산들이여! 대세는 이미 결정되었으니 지난날의 잘못을 뉘우치고 하루 속히 돌아오라. 과거에 여하한 죄를 저지른 사람일지라도 손을 들고 돌

아오면 대한민국은 그대들을 따뜻하게 맞이할 것이다. 만일 그렇지 않고 끝까지 산에 숨어 있는 자들은 오는 12월 1일을 기해서 일제히 소탕해버리고 말 것이다. 귀중한 목숨을 억울하게 산속에서 버리지 말고 따뜻한 대한민국의 품 안으로 돌아오라. 그대들의 부모형제 그리고 사랑하는 처자들이 기다리고 있다.

×××지구 전투사령부

그러나 영감 할미는 거기에 무슨 말이 씌어 있는지 알 까닭이 없다. 그저 흰 것은 종이고, 검은 것은 글잔가 싶을 따름이었다. 하나 영감 할미는 그것을 얼마나 신기하고 소중한 것으로 여기는지 몰랐다. 영감은 그 종이 한 장을 어제 산마루에서 주은 쇠붙이와 함께 품 안에 고이 간직했다.

"참 이상한 일도 많제? 어제는 보자…… 뭐라 캤지?"

"또 잊어먹었구나. 놋쇠 아니가 놋쇠. 멍텅구리야."

"그래 맞았어, 놋쇠, 놋쇠를 주웠고, 오늘은 또 종이가 하늘에서 날라오고……."

"무슨 궂은일이라도 안 생길는지 모르겠다."

"뭐? 궂은일이 생긴다고? 방정맞은 소리 말라니까. 궂은일이 와 생기노. 생기면 길사가 생기지. 언제 이 산중에 이런 일이 한 번이나 있었나? 틀림없이 길사가 생긴다. 두고 보래."

"글쎄 우짜면 좋은 일일 것도 같고……."

결국 해가 중천쯤 왔을 때에야 영감은 푸대를 들고 고개를 넘어갔다.

할미는 방 안으로 들어가서 그 종이를 무슨 치장이나 되는 것처럼 벽에다가 떡 붙이는 것이었다. 붙인다는 것이 보기 좋게 거꾸로였다. 그래 놓고 마른 새우처럼 옆으로 꼬부라져 누워서 그것을 한참 바라보고 있다가 그만 스르르 잠이 들어버렸다.

이 깊은 산골에서는 이야깃거리라야 매양 오늘은 바람이 어느 쪽에서 불더라느니, 해가 얼마나 길어졌느니 짧아졌느니, 혹은 어떤 짐승이 지나갔느니 하는 따위가 고작이었으나, 그 이상한 쇠붙이와 종이를 주운 뒤로는 영감 할미 사이에 곧장 새로운 화제가 튀어나오곤 했다. 옛날 옛적 그들이 아직 젊었을 무렵, 사람이 사는 세상에 섞여 살 때의 가지가지 추억이 마치 무슨 아름다운 꿈처럼 떠올라 서로 그런 기억을 나누며 밤이 이슥토록 잠을 이루지 못하고 번갈아 등짝을 긁어주곤 하는 것이었다. 한 번은 이야기가 어떻게 그만 달짝지근한 방향으로 흘러나가자, 영감은 무슨 잊었던 재주라도 생각해낸 듯이 할미에게 엉금엉금 덤벼드는 것이었다. 그러자 할미는 쯧쯧쯧…… 혀를 차면서,

"잠이나 자자구마, 잠이나."

하고 나무랐다. 그러면서도 영감이 하는 대로 은근히 맡겨두어 보는 것이었다.

그런 며칠이 지난 어느 날이었다. 첫눈이라도 내릴 듯 하늘에는 구름이 나지막하게 드리워져 있었다. 아무래도 날씨가 수상하니 오늘은 밤나무 숲에 가지 말라는 할미의 만류에 못 이겨 영감은 그날 집에서 쉬고 있었다.

점심을 먹고 나서 자리에 누워 얼마를 잤는지 모른다. 별안간 방문이 요란스럽게 열리는 바람에 깜짝 놀라 눈을 번쩍 떴다. 할미였다. 곧장 숨을 헐떡거리며 어쩔 줄을 몰라 한다. 영감도 홀떡 뛰어

일어났다.

"와 카노? 와? 응?"

"밖에 좀 나가 보래, 밖에."

"……?"

영감이 방문 밖으로 얼굴을 내밀었을 때였다. 따따따따 따땅따
땅 따따땅…… 요란한 소리가 귓전을 후려치는 것이 아닌가. 영감
은 얼른 목을 움츠리고 말았다. 따따땅 따따따따 따따따땅…… 콩
튀는 듯한 소리가 잠시 멎었는가 하면 다시 시끌짝해지곤 한다.

"그 새라니까, 그 새."

"뭐? 그 새라니?"

"며칠 전에 종이를 뿌리고 간 그 새란 말이다. 이번엔 여러 마리
가 왔구마."

영감은 두 눈이 겁에 질려 떨고 있었고, 할미는, 숨을 한 번 조심
스럽게 내쉬었다. 잠시 후 영감 할미는 마음을 단단히 도사리고 문
밖을 조심스레 내다보았다.

과연 며칠 전에 종이를 떨어뜨리고 간 그 새와 비슷한 새가 여러
마리 제멋대로 하늘을 휘감아 돌며 법석을 떨고 있었다. 한 마리가
산골짜기를 향해 내리꽂히며 따따따땅…… 하고 무슨 불꽃같은 것
을 한바탕 내뿜고 솟구쳐 오를라치면, 다음 것이 이어서 곤두박히
며 소리를 지르고, 또 그 다음 것이 뒤를 따르고…… 이렇게 한 자
리를 마구 조져대고 있는 것이었다.

"뭘 보고 저래쌓노 잉?"

영감이 먼저 입을 열었다.

"글쎄 뭐 굉장한 것이 있는 모양이지."

"보자…… 새가 모두 몇 마리고?"

"세 마리 아니가?"

"아니다, 네 마리다, 잘 세 보래."

"맞다, 네 마리다."

영감 할미는 차츰 재미가 나서 살금살금 밖으로 기어나갔다.

무슨 샌지는 모르지만 참 날쌔기도 하다. 그리고 주둥아리에서 무엇을 저렇게 내뿜어쌓는지 알 수가 없다.

그중 한 마리가 이번에는 난데없이 새까만 똥을 한 개 똑 떨어뜨리고 하늘로 치솟아 오른다. 그러자 다음 순간 허연 연기가 뭉클 솟구치는 것이 아닌가. 그리고,

빠쿵!

하늘이 쪼개지는 듯한 폭음과 함께 온 산줄기가 들썩했다. 영감은 그만 뒤로 벌떡 넉장거리를 쳤고, 할미는 앞으로 팍 거꾸러졌다.

질겁을 한 영감 할미는 일어나기가 무섭게 후닥닥 방 안으로 뛰어 들어갔다. 방 안으로 들어가서 대가리들을 한쪽 구석에 쿡 처박고 조그맣게 오그라드는 것이었다.

쿵!

또 방 안까지 들썩한다. 그리고 우르르르…… 무엇이 무너지는 소리가 요란하다. 영감 할미는 거의 정신이 없었다. 천지가 개벽을 하는가 싶기도 했다.

얼마 후, 바깥이 조용해지자 영감은 가만히 고개를 들고 할미를 돌아보았다. 그러나 할미는 주먹만 하게 움츠러든 채 꼼짝도 하지 않는다. 영감은 가서 할미를 집적 했다. 그제야 할미는 겁에 질린 얼굴을 부스스 쳐들었다.

"인제 조용 안 하나. 괜찮다."

영감은 살금살금 기어가서 문밖으로 조심스레 얼굴을 내밀어본다. 그 이상한 새들은 이제 어디로 갔는지 한 마리도 보이지가 않는다. 거무스름한 연기만이 서서히 나부껴 오르고 있다.

"없다. 다 갔다. 나가 보자."

"……."

그러나 할미는 선뜻 나서질 않았다. 영감은 혼자 먼저 밖으로 나갔다. 영감이 바깥으로 나가도 아무렇지 않자 그제야 할미도,

"무슨 놈의 새가 그런 새가 다 있노, 내 참!"

어쩌고 하면서 기어나간다.

"뭣이 있었길래 그렇게 법석을 떨었을까?"

"글쎄 말이다, 아마 묵을 기 있어도 굉장한 기 있었는 모양이지."

"그런 모양이여."

"내 참! 별일도 다 본다."

영감 할미는 나란히 서서 하늘로 퍼져 올라가고 있는 연기를 바라보았다.

어디선지 까마귀 떼가 모여들어 바람을 일으키며 빙빙 돌기 시작했다. 까욱 까욱 까욱…… 해가 뉘엿뉘엿 저물어가고 있었다.

그날 밤, 아직 초저녁이었다.

영감은 등짝을 할미에게 내밀고 비스듬히 모로 누워서 며칠 전에 주운 쇠붙이를 방바닥에 놓고 무슨 진귀한 노리개나 되는 것처럼 곧장 어루만지고 있었다. 할미 역시 옆으로 드러누워서 영감의 등짝을 슬슬 긁어주고 있었다.

방 윗목에는 납작한 접시에 기름불이 켜졌다. 불은 기다란 꽃을

빼물고 접시 한쪽 모서리에 붙어서 날름날름 기름을 핥고 있다.

낮에도 그렇지만 밤이면 이 산골은 더욱 적막하기만 했다. 이따금 여우나 늑대 우는 소리 외에는 지나가는 바람소리와 흘러가는 물소리뿐이었다. 정말 태곳적 같은 적막이었다. 그런지라 어디서 무슨 소리가 나도 쉬 알아들을 수가 있었다.

영감의 등을 긁어주고 있던 할미가 너무 심심했던지 입을 열었다.

"오늘 낮에 니는 뒤로 넘어졌제?"

"그래."

"히히히 그렇게 놀랬나?"

"지는 앞으로 꺼꾸러져놓고 뭐라 카노."

"그렇지만 니보다사 덜 놀랬다."

"뭐? 나보다 덜 놀래?"

"그래, 히히히……."

이러다가였다. 별안간 영감은 깜짝 긴장을 하며

"쉿! 저게 무슨 소리고?"

했다. 그러자 할미도 등을 긁던 손을 멈추고 가만히 귀를 기울였다.

"글쎄 저게 무슨 소릴까?"

"못 듣던 소린데……."

"늑대 우는 소리 비슷하긴 하다마는……."

이상한 소리가 점점 이쪽으로 가까워오고 있는 것이었다. 영감 할미는 바짝 긴장이 되지 않을 수 없었다. 무슨 신음소리 비슷한 소리가 차츰 가까워져 오더니 그만 무엇에 걸려 엎어지는 듯,

"아이구구구……."

하는 것이었다. 영감 할미는 약속이라도 한 것처럼 벌떡 일어나 앉

으며 두 눈을 번쩍 떴다.

"사람이지?"

"사람이다!"

영감 할미는 후닥닥 문을 열고 밖으로 뛰어나갔다. 보름이 가까운지 제법 둥근달이 산마루 위로 얼굴을 내밀고 있었다. 골짜기를 타고 흘러내리는 물에 달빛이 떨어져 바삭바삭 부서지고 있다. 산 그늘이 선명하게 그려졌다.

영감 할미는 소리 나는 쪽을 살폈다. 저만치 떨어진 곳에 엎어져서 꿈틀거리고 있는 까만 그림자가 보였다. 곧장 일어나려고 애를 쓰고 있는 것 같았다. 영감은 살금살금 그 그림자를 향해 걸음을 옮겼다. 할미도 조심조심 뒤를 따랐다. 사람이 가까워오는 기척을 알았는지 그 그림자는 얼굴을 쳐들었다. 달빛 때문에 그런지 얼굴이 유난히 새하얗게 보였다. 그리고 참 앳된 얼굴이었다.

"아이크으……."

또 죽는소리를 한다. 영감은,

"웬 사람이고?"

그 그림자에게로 가까이 다가갔다. 그러나 대답은 없고,

"으ㅎㅎㅎ……."

자지러지는 듯한 신음소리를 하며 겨우 어떻게 땅을 짚고 몸을 일으키는 것이었다. 무엇인지 온몸에 시꺼먼 것이 함빡 젖어 있었다. 용케 몸을 추슬러 일으켰는가 했더니 그만 무너지는 듯 풀썩 힘없이 도로 주저앉아버리고 만다. 어디를 몹시 다친 모양이었다. 영감은 얼른 등을 내밀었다.

방 안에 갖다 내려놓자 곧 넘어가는 듯한 소리를 내질렀다. 할미

는 얼른 방 윗목에서 나불거리고 있는 기름불을 가까이 가져왔다.

"앗! 피 아니가 피!"

"응? 글쎄, 피다 피!"

"아이구 어쩌다가 이랬노?

"저런 수가 있나."

"쯧쯧쯧……."

할미는 곧장 혀를 찼고, 영감은 코허리에 쪼글쪼글 주름살을 잡았다. 어깻죽지로부터 흘러내린 피가 온몸에 꺼덕꺼덕 눌어붙어 있었다. 아직도 시뻘건 핏물이 찔끔찔끔 흘러나오고 있다. 한참 신음 소리를 하더니 이번에는,

"무 무 물!"

하고 물을 찾는 것이었다.

그러나 영감 할미는 물을 떠다주지 않았다. 피를 이렇게 많이 흘린 사람에게 물을 먹이면 안 된다는 것을 알고 있었던 것이다. 곧장 물을 찾으며 몸부림을 치다가 그만 지친 듯 아무렇게나 사지를 축 늘어뜨리고 잠잠해지는 것이었다.

"뭐한테 물린 모양이제?"

"늑대를 만났는강?"

"뭐하는 사람인데 이 밤중에 산속을 돌아다니고 있었던고 잉? 참 이상타."

"포순 모양이지."

"아직 어린 사람일세."

"글쎄, 아직 스무 살도 안 먹어 뵌다."

"스무 살이 뭐고, 한 열여닐곱밖에 안 돼 뵈누만."

소년이었던 것이다. 소년은 머리를 빡빡 깎고 있었다. 이마가 제법 반반하고 코가 오똑했다. 그러나 두 눈자위는 사정없이 마구 움푹 꺼져 들어가 있었다.

"그런데 이게 뭐꼬?"

영감은 소년의 양쪽 어깨에 붙어 있는 빨간 헝겊때기*('헝겊'의 방언)를 이상스러운 듯이 만지작거렸다. 할미도 얼굴을 바싹 가까이 가져간다.

"뭐 이런 걸 다 달고 있노. 얄궂다."

얼마 후, 영감 할미는 소년의 옷을 조심조심 벗겨내기 시작했다. 피가 엉긴데다가 몸뚱어리가 축 늘어져서 좀처럼 잘 벗겨지지 않아 애를 먹었다. 할미의 콧잔등이에는 땀이 송글송글 맺히고 있었다.

분명히 어깻죽지였다. 무엇이 물어뜯었는지 살점이 온통 뻘겋게 까뒤집어지고 구멍이 뻐끔 뚫어져 있었다. 거기에서 뻐글뻐글 곧장 핏물이 끓어오르고 있다. 영감은 벽에 걸려 있는 마른 풀잎을 한 다발 내렸다. 약쑥이었다. 그것을 부드럽게 비벼서 솜처럼 만들어 가지고 피가 끓어오르는 상처를 막는 것이었다. 그리고 나서 피 묻은 옷을 찢어 칭칭 동여매어 주었다.

"살겠나?"

"몰래."

"코가 참 잘 생겼는데."

"글쎄."

영감 할미는 밤이 이슥토록 도사리고 앉아서 소년의 잠든 모습을 지켜보고 있었다.

이튿날 아침, 할미는 여느 때보다 일찍 잠이 깨었다. 눈이 뜨이자 얼른 일어나 소년의 얼굴을 살폈다. 밤새 무사한지, 아니면 그동안에 어떻게 되어버렸는지 퍽 궁금했던 것이다. 가만히 소년의 이마를 짚어본다. 온통 화끈화끈 달아오르고 있다. 아직 죽지는 않은 것이다. 열이 이처럼 심한데도 꼼짝을 않고 늘어져 벌겋게 자고 있다. 할미는 오늘 아침에는 묽은 죽을 좀 끓여야지 하면서 방문을 열고 부스스 부엌으로 기어나갔다.

할미가 감자와 밤을 삶고, 또 감자를 풀어서 멀건 죽을 쑤어 가지고 방에 들어왔을 때는 영감도 일어나 앉아 소년의 얼굴을 멀뚱히 들여다보고 있었다. 할미는 죽 그릇을 소년의 머리맡에 놓고 소년을 살살 흔들어 깨웠다. 그러나 소년은 아으으…… 하고 앓는 소리를 할 뿐 쉬 깰 것 같지가 않았다. 나중에 깨면 먹이기로 하고 영감 할미는 먼저 아침을 먹기 시작했다. 영감은 눈구석에 누런 눈곱이 끼어서 모양이 아니었으나, 어쩌면 그렇게도 맛있게 밤을 까먹는지 몰랐다. 할미도 감자를 입에 넣고 정신없이 불룩거린다.

얼마 후, 소년은 벌겋게 상기된 두 눈을 뜨며,

"무 물!"

하고 물을 찾는 것이었다.

영감은 얼른 소년의 상반신을 조심히 일으켜 안았고, 할미는 죽 그릇을 입에 갖다 대주었다. 소년은 그것을 꿀꺽꿀꺽 몇 모금 들이켜고 나더니 그릇을 밀어내었다. 그리고 으으윽 트림을 했다. 영감은 소년의 얼굴을 내려다보며,

"좀 낫나? 어떻노?"

물었다. 소년은 약간 고개를 움직일 따름이었다. 두 눈은 무엇인

지 아득히 먼 곳을 바라보고 있는 듯했다. 영감 할미는 소년이 바라보고 있는 쪽 벽을 돌아보았다. 거기에는 며칠 전에 이상한 새가 뿌리고 간 종이가 거꾸로 붙어 있었다. 소년은 그것을 읽으려고 애를 쓰고 있는 것 같았다. 잠시 후, 소년의 두 눈에는 분명히 눈물이 어리었다.

……귀중한 목숨을 억울하게 산속에서 버리지 말고 따뜻한 대한민국의 품 안으로 돌아오라. 그대들의 부모형제 그리고 사랑하는 처자들이 기다리고 있다…….

이 마지막 대목을 읽은 모양이었다.

영감 할미는 잠시 눈길을 마주쳤다. 그리고 소년의 몸뚱어리를 조심스럽게 도로 눕혔다. 소년은 누워서 곧장 신음소리를 했다. 그러다가 말고 몇 번 입술을 달싹거리는 것이었다. 들릴 듯 말 듯했으나 소년의 입술을 들추고 나온 소리는 분명히 어머니를 부르는 소리였다.

그리고 두 줄기 눈물이 양쪽 귓전으로 하염없이 흘러내렸다.

영감이 푸대를 들고 집을 나선 것은 점심때가 가까워서였다.

밤나무 숲에는 아직 밤송이가 얼마든지 달려 있었다. 나무 밑동을 쿵! 하고 발로 내지를라치면 벌어진 밤송이에서 우두두두…… 알밤이 쏟아져 내렸다. 몇 나무를 그렇게 털어놓고 슬금슬금 하루 해가 저무는 동안에 주워 담으면 되는 것이었다. 때로는 땅에 떨어진 밤을 줍다가 말고 그 자리에 아무렇게나 드러누워서 드릉드릉 코를 골며 한숨 잘 자고 일어나기도 했다.

오늘도 영감은 자꾸 하품이 나왔다. 간밤에 소년 때문에 잠을 좀 덜 잤기 때문인 것 같았다. 영감은 가마니뙈기 한 장만 한 양지에 자리를 잡고 누웠다. 누워서, 소년은 혹시 이 쇠붙이가 무엇 하는 것인지 알는지 모르겠다.― 이런 생각을 하며 품 안에 간직하고 있는 쇠붙이를 소중히 만져보았다. 그리고 스르르 잠이 들려고 할 때였다. 별안간 또 요란한 소리가 귀청을 울렸다.

따땅따땅 따따따따 따당따당…… 분명히 어제와 똑같은 소리였다. 몹시 가까운 곳에서 일어나는 듯 소리가 어제보다 엄청나게 컸다. 잠이 다 무엇인가. 영감은 소스라쳐 일어났다. 그리고 마구 숲 속을 뛰었다. 숲 밖으로 뛰어나가 납작하게 엎드려서 하늘을 쳐다보는 것이었다.

틀림없는 어제 그 새들이었다. 오늘은 두 마리였다. 두 마리가 번갈아가며 내리꽂혔다가는 솟구쳐 오르곤 한다. 여전히 주둥아리에서는 불같은 것을 내뿜어쌓는다. 그런데 그것들이 오늘은 바로 눈앞에서 그렇게 야단법석을 떨고 있는 것이 아닌가. 어쩌면 할미가 혼자 기다리고 있는 움집을 보고 그렇게 법석을 떨고 있는지도 몰랐다.

"저런, 저런, 저런."

영감은 그만 입술이 까맣게 굳어지고 눈꺼풀이 파르르 떨렸다. 그러나 그 사나운 기세에 질려서 움직일 수가 없었다. 손톱으로 애꿎은 땅만 대고 할퀴고 있었다. 얼마 후 두 마리의 새는 볼일을 다 본 듯 방향을 바꾸어 가볍게 사라져갔다. 오늘은 어제처럼 쿵! 하고 산이 무너지는 듯한 폭음소리는 일어나지 않고 끝이 난 것이다.

영감은 벌떡 일어났다. 그리고 정신없이 마구 내닫는 것이었다.

그 가파른 비탈을 어쩌면 그렇게도 날쌔게 뛰어 오르는지 꼭 무슨 산짐승 같았다. 고갯마루에 올라섰을 때는 숨이 곧 턱에 와 닿는 듯했다. 그러나 영감은 좀 쉴 생각도 하지 않고 바로 내리막길을 내닫는 것이었다. 어찌나 급하게 뛰어내리는지 꼭 돌멩이가 굴러 떨어지는 것 같았다.

　집이 가까워지자 영감은 눈앞이 캄캄해지고 말았다. 집이 그만 보기 좋게 폭삭 내려앉아버렸던 것이다. 그리고 바로 집 앞 개울가에 할미가 개구리처럼 뻗어 있는 것이 아닌가. 영감은 뻗어 있는 할미에게로 미친 듯이 달려들었다. 할미가 아니라 그것은 피투성이였다. 얼굴이고 뭐고 할 것 없이 온통 피에 휘감겨 있었다. 옆구리가 터져 내장이 제멋대로 흘러나와 있었다. 그리고 하늘을 향해 악물고 있는 잇바디가 징그럽도록 하얬다.

　영감은 그만 몸서리를 치며 그 자리에 픽 주저앉고 말았다. 주저앉아서 할미의 참혹한 시체를 넋이 나간 사람처럼 바라보고 있었다. 그러고 있는데 언뜻 눈에 띄는 것이 있었다. 할미의 흘러내린 내장에 무슨 이상한 것이 박혀 있는 것이 아닌가. 영감은 저도 모르게 얼른 그것을 집어 들었다. 피에 빨갛게 젖어 있는 놈을 아무렇게나 씩 옷에 닦아보았다. 노랗고 뾰족한 물건이었다.

　"으!"

　영감은 두 눈을 번쩍 떴다.

　"이기 뭐고? 이기?"

　영감의 두 눈에 어떤 실망의 빛이 역력히 떠올랐다. 무엇에 배신을 당한 듯한 그런 표정이었다. 그러나 그것은 이내 무서운 증오의 빛으로 변해갔다. 며칠 전 산마루에서 주운 그 쇠붙이와 같은 물건이었던 것이다.

영감은 얼른 한 손을 품 안으로 가져갔다. 품 안에 고이 간직해 온 쇠붙이를 꺼내어 비교해보는 것이었다. 모양과 빛깔이 약간 다를 뿐, 그것은 어느 모로 보나 똑같은 성질의 물건에 틀림없었다.

영감은 가뜩이나 주름살투성이인 얼굴을 보기에 딱하리만큼 찌그러뜨리더니 그만 콧물을 줄 흘렸다. 그리고 그 두 개의 쇠붙이를 돌바닥에 나란히 놓고 벌떡 일어났다. 커다란 돌멩이를 집어 드는 것이었다.

"이게 바로 사람을 죽이는 물건이었구나, 사람을 죽이는……."

돌멩이를 집어 들다가 말고 영감은 다시 주춤했다. 꼭 그와 같은 쇠붙이가 땅에 여기저기 수없이 꽂혀 있었던 것이다. 영감은 후들후들 몸을 떨었다. 그리고 뿌드득 이를 악물며 돌멩이를 번쩍 높이 쳐들었다. 영감은 마치 무슨 복수라도 하는 사람처럼 눈을 무섭게 부릅뜨고, 번쩍 쳐든 돌멩이를 나란히 놓인 두 쇠붙이를 향해 힘껏 내리쳤다. 순간 영감은 그만 뒤로 벌떡 나가넘어지고 말았다. 뜻밖에도 그 쇠붙이들이, 빠빵!

요란한 소리를 내질렀던 것이다. 고 조그마한 쇠붙이들의 어디에서 그런 큰소리가 나는지 알 수가 없었다. 벌떡 뒤로 넘어진 영감은 잠시 정신을 잃고 반듯이 누워 있었다.

얼마가 지났을까. 무엇인지 시끌짝한 소리에 영감은 정신이 돌아와 찌뿌듯이 두 눈을 떠보았다. 눈앞에는 꼭 깨어진 거울조각만 한 하늘이 놓여 있었다. 그리고 그 하늘에서 무엇인지 까만 반점들이 무수히 쏟아져 내려오고 있는 것이었다. 까욱 까욱까욱까욱 까욱 까욱까욱까욱…… 시끌짝한 소리와 함께 그 반점들은 점점 더 커져오고 있었다.

영감은 허연 앞니를 뿌드득 갈았다. 그리고 그의 손은 저도 모르게 다시 돌멩이를 불끈 움켜쥐고 있었다.

《새벽》(1960.7)

『현대한국문학전집 13』(신구문화사, 1967) 재수록

벽지로 가는 길

1

버스가 숨 가쁜 소리를 지르며 고갯길을 치닫기 시작하자, 혜영은 일어나 선반에서 백을 내렸다.

고개를 넘으면 이제 읍인 것이다. 이십여 일 만에 돌아오는 길인데, 어쩐지 한 서너 달이나 된 것 같았다.

겨울방학을 이용해서 개최된 일급 정교사 자격취득 강습회에 갔다 오는 길이었다. 추워서 더 지루했는지도 몰랐다. 불과 삼주일 동안이긴 했지만 아동들이 사용하는 걸상에 궁둥이를 붙이고 앉아서 별 신통치도 않은 강의를 듣느라고 무척 애를 먹었다.

그러나 그 기간 동안이 전혀 괴로운 것만은 아니었다. 밤으로 이따금 영화구경을 가는 재미가 있었고, 여관방에 누워 새로 산 동요집이나 동화집을 읽는 즐거움이 있었다. 혜영은 소설 나부랭이보다도 동요나 동화를 좋아했다. 어른들의 시시한 수작거리를 읽고 괜히 잡스러운 생각에 젖느니보다는 맑고 아름다운 동심의 세계에 잠겨 들어가는 편이 얼마나 유쾌한지 몰랐다.

혜영의 그러한 취미는 국민학교 선생질을 하기에 꼭 알맞았다.

강습이 끝날 무렵에는 네 권의 동요집과 세 권의 동화집이 그녀의 백 속에 담겨 있었다. 강습회에서 받은 지저분한 프린트물보다 그것이 얼마나 더 값진 선물인지 몰랐다. 그것을 가지고 돌아가서 아이들에게 읽어 줄 일을 생각하면 가슴이 뛰기도 했다.

그리고 단 한 가지 기뻤던 것은 윤명길이한테서 편지가 왔을 때였다.

어느 날 오후, 휴식시간이었다. 학교 직원 한 사람이 대여섯 통의 편지를 가지고 와서 호명을 하는 것이었다. 아무개 선생, 아무개 선생 하고 호명을 해나가다가 이번에는 얼굴에 약간 미소를 띠우며

"전혜영 우리 선생님!"

하고 소리를 지르는 것이 아닌가.

장내에 와―아 웃음이 터졌다. 혜영은 얼굴이 붉어지지 않을 수 없었다.

받아 보니 명길이한테서 온 편지였다. 겉봉에 '××시 ××국민학교에서 강습을 받으시는 전혜영 우리 선생님'이라고 적혀 있는 것이었다. 혜영은 한 번 더 얼굴을 붉히며 웃었다. 이름 밑에 붙인 '우리 선생님'이라는 말이 말할 수 없는 친밀감을 자아내는 것이었다.

'주소를 어떻게 알았을까?'

혜영은 얼른 봉투를 뜯었다. 연필로 꼭꼭 박아 쓴 편지를 읽어 내려가는 혜영은 가슴 바닥에 따뜻한 물이 고이는 듯했다.

선생님에게

날씨가 너무 춥습니다. 선생님, 추워서 어떻게 강습을 받으
십니까.

선생님이 보고 싶어서 오늘 선생님 댁을 찾아갔더니 선생
님 어머니께서 강습을 받으러 갔다고 하셨습니다. 강습이
무엇인지 몰라서 물었더니 잘 가르쳐주셨습니다. 그리고
주소도 가르쳐주셨습니다.

선생님이 안 계셔서 퍽 섭섭했습니다. 선생님 강습을 받으
시고 빨리 돌아오세요.

저는 숙제를 다 했습니다. 그래서 요새는 어머니를 돕고 있
습니다. 우리집은 너무 가난해서 큰일 났습니다. 아버지는
빚 때문에 쩔쩔매십니다. 쌀장수를 하시다가 실패를 하셨
기 때문입니다. 어제도 빚쟁이가 와서 막 욕을 하고 갔습니
다. 빚쟁이는 왜 그렇게 목소리가 큰지 모르겠습니다.

빨리 방학이 끝나고 학교가 시작되었으면 좋겠습니다. 선
생님의 재미있는 동화가 듣고 싶습니다. 선생님, 학교가 시
작되면 더 많은 동화를 들려주십시오.

선생님, 그럼 몸 조심하셔서 빨리 강습을 마치고 돌아오세요.

1월 15일 윤명길 올림

명길이는 혜영이 담임하는 4학년 3반의 급장이었다. 나이에 비
해 숙성한 편이고 똑똑한 아이였다. 학급 아이들을 통솔할 때 보면
까만 두 눈을 반짝거리며 입을 한일자로 야물게 다무는 것이었다.

잘못하는 아이가 있으면 사정없이 나무라는 것이었다. 그러면서도 어떤 때는 너무 부끄러움을 타는 순진한 아이기도 했다.

혜영이 명길이를 남달리 귀여워하는 것은 그처럼 똑똑하면서도 곧잘 얼굴을 붉히며 부끄러워하는 순진한 일면이 있기 때문이었다.

명길이의 편지를 받은 날, 혜영은 강습이 끝나자 서점에 들러서 『꿈이 열리는 나무』라는 동화집을 한 권 샀다.

그리고 답장과 함께 그 책을 선물로 보내주었다.

고개를 넘어 버스가 읍 들머리 정류소에 들어서자, 우루루 장사치들이 모여들었다.

"사과요, 사과! 한 꾸러미 이십 원! 맛 좋은 국광*(1980년대 초반까지 재배했던 만생종 사과)이 한 꾸러미 이십 원!"

"이십 원이요, 이십 원!"

"깨엿이요! 깨엿! 입에 넣으면 슬슬 녹는 깨엿이요! 깨엿!

버스의 창문으로 사과 꾸러미를 들이대는 아낙네도 있고 버스 안으로 기어 올라와서 소리를 질러대는 머슴애도 있다.

혜영이 백을 들고 버스에서 내려섰을 때였다.

"한 꾸러미 이십 원임더. 사과 사이소, 사과!

하고, 사과 꾸러미를 내밀며 다가드는 추위에 오들오들 떠는 얼굴이 있었다.

"아!"

혜영은 깜짝 놀라지 않을 수 없었다. 그러자, 다가들던 아이도,

"아! 선생님."

하고, 얼굴이 홍당무가 되며 어쩔 줄을 모른다.

명길이었다.

"선생님, 인제 돌아오십니꺼?"

머리를 꾸벅 숙여 인사를 한다. 그리고 무슨 부끄러운 짓이라도 하다가 발각된 것처럼 무안해서 못 견딘다. 손에 든 사과 꾸러미를 슬그머니 뒤로 감춘다.

혜영은 뭐라고 말을 했으면 좋을지 몰랐다. 정말 뜻밖의 일이 아닐 수 없었다.

"명길아, 잠시 이리 온나. 잠시 선생님 따라와 봐."

혜영은 백을 들고 성큼성큼 앞장을 섰다. 몇 발자국 가다가 뒤를 돌아보니 명길이는 웬 아낙네에게 사과 꾸러미를 맡기면서 뭐라고 얘기를 하고 있었다. 혜영은 못 볼 것이라도 본 것처럼 얼른 시선을 돌렸다. 머리를 스치는 것이 있었다.

저는 숙제를 다 했습니다. 그래서 요새는 어머니를 돕고 있습니다. 우리집은 너무 가난해서 큰일 났습니다.

명길이의 편지 한 구절이었다. 호떡집을 향해서 걸어가는 혜영의 발길은 가볍지가 않았다.

혜영은 명길이와 마주앉았다. 그리고 찐빵 다섯 개와 만두 다섯 개를 시켰다. 명길이는 아직도 부끄러운 듯 얼굴을 살짝 붉히며

"선생님, 오늘 강습 끝났습니꺼?"

한다.

"그래, 오늘 끝났다. 넌 숙제 다 했다지?"

"예, 그리고 선생님이 보내주신 동화책도 다 읽었심더."

"호, 벌써?"

"예, 참 재미있습띠더."

김이 무럭무럭 나는 찐빵과 만두를 담은 쟁반이 탁자 위에 놓여

졌다.

"자, 먹자."

혜영은 만두를 집어 들었고, 명길이는 찐빵을 조심스럽게 집었다. 명길이는 찐빵을 베먹으며,

"선생님, 정말 꿈이 열리는 나무가 있습니꼬?"

하고 묻는다.

혜영은 싱글 웃었다.

"있고말고. 그 동화에 나오는 소년처럼 착한 일만 하면 꿈이 열리는 나무가 나타나지."

"그럼 그 나무에는 정말로 소원하는 것이 뭐든지 열린단 말입니꼬?"

"그렇지, 뭐든지 열리지. 그러니까 꿈이 열리는 나무 아니가."

명길이는 아무래도 미심쩍은 듯한 얼굴이다.

"명길아, 그런 나무가 네 앞에 나타났다면 넌 뭣이 열리길 소원하겠노?"

혜영은 눈언저리에 부드러운 웃음을 띄우며 명길이의 얼굴을 넌지시 바라본다. 명길이는 잠시 두 눈을 깜작거리다가,

"우리 아부지 빚 갚게 돈이 주렁주렁 열렸음 좋겠십더."

하고, 빙글 웃는다.

"흠—"

혜영은 별안간 가슴 속이 찌뿌듯이 흐려지는 것을 어쩌지 못했다. 잠시 말없이 만두를 씹다가,

"사과 하루에 얼마나 팔리노?"

물어보았다.

명길이는 혜영의 얼굴을 힐끗 바라보며 귀밑을 물들인다.

"잘 안 팔립니더."

"한 대여섯 꾸러미 팔리나?"

"그쯤이사 팔리지예. 재수 좋은 날은 열댓 꾸러미 팔리고, 보통 열 꾸러미쯤 팔립니더. 대여섯 꾸러미 팔려서야 어디 수지가 맞겠어예."

"흠—"

명길이가 어느덧 장사치가 다 된 것 같아 기분이 덜 좋았다. 서글픈 생각이 들기도 했다.

잠시 후, 뿡뿡— 하고, 버스가 한 대 먼지를 날리며 들이닥쳤다. 자동차 소리가 나자 명길이는 저도 모르게 자리에서 벌떡 일어났다. 그러다가 말고 도로 주저앉으며, 멋쩍은 듯이 뒤통수를 긁는다.

빵이 아직 두어 개 남아 있었으나 혜영이는 명길이를 너무 오래 붙들고 앉아 있을 일이 아니라고 생각했다.

"자, 그럼 나가보자, 명길아."

명길이는 자기가 일어섰기 때문이 아닌가 하고 무안해한다.

"이건 니가 갖고 가서 먹고……."

혜영은 일어나 셈을 치렀다.

그러나 명길이는 남은 빵을 집어 들 생각을 하지 않았다.

"괜찮아, 어서 가지고 나가자. 괜찮다니까, 선생님이 사 주시는 건데……."

그제야 명길이는 마지못해 하면서 쟁반에 남은 빵을 집어 들었다.

호떡집을 나와 혜영은,

"내일 모레부터 개학이다. 알지?"

했다.

"예. 선생님 안녕히 가세요."

명길이는 고개를 꾸벅 깊이 숙였다.

혜영은 생글 웃어 보이고, 따그락 따그락 힐을 울리며 걸음을 옮겼다. 차가운 바람이 몸에 휘감겨 외투 깃을 세웠다.

2

겨울방학이 끝나고 학교가 시작된 첫날이었다. 한 시간을 마치고 전교 대청소가 시작되었다.

깡깡깡 깡깡깡…… 시작종이 울리자 학교 안은 온통 들끓기 시작했다. 교실마다 책상 걸상을 치우느라고 투당탕거렸고, 운동장을 비롯해서 이 구석 저 구석에서 먼지가 일어났다.

혜영은 여생도들이 직원실 청소하는 것을 돌보고 있었다. 교실 청소는 명길이한테 맡겨놓아도 아무 일 없이 곧잘 해내기 때문이었다.

그러나 오늘은 그렇지가 않았다.

"선생님!"

학급 아이가 하나 뛰어 들어오며 소리를 질렀다.

"와?"

"교장 선생님이 오시라 합니더."

"교장 선생님이?"

"예."

"어디서?"

"우리 교실에서예."

"와 무슨 일이 있었나?"

"예, 쌈했심더."

"누가?"

"병관이하고 명길이하고예."

"명길이하고?"

의외의 일이 아닐 수 없었다. 혜영은 얼른 일손을 놓고 직원실을 뛰어나갔다.

교실이 가까워지자 혜영은 가슴이 뛰었다.

유리가 한 장 깨어져 흩어져 있었다. 깨어져 흩어진 유리조각 곁에 웬 사과가 한 개 굴러 있고, 두 아이는 무릎을 꿇고 앉아 있었다. 명길이는 고개를 깊이 숙이고 있고, 한쪽 코를 종이로 틀어막은 병관이는 옷섶이랑 손에 온통 피가 묻어 지저분했다. 찔끔찔끔 눈물을 짜고 있었다.

두 아이 앞에 버티고 서서 뒷짐을 지고 있던 교장은 혜영이 나타나자,

"청소감독은 안 하고 뭐 하는가요?"

하고 이맛살을 찡그렸다.

혜영은 입술을 자그시 물고, 아무런 대꾸도 없이 다소곳이 서 있을 따름이다. 다른 여러 아이들은 찍소리 없이 걸레로 교실을 열심히 문지르면서도 곧장 교장 선생과 담임선생의 얼굴을 힐끗힐끗 거들떠본다.

"담임이 솔선수범을 해야지, 애들 멋대로 맡겨놓으니 이 꼬라지

아닌가요. 깨진 유리를 변상시키고, 앞으로 다시 이런 일이 없도록 단단히 좀 혼을 내주시오."

교장은 위엄 있게 음! 하고는 슬리퍼를 찰딱찰딱 끌며 교실을 나갔다.

혜영은 개학한 첫날부터 재수 더럽다고 생각했다. 그러나 웬일인지 화가 치밀어 오르지는 않았다.

"일어나거라."

예사로운 목소리였다. 굳어졌던 두 아이는 뜻밖의 부드러운 목소리에 고개를 쳐들고 선생님의 얼굴을 바라보았다.

선생님과 시선이 마주치자 명길이는 도로 고개를 떨어뜨리며, 조심스럽게 일어섰다. 병관이도 비틀거리며 일어나 커다란 두 눈을 대구 껌벅거렸다.

"와 싸웠노? 어디 말해 봐."

혜영의 말투는 여전히 부드러웠다. 그러자 청소는 하다 말고 여러 아이가 서로 나서며 떠들기 시작했다.

청소가 시작되어 모두 걸상을 책상 위에 얹었다. 그리고 그것을 교실 뒤쪽으로 몰아붙이고, 쓸고 닦았다.

다음은 책상을 죄다 교실 앞쪽으로 옮겨놓아야 했다. 두 사람이 한 책상을 맞들고 운반을 한다.

그런데 병관이란 놈은 빨간 사과를 들고 까불면서 혼자 한 손으로 책상을 운반하다가 그만 와당탕 엎어버렸다. 그리고도 얼른 그것을 일으킬 생각은 않고, 곧장 킬킬 웃으면서 사과를 가지고 까불어대는 것이었다.

명길이는 그냥 가만히 보고 있을 수가 없었다. 막대기를 들고

가서,

"뭐 하고 있노 임마!

하고, 대가리를 한 대 딱 때려주었다.

그러자 병관이는 힐끗 눈을 흘기며,

"와 때리노? 급장임 젤이가?"

하고 투덜거렸다.

그리고 무슨 생각이 떠올랐는지 몇 걸음 저컨*('저쪽'의 방언)으로 비켜서더니, 손에 쥔 사과를 번쩍 쳐들고 흔들며,

"사과요— 사과. 자— 국광 사이소, 국광!"

소리를 질러대기 시작했다.

맛좋은 국광이 한 꾸러미 이십 원!

명길이는 눈꺼풀이 파르르 떨렸다. 욱! 하고 치받혀 오르는 노여운 기운을 어쩌지 못해 주먹을 불끈 쥐고 휙 날았다.

벌떡! 나가떨어진 병관이의 코에서는 피가 철철 흘렀다. 그러나 병관이도 그냥 가만히 있질 않았다. 얼른 뛰어 일어나 발작하는 것처럼 울부짖으며, 쥐고 있던 사과를 냅다 명길이를 향해 내던지는 것이었다.

쨍그렁! 사과는 명길이에게 맞질 않고 유리창에 가서 부딪쳤다. 그때 마침 교장 선생이 청소하는 것을 둘러보며, 복도를 지나가고 있었던 것이다.

싸움의 자초지종을 이야기 듣고 난 혜영은 자기도 모르게 병관이 앞으로 한 걸음 다가섰다. 그리고 신경질적으로 손뺨을 날렸다.

찰칵! 찰칵! 찰칵!…… 병관이는 두 눈에서 번쩍번쩍 불꽃이 튀는 듯했다.

"아이고— 잘못했심더. 선생님예, 선생님예."

병관이는 두 손을 싹싹 마주 부비며 비실비실 물러가다가 그만 뒤로 나가넘어지고 말았다.

"일어섯! 빨리 일어서지 못해!"

혜영은 가슴 속에서 끓어오르는 분노를 억누를 수가 없었다. 자꾸 와들와들 떨렸다.

"나쁜 놈 같으니. 이 녀석아, 사과 파는 기 니한테 뭐 그리 해롭더노? 응? 이 못된 녀석 같으니라고. 저 깨진 유리는 니가 물어내. 알겠나?"

"예."

"고약한 녀석 같으니라고."

혜영은 이렇게 새파래져보기는 정말 처음이었다.

여러 아이들은 덩달아 겁을 집어먹고 숨들을 죽였다.

명길이는 고개를 숙이고 정물처럼 가만히 서 있었다.

3

이튿날 병관이는 학교에 나오질 않았다. 혜영은 어제 너무 감정적으로 흘렀다고 생각했으나, 웬일인지 조금도 뉘우쳐지지 않았다.

출석을 부르며 병관이가 결석이라는 것을 알았을 때, 약간 걱정이 안 되는 것은 아니었지만 뭐 그럴 수도 있는 일이지 싶었다. 예사로 넘겨버리고 말았다.

첫 시간 수업이 끝날 무렵이었다. 교실 문이 드르르 열리며 급사

애가 얼굴을 들이밀었다.

"교장 선생님이 오시랍니더."

"뭐?"

"교장 선생님이예."

어제도 교장한테 불리더니, 오늘도 호출이라니, 더구나 수업 도중…… 혜영은 결코 기분이 좋지가 않았다.

"무슨 일인데?"

"모르겠심더. 누구 손님이 오신 모양입띠더."

"손님?"

"예."

"그래, 곧 간다 캐라."

혜영은 끝날 종이 칠 때까지 수업을 계속하려 했다. 그러나 어쩐지 마음이 안착되지 않아 분필을 놓지 않을 수 없었다.

직원실 벽에 커다란 거울이 걸려 있었다. 직원실로 온 혜영은 거울 앞에 가서 옷매무새를 바로잡았다. 그리고 똑똑똑…… 교장실 문을 노크했다. 안에서 반응이 있자, 조심스럽게 밀고 들어갔다.

병관이었다. 병관이는 선생님을 보고도 인사를 할 생각은 않고, 곧장 커다란 두 눈을 껌벅거리기만 했다.

병관이 곁에 웬 유들유들한 중년신사가 한 사람 의자에 버티고 앉아 교장과 이야기를 주고받고 있었다. 교감도 거기 서 있었다.

혜영이 들어서자, 이야기는 중단되고 시선이 일제히 혜영이에게로 향해 왔다. 혜영은 대뜸 심상치 않은 실내의 공기를 느낄 수가 있었다.

그녀는 침착하게 교장 앞으로 다가가,

"저 부르셨습니까?"

하고, 입을 열었다.

그러자 교장은 다짜고짜로,

"이 어른에게 인사를 드리시오."

하고, 유들유들한 신사에게 인사를 시키는 것이었다.

"저 전혜영이라고 합니다."

혜영은 가볍게 고개를 숙였다.

"예, 난 구광무요."

유들유들한 신사는 퉁명스럽게 한마디 내뱉고는 시선을 교장에게로 돌리는 것이었다. 그러자 이번에는 교감이 나섰다.

"전 선생, 이 어른이 바로 전에 교육위원을 지내신 구 선생님이시오. 지금은 큰 사업을 하고 계시죠. 그리고 병관이의 부친 되시는 분이요. 아직 한 번도 안 찾아뵈었던가요?"

혜영은 아무런 대꾸도 없이 듣고만 있었다. 그러나 속으로는 예삿일이 아니로구나, 싶어서 마음을 단단히 도사려먹었다.

"진작 한 번 찾아뵈올 일이지, 전 선생 불찰이 많아요."

교감의 말투에 혜영은 비위가 팍 상했다. 학급 아동의 가정환경을 알기 위해서 그 가정을 찾아보는 그런 방문을 말하는 것이 아니라, 지방의 유지니까 그 자제를 담임하게 된 것을 영광으로 생각하고 마땅히 찾아뵈어야 된다는 그런 투의 말인 것이었다.

혜영은 교감의 그 말투가 같잖고, 아니꼬워서 속으로 팽! 콧방귀를 뀌고 시선을 창밖으로 던졌다. 그러자,

"전 선생!"

하고, 이번에는 교장이 이야기를 내놓기 시작했다.

"구 선생님께서 병관이 문제로 오셨는데…… 어제 두 아이를 어떻게 훈계했나요? 공정하게 잘 훈곌 했나요?"

혜영은 바짝 긴장을 하며, 아랫배에 지그시 힘을 주었다. 그리고 침착한 어조로 대답했다.

"공정하게 훈계를 했다고 생각합니다."

"음— 그래? 어떻게 훈계를 했는데 공정하다고 생각하는가요?"

"싸움의 원인을 알아보고, 잘못한 쪽을 나무랬습니다."

"그래, 가령 한쪽이 잘못했다고 합시다. 그렇다고 그 잘못한 쪽만 나무라는 것이 교육적이라고 생각하나요? 어디 말해 보시오."

"싸움을 했다고 해서 잘잘못을 가리지 않고 똑같이 나무란다는 것은 옳지 못한 일이라고 저는 생각합니다. 아이들 사이에 흔히 있을 수 있는 소소한 잘잘못으로 싸움이 벌어진 경우는 똑같이 다스리는 것이 교육적이라고 생각합니다마는 한쪽이 아주 잘못했을 경우, 그 행위가 악질적일 때는 그쪽만 되게 꾸짖는 것이 교육적이라고 봅니다. 그런 경우에도 똑같이 다스린다면 선을 누르고 악을 키우는 결과가 되리라고 생각합니다."

"그렇다고 선생이 함부로 아이를 때려도 되는가요?"

교장이 발칵 화를 냈다. 함부로가 아니지요, 하고 대꾸를 하려다가 혜영은 꾹 입을 다물어버렸다.

교장과 혜영이 이렇게 주고받고 하는 동안 구광무는 줄곧 혜영의 용모를 훑어보고 있었다. 반듯하게 내리 뽑힌 코에 속눈썹이 긴 두 눈, 그리고 앵두알처럼 선연한 빛깔의 입술, 볼에 파이는 보조개…… 어느 모로 보나 나무랄 데가 없었다.

구광무의 기름진 시선은 차츰 아래로 미끄러져 내려가 혜영의 허리께를 감돌다가 밋밋하게 뻗은 두 다리에 이르렀다.

그는 침을 꿀꺽 삼켰다. 그리고 점잖게 입을 열었다.

"교장 선생, 그만해 두시오. 앞으론 그런 일이 없겠지."

교장과 교감은 구광무의 입에서 나온 뜻밖의 말에 약간 의아한 표정을 지었다. 조금 아까 혜영이 나타나기 전까지의 그 서슬로 보아서 당장 무슨 일이 있고야 말 것 같았는데, 이렇게 쉬 누그러져버리다니 정말 의외의 일이 아닐 수 없었다.

혜영은 속으로 코웃음을 웃었다. 구광무의 진득진득한 시선을 온몸에 강렬하게 느끼고 있었기 때문이었다.

교감이 말을 덧붙였다.

"구 선생님께서 특별한 아량을 베풀어주시는 것이니까, 전 선생 앞으로 그러한 처사가 절대로 없도록 명심하시오. 알겠죠?"

혜영은 구역질 같은 것을 느꼈다. 낯바닥에 침이라도 뱉어주고 싶었다. 그러자 구광무가,

"선생님, 그럼 우리 아이 잘 부탁하오."

하고는 허허허…… 너털웃음을 웃는 것이었다. 그리고, 병관이를 돌아보며,

"병관아, 선생님 따라가서 어서 공부해라."

하는 것이었다.

아버지의 말에 병관이는 뭔지 좀 못마땅한 듯한 표정을 지었다.

혜영은

"그럼 전 가보겠습니다."

누구에게랄 것도 없이 가볍게 고개를 숙이고 교장실을 나섰다. 못마땅한 표정을 하고 병관이가 뒤를 따른다.

혜영은 병관이를 돌아보지도 않고, 교실을 향해 찰딱찰딱 슬리
퍼를 끌었다. 코언저리에 냉소가 감돌고 있었다.

4

혜영이 구광무의 초대를 받은 것은 그로부터 며칠 뒤의 일이었다.
교장, 교감과 함께 와달라는 전갈이었다. 저녁을 대접하고 싶다는
것이었다. 아이를 맡겨놓고 이렇게 무심할 수가 없다는 것이었다.

혜영은 그 속이 들여다보이는 것 같아, 즉석에서 고개를 내젓고
싶었다. 그러나 너무 그렇게 감정적으로 흐를 것이 아니라고 생각
했다. 싫지만 가보기로 했다.

교장, 교감의 뒤를 따라 병관이네 집 대문을 들어서는 혜영은 약
간 가슴이 두근거렸다. 긴장이 되는 것이었다.

양식과 한식을 겸한 넓은 집이었다.

응접실 소파에 혜영은 인형처럼 단정하게 앉았다. 교감도 조심스
럽게 앉아 실내를 두리번거린다.

교장은 담배에 불을 붙이며,

"사람이 이 정도는 해놓고 살아야 되는 건데……."
하고 중얼거린다.

병관이란 놈이 들어와서 누구에겐지도 모르게 꾸벅 절을 한 번
하고는 달아나버린다.

잠시 후, 한복을 입은 구광무가,

"이 누추한 데를 이렇게들 찾아와 주셔서……."

하면서, 환한 얼굴로 들어섰다.

혜영은 자리에서 일어나 인사를 하고는 살포시 도로 앉았다. 구광무는 교장과 먼저 악수를 나누었다. 그리고 교감에게 손을 내밀었다. 교감은 두 손으로 받들어 모신다. 혜영은 역겨워서 시선을 돌렸다.

소파에 푹신 궁둥이를 묻으며 구광무는,

"전 선생님, 요전엔 실례가 많았심다."

하고 허허허…… 너털웃음을 웃는다.

불쾌했다. 괜히 허허허…… 하고 웃는 웃음이 혜영은 딱 싫었다. 그러나 예사로운 얼굴로 앉아 있었다.

잠시 후, 구광무는 안을 향해

"여봐라—"

소리를 질렀다.

안에서,

"예—"

대답소리가 들려왔다.

"그 준비 다 됐나?"

"예, 됐심더."

그러자 구광무는 육중한 몸을 소파에서 일으키며,

"자, 선생님들 안으로 들어가 볼까요."

하고, 앞장을 선다.

성찬이었다. 교자상이 하나 그득했다.

혜영은 자리에 앉기가 거북해서 서서 망설였다. 그러자 구광무가,

"전 선생님, 자아 이리 앉으이소. 오늘 주빈은 전 성생님인데……."

하고, 방석까지 권한다.

하는 수 없이 혜영은 권하는 방석 위에 절반쯤 몸을 얹었다.

술잔이 오고 가기 시작하자, 혜영은 정말 잘못 왔구나 싶었다. 그래서 구광무를 보고,

"사모님을 좀 뵈었으면 좋겠는데예. 전 사모님한테 가 있음 좋겠심더."

했다.

그러자 구광무는 얼굴에 약간 웃음을 띠우며, 잔을 들어 단번에 꿀꿀꿀 마셔버리고 나서,

"아직 모르시는만. 우리 집사람 구둘장을 진 지가 벌써 이 년째구마."

한다.

"……."

혜영은 그게 무슨 말인지 잘 알 수가 없어 눈만 대구 깜작거렸다. 그러자 교감이 재빨리,

"요즘 사모님 병세가 좀 어떻습니꼬?"

하고, 억지로 근심스러운 듯한 표정을 짓는다.

"요즘도 마찬가지구마. 그 병이 어디 그리 쉽게 낫는교."

"걱정이 많으시겠심더."

"뭐, 날 때가 됨 안 낫겠는교. 자아 우리 기분 좋게 술이나 듭시다."

혜영은 괜한 소리를 꺼냈구나, 하고 약간 미안한 생각이 들었다. 이제 어떻게도 할 수 없는 노릇이었다. 그래서 가만히 밥뚜껑을 열고 숟가락을 들었다.

서로 주거니 받거니 잔이 거듭되어 가자, 세 사람 모두 얼굴이 붉

어 오르고, 조금씩 말소리가 흩어지기 시작했다. 두 눈에 번들번들 자꾸 윤기가 흐르고, 목덜미부터 불그레 물들어가던 구광무는 잔을 불쑥 혜영에게로 내밀며,

"전 선생도 한잔 해 보이소."

하고, 빙그레 웃는다.

혜영은,

"아이, 못합니더."

고개를 돌렸다. 그러나 구광무는,

"한잔만 하이소. 여자라고 술을 하지 말라는 법이 어디 있소. 남녀동등의 민주주의 세상인데…… 자아…….."

하면서, 잔을 혜영 앞에 갖다 놓는다.

그러자 교감이,

"전 선생, 구 선생님의 성의를 보아서라도 한잔 받아야 안 되겠소."

한다.

교장 선생도 한마디 거든다.

"남의 호의를 무시하는 건 예의가 아니지."

혜영은 벌떡 일어나 밖으로 뛰어나가고 싶었다. 그러나 이제 와서 차마 그럴 수는 없는 노릇이었다. 그렇지만 잔을 받을 수는 도저히 없었다.

"못하는 술을 어떻게 합니꼬. 전 밥을 먹을 테니 염려 마시고 어서들 드시이소."

혜영은 권하는 술잔은 본체만체하고 열심히 숟가락을 놀렸다. 하는 수가 없는지, 구광무는 잔을 집어다가 교장에게 돌리면서,

"전 선생, 너무 봉건사상이 농후합니다 그려."

한다.

혜영은 술 마시는 게 반드시 민주적인 것은 아니죠, 하고 대들려다가 가만히 참고 말았다.

봉건사상이 어쩌고…… 이렇게 시작된 구광무의 장광설은 마침내 선거 이야기와 정치 이야기로 번져나갔다. 혜영이 가장 싫어하는 그런 투의 이야기였다.

"돈이라는 건 말이지, 쓸려고 버는 겁니다. 금고 안에 때려 넣어두는 건, 에— 돈이 아니라 그건 종이뭉치구마. 알겠는교? 에— 그래서 나는 돈을 한 번 멋있게 뿌려 볼라고 생각하고 있구마. 내가 돈을 뿌릴 때는 에— 교장 선생님이랑 교감 선생님이 많이 협력을 해줘야 됩니더. 전 선생님은 물론이고…… 알겠심니꼬?"

열변이 잠시 멈추어지자, 교감이 재빨리 받았다.

"거 선생님께서 평소부터 포부가 보통 포부가 아니라는 걸 잘 알고 있심더. 다음 국회의원 선거엔 꼭 나오셔야지예. 당선은 문제없을 겁니더."

그러자, 교장도 가만히 있지 않았다.

"우리 구 선생님이 나오신다면야 문제없고말고."

구광무는 기분이 좋은 듯, 잔을 들어 벌컥벌컥 호걸풍으로 들이켜고는 닝글닝글*('능글능글'의 방언)한 눈에 번들번들한 웃음을 담으며,

"전 선생, 정말로 한잔 안 하긴가요?"

또 한 번 슬쩍 건드려본다.

"못 한다니까예!"

혜영은 딱 잡아 떼버렸다. 그러자, 구광무는,

"헛헛허……."

또 공연한 너털웃음을 웃어 보인다.

혜영은 먹은 것이 도로 목구멍으로 치받치는 것 같았다. 너털웃음을 웃고 난 구광무는 다시 열변을 토하기 시작했다.

"내가 국회의원이 되면 무엇보다도 먼저 가난한 농민들을 잘 살수 있도록 하는 정치를 할 작정이구마. 농민이 잘 사는 세상이 돼야지, 그렇지 않곤 안 됩니더. 정말이구마. 내가 나가면 그저 그저……."

주먹을 쥐고 흔들며, 곧 평천하(平天下)라도 할 듯이 열을 올린다. 그리고, 또 잔을 들어 단숨에 벌컥 벌컥 들이켜고는

"으으윽!"

크게 트림을 한다.

트림이 내려가자 연설이 다시 쏟아져 나온다. 마치 벌써 정치가가 다 된 듯한 말투다.

"다음에 내가 할 것은 여성들의 지위를 향상시키는 정치구마. 우리나라 여자들은 정말 불쌍하구마. 남녀동등이라고 하지만 말뿐이지, 언제나 남자들이 깔고 문대고 안 있는교. 마음대로 술 한잔도 못 마시거든."

유들유들한 코언저리에 웃음이 떠오른다.

마침내 혜영은 견딜 수가 없었다. 자리에서 성큼 일어났다. 그리고 얼른 방문을 열었다. 그러자 구광무는 당황하여 커다란 손을 내흔들며,

"어디 가시는교? 전 선생님, 오늘의 주빈은 바로 전 선생님이신데…… 내가 술이 좀 취했는가?"

어쩌고 한다.

교감도 덩달아서,

"전 선생! 그런 법이 어디 있소. 어서 이리 와서 앉아요. 어서!"

애가 단다.

교장도 가만히 있질 않는다.

"어허! 그런 법이 아니지. 같이 일어나야 될 기 아니가."

그러나 혜영은

"집에서 걱정합니다. 먼저 실례해야겠어예."

하고, 성큼 문밖으로 나가버렸다.

방문이 닫히자, 구광무는,

"허허…… 참 이런 수가 있나."

닭 쫓던 개처럼 닫힌 문을 바라보며 입맛을 쩍쩍 다셨다. 그리고
잔을 들어 꿀꿀꿀…… 마구 들이켜 댄다.

교감은 두 눈을 깜작거리며,

"저런 기 다 선생이니…… 내 참."

한다.

교장도

"음—"

신음소리 비슷한 소리를 하고는 잔을 들어 벌컥벌컥 마셔댄다.

눈이 벌게진 구광무는 잔을 놓고, 젓가락으로 안주를 쿡! 찍으며,

"고집이 여간 아닌 계집이구만."

하고,

"헛헛허……."

또 너털웃음을 웃는다.

혜영은 구광무의 너털웃음 소리에 목을 움츠리며,

"저런 기 국회의원이 되면 난 팍 자살을 해버려야지."

하고, 도망치듯 대문을 빠져나갔다.

5

졸업식 날짜가 정해졌다. 그리고 졸업생을 환송하는 뜻으로 학예회를 개최하기로 직원회의에서 결정이 되었다.

혜영은 동극*(童劇. '아동극'의 준말)을 하나 하기로 했다. 단막짜리였다. 그러나 이십 분이나 걸리고 꽤 재미있는 극이었다.

제목은 〈꿈이 열리는 나무〉였다.

강습에 갔을 때, 명길이에게 사 보내준 동화책인 그 『꿈이 열리는 나무』를 손수 극화한 것이었다.

주인공은 명길이를 시켰다. 명길이는 급장일 뿐 아니라, 그 주인공의 성격에도 알맞고 또 처지도 비슷한 것이었다. 주인공 외에 몇 사람의 배역도 적당한 아이로 뽑았다. 동극에 뽑힌다는 것은 여간 자랑스럽고 기쁜 일이 아니었다. 그런데 병관이는 거기에 들지를 못했다.

동극의 꼬마 배우로 뽑히지 못한 병관이는 불만이 이만저만 아니었다. 입을 쑥 내밀고 부루퉁한 얼굴로 종일 툴툴거리기만 했다.

혜영이 구광무의 두 번째 초대를 받은 것은 그 다음 날의 일이었다. 점심시간이었다.

"전 선생 전화요."

하는 소리에 혜영은 얼른 젓가락을 놓고 가서 전화를 받았다.

"예, 전혜영입니다."

"오래간만입니다. 구광무올시다. 전번엔 실례가 많았심다. 모처럼 집에까지 오셨는데 그렇게 노엽게 해서……."

"아닙니다. 제가 실례했었지요."

"아니올시다. 헛헛허……."

전화기를 통해서 구광무의 그 너털웃음이 전해오자, 혜영은 이맛살을 찡그렸다. 수화기를 놓아버릴까 싶었으나 차마 그럴 수는 없어, 귀에서 멀찍하게 떼었다가 웃음이 끝나자 도로 귀로 갖다 댔다.

"지난번의 사과도 할 겸, 또 뭐 좀 상의드릴 말씀도 있고 해서 오늘 한 번 더 만나 뵙고 싶은데 어떻습니꾜. 몇 시에 퇴근하시죠?"

그 말이 떨어지자 혜영은 얼굴빛이 홱 달라지며,

"저…… 오늘 몸이 좀 불편해서 일찍 집에 들어가야겠어요."

하고, 딱 잘라버렸다.

"아, 그렇습니꾜? 어디가 불편하신지…… 건강이 제일이니까 몸을 조심하셔야지. 헛헛허……."

또 너털웃음이었다.

혜영은 비위가 팍 상해서 견딜 수가 없었다.

"예, 감사합니다."

하고, 수화기를 탁 놓아버렸다.

이튿날 아침, 여느 때보다 좀 일찍 출근을 한 혜영은 출근부에 날인을 하고 교실로 갔다. 혜영이 교실 문을 열고 들어서자,

"선생님 안녕하십니까?"

하고 반갑게 인사를 하며 다가오는 아이가 있었다.

병관이었다.

병관이가 이렇게 일찍 등교를 하다니 혜영은 약간 의아한 표정을 지었다. 사흘에 한 번쯤은 지각을 하는 병관이가 이렇게 일찍 학교에 나왔다는 것도 이상하지만, 또 이렇게 반갑게 인사를 한다는 것도 의외의 일이 아닐 수 없었다.

아직 딴 아이들은 하나도 나와 있질 않았다.

"병관이 오늘 웬일로 이렇게 일찍 나왔지?"

혜영이는 부드러운 목소리로 말하며 창가에 놓인 자리에 가서 앉자, 병관이는 벙글벙글 웃는 얼굴로 다가와서,

"선생님, 이거 우리 아부지가 갖다 드리라 캅띠더."

봉투를 하나 쑥 내미는 것이었다.

흰 이중 봉투였다.

혜영은 뜻밖의 일에 약간 표정이 흔들렸으나 이내 침착해지며 코언저리에 엷은 웃음 같은 것을 띠었다.

"무슨 편지지?"

예사로 받아서 봉을 뜯었다.

병관이는 곁에 서서 곧장 싱글벙글하며 지켜보고 있었다.

봉투 안에서 나온 것은 양면괘지였다. 혜영은 그 접어진 양면괘지를 무심히 펼쳤다. 그 순간 혜영은 온 얼굴이 화끈 달아오르는 것을 어쩌지 못했다.

펼쳐진 양면괘지 속에서 수표가 한 장 나부껴 떨어졌던 것이다. 나부껴 떨어져서 책상 위에 사쁜*(사뿐) 내려앉은 수표를 혜영은 가만히 내려다보았다.

만 원짜리였다.

만 원짜리 보증수표— 혜영은 가슴이 뛰는 것을 느끼며, 자그시 입술을 물었다. 그리고 양면괘지에 적혀 있는 몇 줄의 거친 필적을 훑어 읽었다.

제번*(除煩. 번거로운 인사말을 덜어 버리고 할 말만 적는다는
뜻으로, 간단한 편지의 첫머리에 쓰는 말)하옵고
약소한 것이오나 소납*(笑納. 보잘것없는 물건이지만 웃으면
서 받아 달라는 겸손의 말)하시와 봄옷이라도 한 벌 만드신다
면 영광이겠소이다. 그리고 동극의 주인공을 우리 병관이
로 대체해 주시면 더욱 영광이겠나이다. 잘 부탁하나이다.
즉일(卽日) 구광무

편지를 읽고 난 혜영은 힐끗 병관이를 바라보았다. 병관이는 득의연한 얼굴로 헤— 웃고 있었다.

혜영은 견딜 수가 없었다. 입술과 손가락 끝이 가느다랗게 떨렸다.

혜영은 떨리는 손으로 책상 위에 떨어진 수표를 집어서 도로 양면괘지에 쌌다. 그리고 그것을 아예 대로 봉투 속에 집어넣었다.

헤— 웃고 있던 병관이의 얼굴이 멀뚱한 표정으로 바뀌었다.

"안 받는다고 그래."

혜영은 봉투를 병관이 앞으로 내밀며 딱 잘라 말했다.

병관이는 곧 울상이 되었다.

"선생님은 이런 거 받는 사람이 아니라고 아버지에게 말씀드려. 알겠지?"

"……."

"응! 알겠지?"

"예."

병관이는 힘없이 봉투를 받아 들고 물러서 갔다. 혜영은 자리에서 일어나 창문을 활짝 열어젖히며 심호흡을 했다.

6

명길이가 결석을 하기 시작한 것은 그로부터 며칠 뒤의 일이었다.

명길이가 결석을 하자, 혜영은 걱정이 되었다. 급장이 결석을 하면 학급 일에 여러 가지 지장이 생기게 마련이다. 그러나 그것보다도 동극의 주인공이 결석을 하게 되니, 극 연습에 지장이 이만저만 아닌 것이었다.

하지만 첫날은 그저 집에 무슨 일이 좀 있는 것이려니 하고 넘겼다. 그러나 이틀, 사흘 계속되자 혜영은 슬그머니 불길한 생각까지 드는 것이었다.

"명길이 왜 결석하는지 아는 사람 없나?"

잠시 아무도 대답이 없다가, 누군가가,

"명길이 삼거리서 사과 팝니더."

하는 것이었다.

삼거리란 버스정류소가 있는 곳을 말하는 것이었다.

"뭐? 사과 팔고 있어?"

"예."

"그러면서 학교 안 와?"

"예."

그러자 이번에는 병관이가 뿔떡 일어서더니

"명길이 인제 학교 못 댕길 낍니더."

하는 것이었다.

뜻밖의 말에 혜영은,

"와? 어째서?"

하고 바짝 긴장을 하며 병관이를 노려보다시피 했다.

병관이는 얼굴이 벌게지며 빙글빙글 웃기만 했다.

"어째서 학교 못 다닌다 말이고, 응? 어디 말해 봐.

"몰라예. 우리 아부지가 그캅띠더."

그 말을 듣자 혜영은 가슴이 철렁 내려앉은 것을 느꼈다. 예삿일이 아니로구나 싶었다. 어금니를 뽀도독 물었다.

그날, 퇴근길에 혜영은 명길이 집을 찾아갔다.

서녘 하늘이 보랏빛으로 물들고 있었다. 냇물도 곱게 젖어 있었다. 바람결에도 어딘지 모르게 훈훈한 기운이 서려 있었다. 봄이 멀지 않은 것을 느끼게 했다. 그러나 혜영은 어쩐지 불안하고 우울하기만 했다.

혜영은 학급 아이 하나를 앞세우고 골목으로 접어들었다. 이리저리 담벼락을 돌아 한참을 앞서가던 아이가

"저 집입니다."

하고, 초가삼간 오막살이를 손가락으로 가리켰다.

그 오돌막집 사립 앞에 이르자, 혜영은 주춤 멈추어 서지 않을 수 없었다. 집 안에서 심상치 않은 고함소리가 일어나고 있는 것

이었다.

예삿일이 아니었다.

"당장에 이 집이라도 비워내란 말이다. 사람 자식으로 생겨났으면 염치가 좀 있어야지. 그래 내일모레 내일모레 한 지가 벌써 몇 달이나 됐노 말이고. 나도 참을 대로 참았다. 인제 사정 못 보겠다. 이 집이라도 비워 낼래 우쨀래?"

어디서 많이 듣던 목소리같았다.

혜영은 살금살금 사립문으로 다가가서 안을 엿보았다.

마당에 웬 사과가 한마당 굴러 있었다. 사과광주리도 굴러 있었다. 광주리를 걷어찬 것이 분명했다.

굴러 있는 사과 가운데에 떡 버티고 서서 호령하고 있는 사람은 다름 아닌 구광무였다. 기름이 올라서 유들유들한 목덜미가 고함을 지를 때마다 꿈틀꿈틀 움직인다.

"응? 어서 말해 봐. 비워 낼끼가, 우쨀끼고? 와 말이 없노. 입주댕인 두고 뭐 할라는 기고. 응? 사람이 좋아 그렇지, 글쎄 참기를 얼마나 참았노 말이다. 남의 돈을 떼먹은 놈은 이 읍내에서는 살 수 없다. 살 수 없고말고. 살 수 없다니까……."

무섭게도 큰 목소리였다.

그 소리를 듣고 있는 동안, 혜영의 머리에 떠오르는 것이 있었다.

아버지는 빚 때문에 쩔쩔매십니다. 쌀장수를 하시다가 실패를 하셨기 때문입니다. 어제도 빚쟁이가 와서 막 욕을 하고 갔습니다. 빚쟁이는 왜 그렇게 목소리가 큰지 모르겠습니다.

강습회장으로 보낸 명길이의 편지 한 구절이었다, 혜영은 코허리가 시큰해지는 것을 느꼈다. 사립밖에 언제까지나 이러고 있을 일이 아니라고 생각했다.

어금니를 자그시 물며,

"실례합니다."

하고, 마당으로 들어섰다.

혜영이 들어서자 구광무는 벌겋게 상기된 얼굴로 뒤를 돌아본다. 혜영은 침착한 태도로 가볍게 고개를 숙여 그에게 아는 체를 했다. 그러자 구광무의 얼굴에 약간 당황하는 빛이 지나가더니 도로 무섭게 일그러졌다.

혜영은 마당에 굴러 있는 사과를 밟지 않으려고 조심스레 발을 옮겼다. 토방에 죽을상이 되어 쪼그리고 앉아 있는 사람 앞으로 가서

"저…… 명길이 담임입니다."

하고, 인사를 했다.

그러자 그 사람은 얼른 자리에서 일어나 마당으로 내려서며,

"아이구 선생님이 어떻게 이렇게…… 자식을 맡겨놓고 한 번도 찾아뵙지도 못하고…….'

어쩔 줄을 모른다.

"명길이가 며칠 결석을 해서 웬일인가 걱정이 돼서 잠시 와 봤습니다."

"아이고 선생님, 그런데 집안 꼬라지가 이 모양이 돼서…… 좀 올라오시이소."

"괜찮습니다. 곧 가야지예."

그러자 구광무는

"으음— 으음—"

어디 두고 보자는 듯한 소리를 남기며 사립 밖으로 사라져 갔다.

구광무가 사라지자 혜영은 잠시 마루에 걸터앉았다. 명길이 아버지는 후유— 한숨을 내쉬고

"선생님 부끄럽심더."

하며, 마당에 굴러 있는 사과를 주워 담기 시작했다.

혜영은 병색이 완연한 명길이 아버지의 을씨년스러운 모습을 가만히 바라보며 정물처럼 앉아 있었다.

마당의 사과가 거의 광주리에 담겨졌을 때 명길이가 뛰어들며,

"아부지, 오늘은 내가 스물다섯 꾸러미나 팔았심더."

큰 소리로 자랑을 치는 것이었다. 그리고,

"아부지, 사과를 엎질렀습니꼬."

하며, 마당가에 굴러 있는 사과를 가서 줍는 것이었다.

혜영은 눈시울이 뜨끈해지는 것을 느끼며 그대로 가만히 앉아 있었다. 뜻밖에 마루에 앉아 있는 선생님을 보자 명길이는 금세 온 얼굴이 홍당무가 되며,

"아이 선생님!"

하고, 깊이 머리를 숙여 인사를 한다.

혜영은 인사를 하는 명길이의 모습이 눈앞에서 뿌우옇게 흐려지는 것을 어쩌지 못했다.

사립문으로 사과광주리를 인 아낙네가 들어서고 있었다.

7

이튿날 명길이는 학교에 나왔다. 그러나 어딘지 모르게 풀이 죽어 있었다. 종일 별로 말이 없었다. 집안 일 때문에 어린 마음에까지 그늘이 진 것이로구나 생각하니, 혜영은 가슴이 아팠다. 하지만 당장 어쩔 수도 없는 노릇이었다.

방과 후, 동극 연습을 했다. 극 연습을 할 때도 명길이는 도무지 흥이 나질 않는 모양이었다. 선생님이 시키는 대로 하기는 하지만 어딘지 모르게 부자연스럽고 딴 생각을 하고 있는 것만 같았다.

동극 연습도 마치고, 아이들은 모두 집으로 돌아갔다.

직원 종례를 알리는 종소리가 울리자 혜영은 책보를 그대로 교실에 두고 직원실로 갔다.

학예회 연습에 좀 더 박차를 가해서 남부끄럽지 않는 학예회가 될 수 있도록 하라는 교장의 분부가 있었다. 그 말을 듣고 있는 혜영은 웬일인지 자꾸 불안한 생각이 들기만 하는 것이었다. 동극이 어쩐지 실패로 돌아갈 것만 같은 불길한 예감이 드는 것이었다. 전에 없던 일이었다.

종례를 마치고 혜영은 책보를 가지러 교실로 갔다.

찰딱찰딱 슬리퍼를 끌며 복도를 걸어가노라니까, 교실 문이 열리며 명길이가 나왔다. 명길이는 귀밑을 약간 붉혔다.

"명길아, 아직 안 갔나?"

"예."

"교실에서 혼자 뭐 했노?"

그러자 명길이는 약간 당황하는 빛을 띠며 쓸쓸하게 웃었다. 그

리고,

"선생님, 안녕히 계십시오."

하고, 여느 때보다도 월등히 단정하게 인사를 하고는 얼른 돌아서 복도를 달려가는 것이었다.

혜영은 약간 의아한 눈으로, 달려가는 명길이의 뒷모습을 가만히 바라보고 있었다.

출석부 속에서 명길이의 편지를 발견한 것은 그 다음 날 첫째 시간이었다.

혜영이 출석을 부르려고 책보에서 출석부를 꺼내려니까 웬 봉투가 하나 떨어지는 것이었다. 학습장을 찢어서 만든 봉투였다.

'우리 선생님에게'라고 씌어 있었다. 혜영은 얼른 봉을 뜯었다. 알맹이를 꺼내는 혜영의 손가락은 가느다랗게 떨고 있었다.

안에서 나온 것은 네모반듯하게 접은 학습장 종이였다. 그것을 펼치니 그 가운데에 그림 카드가 한 장 들어 있었다. 눈 경치가 그려졌고, 눈을 뒤집어쓴 나무가 한 그루 우뚝 서 있는 크리스마스카드였다.

혜영은 뜻밖의 카드에 이상한 생각이 들었다.

"이기 뭐고?"

혜영은 얼른 편지를 읽어보았다.

선생님에게

선생님, 오늘 밤에 저는 아버지와 어머니를 따라 도망을 갑니다. 어디로 가는지 저는 잘 모릅니다. 기차를 타고 먼 데로 간다고 아버지가 말씀하셨습니다.

빚을 갚을 수가 없어서 도망가게 되었습니다. 빚쟁이는 매일같이 와서 아버지에게 욕을 했습니다. 정말 빚쟁이는 무서운 사람입니다.

빚을 갚지 못해서 도망가는 사람은 나쁜 사람이지요? 그래서 저는 어젯밤 이불 속에서 울었습니다.

저는 선생님의 말씀을 잘 듣고, 공부를 열심히 해서 훌륭한 사람이 되려고 했는데, 나쁜 사람이 되고 말았습니다. 사과를 많이 팔아서 빚을 갚으려고 했는데, 빚이 너무 많아서 안 되었습니다. 그래서 저는 밤마다 꿈이 열리는 나무가 나타났으면 얼마나 좋을까 하고 생각했습니다. 동극을 연습하며 꿈이 열리는 나무가 제 앞에 나타날 때마다 그것이 극이 아니라 정말이라면 얼마나 좋을까 하는 생각도 했습니다.

선생님, 정말 꿈이 열리는 나무가 있습니까? 저는 선생님이 사주신 동화책 『꿈이 열리는 나무』를 가지고 갑니다. 교과서도 가지고 갑니다.

도망을 간 사람도 학교에 넣어 줄는지 모르겠습니다. 저는 꼭 학교에 다니고 싶습니다. 그래서 훌륭한 사람이 되어서 아버지의 빚을 갚고 싶습니다.

학예회가 얼마 안 남았는데 동극을 못하고 가서 서운합니다. 우리 학급의 동극이 제일 잘 되었으면 좋겠습니다.

그리고 끝으로 선생님에게 한 가지 선물을 드리겠습니다. 다름이 아니라 크리스마스카드입니다. 얼마 전에 외갓집에 가서 외사촌누님한테서 얻어 온 것입니다. 저는 이 크리스

마스카드를 올 크리스마스에 선생님에게 선물하려고 했는
데, 이렇게 도망을 가게 되어 크리스마스는 아니지만 선생
님에게 선물로 드립니다. 선생님, 그림 참 곱지요?

선생님, 그럼 인제 언제 만날지 모르겠습니다. 고마우신 우
리 선생님 안녕히 계십시오.

명길이 올림

혜영은 와들와들 떨고 있었다. 코에서 줄 녹아내리는 것을 어쩌
지 못했다. 손수건으로 풀었다. 실컷 울었으면 싶은 것이었다.

이날, 혜영은 수업을 하다말고 여러 차례 창밖으로 멀리 산을 바
라보곤 했다.

수업을 마치고 혜영은 병관이를 잠시 남으라고 일렀다.

아이들이 죄다 돌아가고 난 교실에 병관이는 댕그라니 앉아서
입에 손가락을 물고 곧장 두 눈을 껌벅거렸다. 무슨 영문인가 싶은
모양이었다.

혜영은 병관이를 거들떠보지도 않고 책상에 단정하게 앉았다. 그
리고 펜을 들고 준비한 봉투에 글자를 쓰기 시작했다.

반듯한 글씨로 먼저 '구' 자를 썼다. 그리고 '광' 자를 썼다. '무'
자를 썼다. 그 밑에 '선생' 두 자를 붙였다. 그리고 그 봉투에다가
오늘 아침 명길이의 마지막 편지를 집어넣어 봉을 하는 것이었다.

"병관아, 이거 너거 아부지 갖다 드려."

"예."

병관이는 무슨 기쁜 일이라도 생긴 듯이 얼굴에 활짝 웃음을 피
우며 편지를 받아 든다. 그리고 꾸벅 인사를 하고는 가볍게 뛰어나

갔다.

뛰어나가는 병관이의 뒷모습을 바라보며 혜영은 쓰디쓴 웃음을 코언저리에 흘렸다.

그리고 잠시 후, 혜영은 책상 위에 얼굴을 묻고 어깨를 가볍게 들먹이기 시작했다. 울고 있는 것이었다.

8

혜영이 군내에서 가장 이름난 벽지학교로 전근 발령을 받은 것은 그로부터 얼마 안 되는 학년말 교직원 이동 때의 일이었다.

혜영이 그 험한 산골짝 학교로 전임이 되었다는 것을 알고 동료 교사들은 모두 의외의 일이라고, 눈을 휘둥글 하기도 했고 안됐다고 혀를 차기도 했다. 그러나 혜영은 태연했다. 이미 각오한 일이었던 것이었다.

버스에 몸을 싣고, 혜영이 읍을 떠나 벽지학교로 부임을 하는 날, 바람결에 희끗희끗 눈이 묻어 내렸다.

아마 마지막 눈일 것이었다.

혜영은 차창에 기대앉아 희끗희끗 나부끼는 눈송이를 내다보며 부임해 가는 벽지학교의 광경을 머릿속에 그려보고 있었다. 그리고 가만히 속으로 중얼거렸다.

'벽지학교에는 병관이 같은 아이는 없겠지. 구광무 같은 학부형도 없을 것이고…… 그러나 명길이 같은 아이는 더 많을는지도 몰라.'

그런 생각이 들자 혜영은 어쩐지 기쁘기도 하고 또 슬프기도 한 것이었다.

"명길이는 지금 어디에 가 있을까?"

혜영은 가만히 핸드백을 열었다. 그리고 종이에 소중하게 싼 것을 꺼냈다.

물론 명길이의 선물인 크리스마스카드였다.

눈을 뒤집어쓰고 서 있는 한 그루의 나무— 참 아름다운 나무였다. 그 그림을 가만히 들여다보고 있는 혜영의 눈앞에서 그 카드가 흐늘흐늘 수표로 바뀌는 것이었다. 만 원짜리 보증수표였다.

혜영은 고개를 흔들었다. 그러자 만 원짜리 보증수표는 다시 아름다운 그림으로 바뀌어지는 것이었다.

저는 이 크리스마스카드를 올 크리스마스에 선생님에게 선물하려고 했는데, 이렇게 도망을 가게 되어 크리스마스는 아니지만 선생님에게 선물로 드립니다.

혜영은 명길이의 편지 한 구절을 생각하며, 지그시 눈을 감았다. 마침내 그녀의 두 눈에서는 뜨거운 것이 흘러내리기 시작했다.

"아니야 명길아, 오늘이 바로 크리스마스야. 오늘이······."

혜영은 손수건을 꺼내며 중얼거렸다.

버스는 덜커덕거리며 산모퉁이를 돌아가고 있었다.

눈송이는 차츰 더 굵어져가고 있었다.

《시청각교육》(1965. 3~4)

기아선상에서

1

여름 해도 어느덧 기울어졌다.

골목 안, 전신주에 기대앉아 어린애에게 젖을 물리고 있던 덕님은,

"요곤 와 뒤지지도 않노."

하고, 어린애의 까아만 눈깔을 내려다보며, 또 이런 소리를 뇌는 것
이었다.

"뒤지면 사람이 좀 살제."

짝짝 소리가 나도록, 빨아도 단물 한 모금 나지 않는 바람에 애
가 탄 어린애는 그만 아웅 하고 젖을 깨물어버렸다.

"아이과야*('아이고'의 방언), 요 녀석아!"

아직 앞니도 생기지 않은 어린애의 잇몸이지만, 얼마나 아귀차게
무는지 덕님은 눈초리가 파르르 떨렸다.

"요 망할 녀석아!"

배는 고프고 가뜩이나 심사가 틀어진 참인데, 손이 그냥 가만히 있을 리 없다. 따귀를 한 대 보기 좋게 갈겨놓는다.

따귀라고 부를 것도 없는 주먹만 한 얼굴에 유달리 넓적한 손벼락이 떨어졌으니, 일은 미상불 크다. 어린애는 까르르 하고 넘어가다가 한참 만에야 살아나며, 목구멍이 찢어지는 듯한 소리로 울기 시작했다.

"뒈져라, 뒈져! 머 하로 생겨나서 사람 못 살게 지랄이고."

빨갛게 악을 올리며 우는 어린애를 아무렇게나 포대기에 뭉쳐서 땅바닥에 던져놓고, 덕님은 젖가슴을 주섬주섬 여며 넣었다. 어린애는 또 한 번 새파랗게 굳어들었다. 치마끈을 더 좀 불끈 졸라맨 다음, 그녀는 별수 없이 어린애를 다시 가져다 품에 안고, 두툼한 입술로 나발을 만들어 우와우와 하고 얼렀으나, 어린애의 울음은 좀체로 가라앉을 것 같지 않다.

"내가 이기 무신 죄고."

덕님은 실팍하게 벌어진 어깨마루를 크게 한 번 들었다 놓으며 한숨을 쉬었다. 그리고 곁에 댕그라니 놓여 있는 보따리로 손을 가져갔다.

손에 얼른 만져지는 것은 조금 전에 어린애에게서 벗겨낸 축축한 기저귀일 뿐, 그 속에 뭣이 좀 들어 있을 까닭이 만무하다.

덕님은 손가락을 치마폭에 쓱쓱 문지르고 나서, 코앞으로 가져다가 냄새를 맡아본다. 비리터분한 구린내가 콧구멍으로 묻어드는 바람에, 잠시 잊었던 시장기가 와서 옆구리를 쿡 지른다.

그녀는 벌써 세 끼를 굶고 있었다. 이 서울바닥에서는, 제 손아귀의 돈이 떨어지면 물 한 모금 얻어 마시기도 그리 쉬운 일은 아니었다.

어느 집 부엌 앞에 서서 싫어하는 눈총을 맞아가며 찬물 한 사발을 얻어 마셨을 때, 그녀는 비로소 여기가 어디라는 생각이 절실히 드는 것이었다. 정신이 바짝 차려지는 것이었다.

이 바닥으로 굴러들어온 처음 며칠 동안은, 그래도 수중에 여비를 하고 남은 돈이 얼마쯤 있었기 때문에, 때를 거르지 않고 꼭꼭 요기를 했었다. 국수를 사서 훌훌 끓어넣기도 했고, 시루떡을 손에 들고 한 끼를 때우기도 했다.

주인집이 쉽사리 나설 것 같지 않음을 안 뒤부터는, 수중에서 돈 빠져나가는 것이 마치 목숨이 조금씩 깎이는 듯한 느낌이었다. 몇 장 안 남은 때 묻은 돈을 보따리 속 여름 적삼 안에 접어 넣고 치마끈을 졸라매었으나, 그러나 사람이 안 먹고 살 재주는 없는 것이었다. 그리고, 돈을 두고는 차마 구걸을 할 수도 없는 노릇이었다.

어제 해질 무렵에 별수 없이 꼭 한 장 남은 것마저 옥수수 튀밥 장수에게 내주고 말았다. 이제는 주인집이 정해지는 날까지 밥을 얻어먹는 수밖에 없다고 생각이 들었을 때, 그녀는 눈시울이 더워지는 것이었다.

그러나 꾹 눌러 참아버리고 튀밥을 한 옴큼 입에 털어 넣었다. 몇 번 씹을 새도 없이 눈처럼 스르르 녹아버리는 튀밥이 안타깝기 짝이 없었다. 간밤에는 어느 집 추녀 밑에 누워서, 사람이 사는 세상에 죽으라는 법은 없으니까 내일쯤은 설마 무슨 수가 생기겠지 하고, 때가 마치 눈앞에 다가온 것처럼 여기며 잠을 이루었다.

그러나, 그 내일이라는 날이 밝아 홀쭉한 배도 잊어버리고 종일을 허둥지둥 쏘다녔으나, 같은 값에 누가 어린애 딸린 식모를 두겠느냐고 즉석에서 고개들을 내돌리는 것이었다.

식모자리가 아니라도 매양 일반이었다. 제대로 앉지도 못하는 어린애를 가진 사람을 일자리에 써 줄 그런 홀가분한 세상이 아니었고, 유득히 이 서울이라는 바닥은 그렇게 만만한 곳이 아닌 것이다.

그녀는 '식모 입용(食母 入用)'이라는 쪽지를 붙인 집은 들어설 줄 모르고 지나쳐버리는 것이었으나, '식모 구함' 혹은 '급히 식모 한 사람 씁니다' 따위로 써 붙인 집이면 어떤 집을 막론하고 찾아 들어갔다.

그러니까, 이 바닥에 온 후로 어린애를 짊어지고 어디가 어딘지도 모르는 길을 오늘은 해 뜨는 쪽, 내일은 해 지는 쪽 하면서 수없이 많은 집을 드나든 것이었다.

2

어린애의 기저귀도 갈았고, 치마끈도 졸라매었으니, 어서 날이 저물기 전에 또 몇 군데 다녀보아야 할 것이 아니냐고, 덕님은 이제 울 대로 울어서 목이 칵 메인 어린애를 아무렇게나 둘러업었다.

몇 날 며칠을 어메의 등에 매달려 다녔기 때문에 길이 들어서 그런지, 어린애는 어메의 가슴에 안기는 것보다도 차라리 이렇게 매달리는 것이 편한 듯, 가냘픈 볼을 어메의 등에 갖다 대고 지쳐빠진 두 눈을 감아버린다. 덕님은 보따리를 집어 들고 무거운 다리를 일으켰다.

맞은바라기 이층집 꼭대기에 얹혔던 해가 너웃이 기울어지며, 골목길에는 그늘이 쫙 퍼지고 있다.

저녁 지을 때가 되어가는 성싶으니, 덕님은 한결 마음이 바빠진다. 마치 찾아갈 집이라도 있는 것처럼 발을 옮겨놓는 참인데, 희뜩 눈을 스치는 것이 있었다. 이층집 현관 기둥에 붙은 종이쪽지였다. 옳다, 여기에도 있었구나 하며 그녀는 가까이 다가갔다. 그 종이 쪽지에는 '母乳 求함'이라고 씌어 있었다.

덕님은 '함', 그밖에 알아볼 수 없었으나, 글자 수효로 보나 쪽지로 보나 '식모 구함'임에 틀림없는 것이라고 여기며, 현관문을 드르릉 열었다. 열린 문으로 서슴지 않고 들어서며,

"기시능교?"

하고 버럭 소리를 질렀다. 안에서 달려 나온 것은 한쪽 손에 납 권총을 든 예닐곱 살 먹어 뵈는 혈색 좋은 사내아이였다. 사내아이는 덕님을 보자 주춤하고 서더니, 손에 든 납 권총을 뒤로 감추며,

"뭐야?"

묻는다.

"아가! 너거 집이가?"

"그래, 우리집이야, 넌 뭐야?"

"요놈아 보래, 버르장머리 없구로."

덕님이 주먹 한 개를 번쩍 쳐들자, 아이는 뽀르르 서너 걸음 물러서더니 뒤로 숨겼던 권총을 앞으로 쑥 내밀며 쏘는 시늉을 한다.

"쏜다! 쏜다! 쏘면 죽는 거야, 아니?"

이때,

"철아! 손님한테 그럼 못써!"

하며, 미소를 띠운 젊은 여인이 가볍게 걸어 나왔다.

이마가 유난스레 희고 콧날이 오뚝하게 서서, 얼른 보면 사람이 차가와 뵈나, 웃음이 어린 입언저리에 보조개가 파인 것이랄지, 서늘한 눈빛이랄지, 후리후리한 몸맵시, 그리고 부드러운 목소리가 퍽 친밀감을 주는 여인이었다.

덕님은 얼른 고개를 꾸벅하고 싱글 웃으며,

"저…… 댁에 사람 쓴다지예?"

은근히 물었다.

"아하, 그래 오셨수? 어린애가 있음 어떻게 해요. 좌우간 좀 앉아요."

덕님은 마루청에 조심히 궁둥이를 갖다놓으며,

"알라(어린애)는 있으나마나 괜찮심더, 무신 일이든지 다 하겠심더."

했다. 주인아씨를 우러러보는 두 눈에는 애원의 빛이 가득 담겼다.

"자기 앨 두고 남의 애만 어떻게."

덕님은 그게 무슨 소린지 알아들을 수가 없어 멍청하게 웃기만 했다.

"그렇잖아요?"

"……."

"아무리 젖이 잘 난대도, 두 앨 키우진 못할 거 아니에요?"

"식모 사는데 무신 젖은예?"

이번엔 주인아씨 쪽에서 어리둥절하다가,

"오호— 식몬 줄 아셨군. 홋호호."

웃어버린다.

"식모가 아니라 유모 한 사람 구하는 거예요. 식몬 벌써부터 있는데요 뭐, 홋호호호……."

"……."

"잘못 보셨군요, 글자를."

덕님의 얼굴이 형편없이 붉어지고 말았다.

저의 엄마 곁에 섰던 사내아이가 어느덧 덕님에게로 가까이 와서, 등에 업힌 어린애를 들여다보다가,

"코가 뭐 이래."

하며 애의 콧등을 꼭 눌러버리는 바람에, 애는 이제 잘 나오지도 않는 소리를 또 지르기 시작했다.

"철아! 그럼 못써. 오오오……."

주인아씨는 울다가 그만 캑캑거리는 어린애의 등을 똑똑 얼러 준다.

"괜찮심더, 그냥 두이소."

"어린애 목이 왜 이래요?"

"젖을 못 처묵어서 안 그렇심니꼬."

"왜, 젖이 없어요?"

"묵은 기 있어야 젖이 나지예, 홋호호……."

"오호―"

주인아씨는 고개를 두어 번 끄덕거리고 나서, 안을 향해 누군가를 불렀다. 곧 머리를 땋은 처녀가 어린애를 안고 나왔다. 식모임에 틀림없다.

"가서 우유 좀 하고, 밥 남은 거 있지?"

"예."

"밥 남은 거 하고, 좀 가져오너라, 앤 이리 주고."

"그만두이……."

덕님은 저도 모르게 사양하는 말이 입술을 들치고 나왔으나, 그만두이소의 '소'가 미처 떨어지기 전에 얼른 입술을 닫아버렸다.

3

저의 엄마에게로 온 어린애는 벙실벙실 웃으며 고개를 두리번거리다가, 덕님의 등에서 울고 있는 애를 보자 찌찌찌 하면서 손가락질을 한다.

"아이가! 알라도 참 우짜면 요래 잘 생겼노."

덕님은 눈을 휘둥그렇게 떴다. 그러나 실상을 말하자면, 아이 귀여운 생각보다도 곧 밥을 먹게 된다는 기쁜 마음이 앞서 있는 것이다.

"요 며칠 전까진 젖이 좋았는데, 유모가 고향으로 내려간 통에 애가 그만 반쪽이 됐어요."

"우야꼬—"

덕님이는 걱정스레 미간을 찌푸렸으나 억지로 그러는 것이 빤하다.

얼마 후에, 안으로 들어갔던 식모가 한 손에 밥사발을, 다른 손에 양재기 두 개를 들고 나왔다.

밥사발이 눈앞에 놓였을 때, 덕님은 벌름거리는 콧구멍을 어쩌지 못했다. 양재기 하나에는 먹다 남은 생선찌개가 들었고, 또 하나에는 뽀오얀 우유가 반 넘어 담겨 있다.

"자아, 얼른 자시고 가요, 응! 애들 아버지가 올 때가 됐으니 얼른 요."

"예예, 밥을 이래 많이 주시서…… 아이구 참…….”

덕님은 잠시 어쩔 줄을 모르다가, 띠를 끌러 어린애를 내리고 숟가락을 들었다. 숟가락은 무엇보다도 먼저 허연 쌀밥을 한 술 푹 떠서 입으로 갖다 넣는 것이었다.

주인아씨는 코언저리에 미소를 띄우며 어린애를 안고 안으로 들어가 버렸다. 식모도 뒤따라 사라져 갔다. 사내아이만 혼자 남아서 가만히 보고 섰다.

입 안의 밥이 미처 씹히기도 전에, 또 한 술을 떠다 넣고 숟가락으로 생선 꽁지를 집어 들었다. 숟가락이 우유를 떠서 어린애 입으로 가져간 것은 한참 뒤였다.

우유를 너무 급하게 받아 넘기려다가, 어린애는 사레가 들어서 캑 하고 뱉어냈다. 그리고도 이내 주둥이를 짝짝 벌리며 앙앙거렸다.

기명 세 개를 말끔하게 핥아내고, 다시 어린애를 둘러업고, 덕님은 머리를 두 번이나 세 번이나 숙이며 잘 먹고 간다는 인사를 남기고 현관을 나섰다.

"세상에 참 고마운 이도 있제."

서울바닥에 온 후로 처음 보는 인심 후한 집이었다. 덕님은 뚜벅뚜벅 걸음을 옮기다가, 무엇인지 자꾸 못 놓여 또 한 번 뒤를 돌아보았다.

"저런 집에 한 번 살아봤으만…….”

주인아씨의 미소를 띠운 얼굴이 눈에 붙어 삼삼거린다.

"유모……."

덕님은 등에 업은 어린애의 볼기짝으로 손을 가져가보며,

"요고만 없으만 십상 된 긴데."

하고 중얼거렸다.

"요고만 없으만……."

이번에는 아씨의 부드러운 음성이 귓전에서 맴을 돈다. 반말도 아닌 꼭꼭 예를 붙이던 목소리.

"십상 된 긴데……."

생각할수록 안타까워진다. 걸음은 갈수록 무거워지고.

마침내 한 걸음도 앞으로 내디딜 마음이 나지 않아, 덕님은 그 자리에 우뚝 서버렸다. 그리고 한 번 더 뒤를 돌아본다.

눈앞은 모두가 허공이었다. 허공 속에 보이는 것은 오직 이층집뿐이다. 석양을 받아 유리창이 번쩍거리는 눈부신 이층집. 맵시 곱고 마음씨 좋은 주인아씨. 보리*('보리쌀'을 말함) 한 톨 안 섞인 쌀밥. 생선찌개.

"요골 고마 갖다 내삐리까."

덕님의 두 눈은 무섭게 빛났다.

"알라 없는 사람 조오*(주위) 가구로, 그라면 지 팔자도 피일 끼니까."

어린애는 어메의 등에 얼굴을 묻고 어느덧 잠이 들었다. 빈속에 우유가 좀 과했는지 곧장 쌔근거린다.

"애비도 없는 자식, 키워 뭐할 끼고."

온몸에 오스스 돋아나는 소름을 떨고, 덕님은 드디어 모진 마음

을 먹어버린다.

4

어린애의 애비가 없는 것은 아니었다. 다만 애비라고 부를 수 없게 마련이었다.

덕님이 첫 시집을 간 것은 해방되기 두 해 전의 일이었다.

큰아기들까지 공출을 한다는 바람에, 부랴*(부랴부랴) 하고 서방 맞춰주는 것이었다.

나이 겨우 열여섯인 가을이었다. 신랑 된 이는 열 살이나 손위인, 광대뼈가 유난스레 두드러진 농군*(농사꾼)이었다.

그 억센 팔에 안겨 덕님은 밤마다 생땀을 뺐다. 그러나, 그녀의 목덜미에 살이 오르고 제법 여편네 구실을 하게 되었을 무렵에는, 서방은 그녀의 곁에 있지 않았다. 징용에 끌려가고 만 것이었다.

서방이 떠나는 날, 그녀는 시어머니 몰래 씨감자를 한 쪽박 삶아서 서방의 옷가지와 함께 싸들고 읍내까지 뒤를 따랐다.

"돌아가아라구마."

그러나 그녀는 자꾸 따라가기만 했다. 징용자들을 몰아 실은 기차가 삐익 소리를 지르며 덜커덩 움직이기 시작했을 때, 그녀는 창밖으로 얼굴을 내미는 서방을 향해서,

"그 안에 감자 들었구매이."

하고 고함을 지르는 것이었다.

서방을 빼앗긴 그녀는, 밤이면 더욱 부아가 났다. 그러나 별수 없

이 안으로 문고리를 걸고 허전한 잠자리에 몸을 던지는 것이었다.

구역질이 나며 입맛이 변하기 시작한 것은 얼마 후의 일이었다. 서방의 씨가 여기에 들었거니 하고 이따금 한 번씩 아랫배에 손을 대보며, 그녀는 세월을 보냈다.

바람이 수우수우 불어오는 어느 늦은 가을날, 그녀는 방바닥을 이리저리 설설 매다가 마침내 어머니가 되었다.

젖이 좋아, 갓난애는 물쑥물쑥 자라났다. 눈매와 입이 저의 아버지를 빼다 박았다고 하면서, 그녀는 하루에도 몇 차례를 뺨을 갖다가 문지르는지 몰랐다.

이듬해 8월, 해방이 되자 그녀는 저의 아버지가 보면 얼마나 좋아하랴 해서, 매일 어린애를 둘러업고 읍으로 달렸다. 정거장 앞마당은 귀환동포와 마중 나온 사람들로 연일연야 벌 끓듯 했다.

그녀는 광대뼈 두드러진 서방의 얼굴을 찾으며 매일같이 날이 저물도록 역두에 서서 있었다. 그러나 서방은 돌아오지 않았다. 아무런 기별도 없었다.

가을이 가고 겨울이 지나고 봄이 와도, 서방은 소식조차 없었다. 차츰 그녀는 불길한 생각이 머리를 쳐드는 것이었으나, 그 소같이 억센 이가 결코 그럴 까닭이 없다고 고개를 쩔쩔 흔들어버리는 것이었다.

그해 여름, 무서운 돌림병이 돌았다. 어린애가 그만 그 병에 걸렸는지 사흘도 못 가서 숨이 졌을 때, 그녀는 이젠 다 살았다고 주먹으로 땅을 치며 울었다.

어린애를 갖다 묻고 온 그날은 저녁을 먹을 생각이 없었으나, 이튿날 아침에는 고두*(곡식을 말의 운두보다 높게 수북이 올려 분량을 헤아리는 일. 또는 그런 양)로 한 그릇을 뚝딱해버리지 않고는 못 배기는 덕님이었다.

"일찍 개갈(改嫁를)하는 기 수지."

"그랬다가 서방이 돌아오만 우짤라고."

"지금까지 안 돌아온 사람이 어디 이승 사람인 줄 아나?"

이웃 사람들의 저희들끼리 가만히 주고받는 말이었다. 그러나, 덕님은 논밭 일에 남정네 부럽잖은 힘을 쓰며, 그 후도 꼬박 사 년을 시집 살았다.

친정어머니의 재촉과 이웃 사람들의 권유에 마음이 움직인 그녀는 드디어 개가를 했다. 그러니까 그녀가 스물세 살 된 이른 봄이었다.

두 번째 얻어 간 서방은 이웃 마을 구장네 작은 머슴이었다. 나이는 몇 살 위였으나, 몸집은 그녀보다 훨씬 가늘었다. 이번에는 신랑 쪽이 홀리는*('힘이 약하다'의 방언) 판이었다. 덕님의 탱탱한 팔에 휘감긴 신랑은 다리를 달달 떠는 것이었다.

그러나 세상은 또 그들의 꿈을 오래 두지는 않았다. 그해 6월, 동란이 일어나자 서방은 군인에 뽑혀 나갔다. 덕님은 한숨을 쉬지 않을 수 없었다. 주인네 집안일을 도맡아서 해내며, 그녀는 서방이 돌아오는 날을 기다렸다.

그러나 일 년 후에 그를 찾아온 것은 서방이 아니라 서방의 전사 통지서였다. 그것을 받아든 그녀는, 얼마 동안 미륵처럼 섰다가 그만 그 종이로 코를 팽 풀어서 내던져버리는 것이었다. 그때부터 그녀는 팔자라는 말을 곧잘 입에 올리게 되었다.

어느 시름시름 비가 내리는 저녁, 가만히 방문을 열고 들어와서 추근추근하게 구는 큰머슴 놈의 따귀를 한 대 불이 나도록 갈겨주고, 그 이튿날 그녀는 보따리를 싸들고 살길을 찾아 나섰다.

"그이가 아매도 고자던 기지."

두 번째 서방의 씨를 받지 아니한 것을 다행하게 여기며, 아직도 비가 멎지 아니한 길을 철벅철벅 읍으로 향해서 가는 것이었다.

5

그 후 여러 해를 덕님은 줄곧 읍에서 부지런히 일을 했다. 맨 처음에는 미군부대 세탁 일이었다. 여러 세탁꾼들 중에서 덕님이 휘갈기는 방망이소리가 가장 기운찼다.

그런 소문이 나자, 그 바닥에서 꽤 재미를 보고 있는 세탁소 주인이 그녀를 빼돌려 갔다. 그녀도 노릿한 냄새가 나는 미군들의 옷을 주물럭거리는 것보다는 한결 마음이 유쾌해서 좋았다.

그러나, 그 집에서 반년을 넘기지 못했다. 주인 녀석의 슬금슬금 달라지는 눈매도 눈매려니와, 재빨리 기미를 알아채고 터무니없이 앙탈을 잡으려드는 여편네가 더 비위에 거슬려, 장독에다 밀어 박아버리고 뛰어나왔던 것이다.

그 다음에 잡은 직업이 식모살이였다. 주인 내외를 위시해서 식구가 모두 여덟이나 되는 집이었다. 손이 놀 새가 없었다. 그러나 그녀는, 이 집안 살림이 내 손에 달렸거니 하면 절로 어깨가 으쓱거렸다. 선반 위까지 반질반질하게 닦아놓는 것이었다.

체증으로 골랑거리는 안주인은 덕님을 기둥처럼 믿었다.

지난 해 봄의 일이었다. 군대에 가 있는 이 집 큰아들이 휴가를 맡아서 돌아왔다. 저의 아버지를 닮아서 콧구멍은 하늘을 쳐다보고 있었으나, 이마가 수려하고 두 눈이 서글서글한 훌륭한 청년이었다.

오래간만에 다니러 온 아들을 위해서 온 집안이 들썩거렸다. 자연히 덕님이도 여느 때보다 더 분주했다. 그러나 조금도 싫은 생각은 없었다.

그러던 어느 날 밤이었다. 언제나 아이들과 함께 작은방에서 자던 덕님은 큰 도련님이 오시자부터 좀 무리였으나 다락 위에 올라가서 잘 수밖에 없었다.

그날 밤도 그녀는 다락 위에 올라가서 잠자리를 보았다. 달이 뜨는 듯 창문이 훤해왔다. 뒤꼍에서 심산히*(마음이 어수선하게) 울어대는 고양이 소리를 들으며, 그녀는 첫 서방 팔뚝은 아마 그때 내 다리만 했지, 이런 생각을 하다가 깜빡 잠이 든 참이었다.

숨결이 답답해지는 것을 느끼며 그녀는 잠을 깼다. 더운 입김이 얼굴에 훅 풍기는 것이었다. 분명히 콧구멍이 위로 쳐들린 얼굴이었다.

"으응—"

그녀는 허리를 옆으로 세웠다. 청년은 두 눈에 이글이글 열을 올려 가지고 덕님이의 얼굴로 바싹 다가들며,

"나야, 나야."

하는 것이었다.

덕님은 그 입김을 피하고 가슴패기를 떠밀어냈다. 그러나 청년의 온몸은 불덩어리가 되어 한사코 달려드는 것이었다.

"괜찮아. 어이어이……."

"……."

"괜찮다니까."

이때, 아래에서 기침소리가 들려왔다. 두 사람은 귀를 세웠다. 기침소리가 멎고 돌아눕는 기척이 사라지자, 사방은 다시 고요해졌다.

"와, 어때서 그래?"

"쉬!"

덕님은 얼른 넓적한 손바닥으로 도련님의 입을 막았다. 잠시 후에 청년은 다시 부득부득 힘을 쓰기 시작했다. 덕님은 화닥거리는 도련님의 뺨을 한 대 가볍게 때려주고 지그시 눈을 감아버렸다.

이튿날, 휴가 기한이 며칠 남았는데도 고사하고, 청년은 집을 떠나버리는 것이었다. 집안 식구들이 모두 만류했으나, 그의 어머니만은 아무 말 하지 않고 보내는 것이었다.

덕님의 배가 눈에 뜨이게 쯤 되었을 때도 안주인만은 놀라지 않았다. 그리하여 만삭이 되었을 즈음, 안주인은 덕님을 조용히 불러서 빠닥빠닥한 지폐 한 다발을 내놓으며 아무 소리 말고 받아달라는 것이었다.

그리고 장롱에서 입성까지 한 벌 꺼내주는 것이었다. 덕님은 되려*('도리어'의 방언) 고맙게 여기며 친정에 돌아가서 몸을 풀었다.

남은 추위를 보내고 봄을 넘겼을 때는 봉투 속의 지전은 얼마 남아 있질 않았다. 그녀는 그중에서도 절반을 뽑아 어머니에게 주고 이번에는 서울로 해놓을 결심을 하는 것이었다.

읍에 들어섰을 때, 주인집에 들르려고 했으나, 돈과 옷을 주던 그날의 안주인의 얼굴이 자꾸 눈앞에 삼삼거려서 그대로 얌전히 돌아서버렸던 것이다.

6

해질녘에 마음먹었던 대로 그날 밤 덕님은 잠든 어린애를 포대기에 싸안고 으슥한 뒷거리를 걸어가고 있었다. 물론 보따리도 덜렁거리고 있었다.

통행금지 시간이 가까워진 듯, 행인이 뜸했다. 먹장구름이 밤하늘을 싸 덮어오고 있다. 사방이 차츰 침침해지는 것이, 그녀는 십상이롭다고 생각했다. 그러나 가슴은 더 쿵얼쿵얼 뛰었다.

어디쯤에 버려놓아야 좋을지 몰라 자꾸 걸어 나가다가, 그녀는 이층집에서 너무 멀어지면 안 된다고 하면서 오던 길을 되돌아섰다.

"내삐리는 데도 자리가 있나, 아무 디고 얼른 해야지, 시간 넘으만 우짜노."

그러나 당장에는 사람의 눈이 없어야 하겠는데, 막상 멈추어 설라치면 인기척이 나며 행인이 다가오곤 했다. 그럴 적마다 그녀는 가슴에서 무엇이 쿵 떨어지며 간이 파르르 떨렸다. 손바닥에 땀이 쥐어지는 것이었다.

저편 큰길 쪽에서 전차 달려가는 소리가 커덩커덩 울려온다. 어쩌면 저것이 막차인지도 모른다고 생각한 덕님은, 눈을 번쩍 뜨고 앞뒤를 세심히 살펴보았다. 사방에는 까막같은 어둠이 잠겨 있을 뿐, 쥐새끼 한 마리 얼씬하지 않는다.

그녀는 추녀 밑으로 들어서서 가만히 허리를 굽히기 시작했다.

어디선지 기침소리가 들려온다. 그녀는 숨을 죽이고 두 귀를 날카롭게 세웠다. 저 건너편 집에서 일어나는 기침소리인 것이 분명해지자, 그녀는 이마에 내배인 식은땀을 씻으며 큰 숨을 몰아쉬었다. 그리고 그 자리에 쪼그리고 앉아버렸다.

포대기에 싸여 세상모르고 잠이 든 어린 것의 숨소리가 새근새근 귀에 들리자, 그녀는 왈칵 무서운 생각이 났다. 달이라도 휘영청 밝았더라면, 그녀는 그것을 그대로 안고 잠자리를 찾아 돌아갔을 것이다.

그러나 행인지 불행인지, 까막같은 어둠 때문에 어린애의 얼굴이 잘 보이지 않을 뿐 아니라, 사방 천지가 눈에 비치지 않아 무서운 생각을 쉽사리 꾹 눌러버릴 수 있었다.

"지 팔자 피일 끼고, 내 신세도 좀 나아질 끼고, 뭐가 어때서……."

그녀는 다시 고개를 두리번거렸다. 멀리서 또 전차가 지나가는 소리가 난다. 아까 것은 막차가 아니었던 모양이다.

틀림없이 저것이 마지막 차일 것이라고 그녀는 어금니를 야물게 깨물었다. 그리고 벌렁거리는 가슴에 큰 숨을 몰아쉬고 아랫배에 꾹 힘을 주었다. 그래도 떨린다.

품에서 포대기를 뗐을 때는 아랫도리까지 후들거렸다. 그러나 마침내 그녀는 그것을 땅바닥에 내려놓고야 말았다.

포대기에서 달달달 떨리는 손가락을 뗀 그녀는 두 눈을 아프도록 부릅뜨고 어둠 속을 뚫어지게 노렸다. 순간, 그녀는 어둠 속으로 정신없이 사라져가는 것이었다.

한 손에는 보따리가 매달려 춤을 추었다. 얼마나 왔는지 몰라 정신을 차려보니, 이층집으로 꺾어져 돌아가는 길목이었다. 이층집에서는 눈부신 불빛이 어둠 속으로 쏟아져 나오고 있다. 그녀는 헐떡거리는 숨결을 고르며 비로소 뒤를 한 번 돌아보았다. 무엇이 보일리가 만무했다. 그러나 얼른 고개를 돌리고 길을 꺾어버렸다.

이층집 현관 옆 추녀 밑에 이르러, 그녀는 어깻숨을 내쉬고 치마끈을 새로 매었다. 손등으로 이마에 맺힌 땀도 훔쳤다. 아직도 아랫도리가 가늘게 떨린다.

그녀는 코를 팽 풀어 던지고, 불빛이 쏟아져 나오는 이층을 우러러 허리를 폈다. 내일이면 저 이층에도 올라가보게 되겠지, 식모애가 있지만 저 이층은 내가 맡아서 번질번질하게 닦아놓아야지, 이런 생각을 하며 그녀는 어둠 속에서 한 번 벙긋 웃었다.

무슨 큰일을 무사히 치르고 난 다음처럼 긴장이 풀리며 피로가 온몸을 휘감아왔다. 눈두덩이 무거워지는 것이었다.

그녀는 시멘트바닥에 몸을 눕혀버렸다. 여느 날 밤과 진배없이 보따리로 베개를 해서 베었으나, 어쩐지 자꾸만 허전했다. 품에 안겨있어야 할 따뜻한 생명이 없어졌으니 그럴 것이 아니겠는가.

"조오갔을까 몰라, 안 조오갔으만 우짜노."

슬며시 걱정이 머리를 쳐드는 것이었으나, 칭칭 휘감기는 피로와 쏟아져오는 졸음을 이겨내지는 못했다. 그녀는 한 마리의 짐승처럼 식식거리며 깊은 잠구렁으로 떨어져가는 것이었다.

얼마를 지났을까? 덕님은 어린애가 머리맡에서 앙앙 울다가 그만 손으로 얼굴을 딱 때리는 바람에 번쩍 눈을 떴다. 얼굴에 떨어져 온 것은 어린애의 손이 아니라 굵은 빗방울이었다. 어린애는 아응아응 울고만 있다. 그녀는 아직 잠이 덜 깨었으나, 습관적으로 손을 젖가슴에 가져갔다. 그러나 품 안은 허전했다. 아무것도 손에 만져지는 것이 없다. 가슴 앞을 더듬었다. 역시 싸늘한 시멘트 바닥이 만져질 뿐이었다. 분명히 귀에는 아이 우는 소리가 들려오는데…….

그녀는 그만 벌떡 일어나 앉았다. 정신이 맑아온다. 아이 우는 소리는 집 안에서 들려오는 것이었다.

어른 깨는 소리가 난다. 그녀는 모든 일이 선명해졌다.

한 개씩 뚝뚝 듣던 빗방울이 차츰 기세를 돋운다. 사방은 죽음처럼 어둡다.

"으이구, 내가, 이 죽일 년이—"

그녀는 후닥닥 일어서기가 바쁘게 미친 사람처럼 어둠 속을 뛰었다. 고무신은 어디로 날았는지 모른다. 길이 꺾어질 때, 이마를 박는 바람에 비녀도 빠져나갔다.

그러나 그런 것이 문제가 아니었다. 그녀는 머리채를 날리고, 옷자락을 너풀거리며 귀신처럼 뛰었다. 비는 소낙비가 되어 좍 퍼붓는다.

요행이었는지 혹은 영감에서였는지 그녀는 이 어둠 속에서도 길을 잘못 들지 않고 아이를 버린 장소에 이르고야 말았다. 비에 젖은 땅바닥을 넓적한 두 손바닥으로 휘휘 더듬어갔다. 없다.

"으이구우……."

목구멍이 크게 터지려는 참인데, 발에 스치는 것이 있었다. 그녀는 픽 주저앉으며 그것을 덥석 끌어안았다. 틀림없었다.

"죽일 년이 죽일 년이……."

하며, 그녀는 떨리는 손으로 포대기를 들추었다. 그리고 얼른 뺨을 어린애의 얼굴로 가져갔다. 비에 젖은 포대기 속에서 어린 것은 아직 색색 숨이 붙어 있었다. 연한 살결에는 따스한 체온이 그대로 남아 있었다.

덕님은 가슴이 벅차올라, 어깨마루를 크게 한 번 들었다 놓으며 목줄기를 뽑았다.

"으흐흐흐……."

목구멍에서 터져 나온 소리는 웃음소리 같기도 했고, 울음소리 같기도 했다. 소낙비는 뚝 그쳤다. 초여름 밤은 아무 일도 없었다는 듯이 고요히 깊어만 간다.

《소설계》(1963. 7)

두 아낙네

느티나무가 서 있는 마을이다. 굉장히 큰 느티나무다. 아름으로 두 아름은 실히 될 것이다.

느티나무 곁에 조그마한 오두막집 가게가 있다. 이 마을에 오직 하나뿐인 가게이다. 늙은 바깥네가 앉아 하품을 하며 가게를 지키고 있다. 마른오징어랑 명태가 몇 마리 걸려 있고, 아이들의 공책과 연필 나부랭이, 눈깔사탕 나부랭이가 놓여 있다. 그리고 소주를 팔고 있다.

이 보잘것없는 가게가 그런대로 문을 닫지 않는 것은 아무래도 이 소주 덕분일 것이다. 소주 맛이 여간 짭짤하지가 않은 것이다.

가게 앞을 지나 밭둑길로 한참을 가면 마을에서 가장 외떨어진 집이 한 채 나선다. 동국이네 집이다. 부엌이 하나, 방이 둘, 그리고 툇마루가 안방 앞에만 두어 뼘 가량 놓여 있는 초간삼간이다.

안방은 국이 어매가 차지하고 있고, 머릿방*(안방 뒤에 딸린 작은

방)은 국이 할매가 쓰고 있다. 동국이는 마을 사랑방으로 나가 잔다. 그러니까 말하자면 고부간인 홀어미가 한 지붕 밑에 살고 있는 것이다. 사이가 좋을 리 없다. 공연히 조그마한 일에도 서로 눈에 심지를 돋우곤 한다.

고약한 노릇이다.

국이 할매가 방문을 열고, 살며시 바깥을 살핀다. 며느리가 있는지 없는지 보는 것이다. 보이지 않는다. 아마 우물에 국거리라도 씻으러 나간 모양이다.

울타리 그림자가 마당을 덮어오고 있다. 해가 뉘엿뉘엿 저물어간다. 출출하다. 아무래도 그냥 가만히 앉아 있을 수가 없다. 국이 할매는 방에서 기어 나와 가만가만 부엌으로 간다.

'거기다 감춰두면 내가 모를 줄 아나.'

부엌 솥가지 뒤에 조그마한 항아리가 하나 놓여 있다. 뚜껑을 열면 그 속에 달걀이 소복이 담겨 있다. 국이 할매는 달걀 한 개를 살짝 집어낸다. 그리고 얼른 부엌을 나와 사립 밖으로 냅다 해놓는다. 울타리께서 모이를 줍던 닭들이 놀라서 벼슬을 쳐들며 *꾸꾸꾸꾸……* 소리를 지른다.

달걀을 치마폭에 감싸 쥐고, 국이 할매는 느티나무 곁에 있는 가게로 잰걸음을 친다.

주인 영감은 파리채로 파리를 날리고 있다가 잰걸음을 쳐오는 국이 할매를 보자 콧구멍을 한 번 크게 벌름거리며,

"어서 오이소."

싱긋 웃는다.

국이 할매는 마루 끝에 걸터앉아 치마폭에서 달걀을 살짝 내보이며

"한 꼬부*('컵'의 일본식 표기) 따루소."

한다.

"달걀 금이 내렸구마. 소주 금은 오르고……."

"그런 소리 말고……."

"알고나 있으란 말이요."

영감은 병을 기울여 조그만 컵에 찔끔찔끔 소주를 따른다. 국이 할매는 침을 꿀컥 삼킨다.

컵에 소주가 찰찰 넘치자 국이 할매는 조심조심 들어 올려 입으로 가져간다. 코를 톡 쏜다. 그리고 따끈하게 목구멍을 적시며 넘어간다. 국이 할매는 찔끔 한 모금 마시고, 눈을 사르르 감았다 뜨며 괜히

"오늘 소준 좀 싱겁구마."

한다.

"그 소주가 싱겁다니, 죄로 가누마. 읍내에 새로 난 도가 술인데……."

"영감도 한 꼬부 하소 와."

"아까 했구마."

영감은 어윽 하품을 한다. 국이 할매는 두 모금 째를 찔끔 넘기고 나서

"앗따, 그 오징어 크기도 하대이."

줄에 걸린 마른 오징어를 쳐다본다. 영감은 슬그머니 일어나며 오징어에 묻은 파리를 파리채로 딱 친다. 까만 것이 서너 개 떨어진

다. 그리고 영감은 오징어 다리를 하나 조심조심 잡아떼서 반으로 잘라 한 토막은 자기 입으로 가져가고 한 토막은 국이 할매에게 던진다.

느티나무 밑으로 햇살이 좍 깔려 들어온다. 먼 데서 송아지가 운다.

우물에서 쑥갓을 씻고 난 국이 어매는 물동이를 이고 일어선다.

'국이가 돌아왔을라. 어서 가서 저녁을 안쳐야지.'

물동이에서 넘쳐흐르는 물을 한 손으로 뿌리며 걸음을 옮긴다. 뒤뚱뒤뚱 걸음을 옮기며 국이 어매는 무심히 느티나무가 서 있는 쪽을 바라보았다.

"저런, 또 달걀을 훔쳐냈구나."

가게 마루에 앉아 소주 컵을 들고 있는 국이 할매가 눈에 띄자 국이 어매는, 그 자리에 우뚝 멈추어 선다.

'저놈의 할망구는 주는 밥이나 묵고, 가만히 집에 들어박혔을 것이 아니라⋯⋯.'

눈에 심지가 돋는다.

"에이, 더러운 놈의 팔자⋯⋯."

공연히 또 팔자타령이다.

6.25때, 군대에 끌려간 남편이 전사를 했다는 통지를 받고, 국이 어매는 코를 팽! 풀어 땅에 힘껏 때기장을 쳤었다. 서른둘이었다. 지랄같은 팔자도 다 있다고 한숨을 쉬면서 밤으로 국이의 잠든 볼에 눈물을 적시기도 많이 적셨다. 시어머니와 아들 하나— 국이 어매는 여러 달을 두고 망설이다가 마침내 커다란 한숨과 함께 모든 것을 팔자소관으로 돌려버렸다. 그리고 어금니를 뽀도독 물었다.

서너 마지기 되는 밭뙈기를 손톱이 닳도록 주물렀다. 전사한 남편의 연금과 함께 아쉬운 대로 목숨을 이어나갈 수 있었다. 국이의 어깨가 벌어지고 이마에 여드름 같은 것이 돋아나기 시작하면서부터는 숨쉬기가 좀 나았고, 머지않아 며느리를 보게 된다는 생각에 가슴이 뿌듯해지기도 했다.

또 한 가지 낙은 달걀을 모으는 재미였다. 한 장 동안*(장날이 지나고 다음 장이 서는 날까지) 모아서 내다팔면 살림이 한 가지씩 늘어나곤 하는 것이었다. 그러니 항아리에 소복소복 쌓여 오르는 달걀이 대견하고 소중할 수밖에 없었다. 그런데 시어머니라는 할망구가 몰래 살짝살짝 항아리 뚜껑을 여는 것이 아닌가. 집안 살림을 거들어주지는 못할망정 훼방은 놓지 말아야지. 생각할수록 괘씸하고 얄미웠다.

처음 얼마 동안은 늙은이가 오죽 출출하면 그럴까 싶어서 저으기 동정이 가기도 했었다. 그러나 그것도 한두 번 말이지. 매일같이 도둑고양이처럼 남의 눈을 피해서 달걀을 훔쳐내는 데는 견딜 수가 없었다.

"달걀이 어찌 자꾸 축이 나는 것 같네."

들으라고 이런 소리를 해도 통 효험이 없었다. 가겟집 노인에게 달걀을 받지 말라고 이르는 것이 상책이라고 생각했으나, 남이 뭐라고 할는지 몰라 차마 그 소리는 입 밖에 낼 수가 없었다. 속만 자꾸 썩었다.

물동이를 이고 사립을 들어서는 국이 어매의 얼굴은 온통 물에 젖어 있었다. 속이 상하니, 물동이의 물까지 지랄같이 출렁거리는 것이었다.

동국이가 벌써 돌아와 물동이를 이고 돌아오는 어매를 보자 동국이는 달려 나와 동이를 번쩍 받아 내린다. 어깨가 실팍하게 벌어졌다. 지난 해, 징병검사에 갑종(甲種)을 받고도 남은 동국이다.

"할무인 어디 가셨는교?"

"술쟁이*(술을 좋아하여 자주 마시는 사람을 놀림조로 이르는 말) 할마시가 가면 어딜 갔겠노."

"……."

"그놈의 술 때매 무슨 일이 날끼다."

"……."

동국이는 못 들은 체 했다.

"집안 꼬라지가 어디 술 먹고 댕기게 생겼나? 할망구 때문에 집구석 망할끼다. 봐라."

그러고 있는데, 눈언저리가 발그레 붉어 오른 국이 할매가 사립을 들어선다. 국이 어매는 꼴도 보기 싫다는 듯이 힐끗 한 번 흘기고는 부엌으로 들어가 버린다. 부엌에서 솥뚜껑 들었다 놓는 소리가 쾅! 하고 유별나게 크게 들린다. 동국이는 민망스러워 슬금슬금 뒤안으로 돌아가 버린다.

"오냐, 난 저녁 안 묵으주마. 너무 그카지 마래이. 죄로 간다, 죄로 가……."

국이 할매는 혀를 차면서 머릿방으로 기어 들어간다.

닭들이 푸드득 날갯죽지를 치면서 닭의장으로 뛰어오르고 있다.

이튿날 해질 무렵, 마을에 면서기가 들어섰다. 이장네 집을 찾는 것이었다. 그리고 얼마 안 있어 동네에 징집영장이 뿌려졌다.

172

동국이네는 마당에 멍석을 펴고 앉아, 저녁을 먹고 있었다. 이장이 사립을 들어서며

"저녁인교?"

한다.

"아이, 이장어른 어서오시이소."

"저녁은 우쨌습니껴?"

동국이와 국이 어매는 자리에서 일어난다.

"어서 먹게. 앉아서 어서 잡수이소. 그런데―"

이장은 '데' 자를 길게 빼며, 손에 쥔 종이쪽지를 뒤적거린다. 국이 할매는 숟가락을 입에 문 채, 무슨 일인가 하고 이장을 멀뚱히 바라본다.

"자네 갑종이던가?"

이장의 묻는 말에 동국이는 얼른 무슨 일인가를 알아차리고

"나왔습니껴?"

한다.

"그런 모양일세. 자아―"

이장은 붉은 선이 그어진 종이 한 장을 뽑아내 준다.

"언쩹니껴? 출발 날짜가……."

"거기 적혀 있을 걸세. 이번엔 시일이 좀 급한 모양이지."

동국이는 영장을 유심히 들여다본다.

"이십오 일이구만예. 보자― 오늘이 이십삼 일이라…… 그럼 내일 모레네."

"모레?"

국이 어매가 눈을 번쩍 뜬다.

"그렇지. 이십오 일이면 내일 모레지. 읍내 학교에 집합이라대."

"알겠심더."

이장이 돌아가자, 국이 어매는 후유— 한숨을 쉰다.

지난해, 징병검사에서 갑종을 받았을 때부터 영장이 곧 나오리라고 생각은 하고 있었지만, 막상 이렇게 붉은 선이 그어진 종이가 아들의 손에 쥐어지고 보니 눈앞이 아찔해지지 않을 수가 없다. 더구나 내일 모레라니…… 물론 지금은 전쟁을 하는 것도 아니고 하니, 무슨 걱정이사 있을까마는 그러나 동국이가 나가고 나면 농사를 혼자서 어떻게 감당해나갈 것인지 아득한 노릇이기만 하다. 동국이가 군대 옷을 벗고 돌아올 때까지, 달걀이나 살금살금 훔쳐내는 할망구하고 단 둘이서 지낼 일을 생각하니 왈칵 설움 같은 것이 복받치기도 한다.

"삼 년이라제?"

새삼스럽게 복무연한을 물어본다.

"요새는 삼 년까지 안 가는 모양이라예. 이 년하고 일곱 달인가 여덟 달하면 나온다 카지 아마."

그러자 국이 할매가

"그럼 결(겨울)을 세 개나 지내야 되는구나."

한다.

"보자……."

동국이가 손을 꼽아본다.

"그렇심더. 세 번째 결에 아매 제댈 하게 될 낍니더."

"그때꺼정 내가 살는지 몰따."

국이 할매의 눈에 별안간 물기가 어린다. 이 말에 국이 어매도 안

174

됐는 듯 슬그머니 얼굴을 돌린다. 동국이는

"할무이, 무슨 그런 소릴 하시는교? 삼 년이라 캐도 잠깐입니더."

한다. 그날 저녁, 국이 할매는 잠을 이루지 못했다. 얄팍한 포대기를 감고 이리 뒤척 저리 뒤척 하면서 오만 생각을 다 했다. 그러다가 건넛방에서 며느리의 코고는 소리가 드르릉드르릉 들려오자, 일어나 치마를 두르고 슬그머니 밖으로 기어 나갔다. 부엌으로 가는 것이었다. 부엌문을 소리가 나지 않도록 여느라고 한참 동안 애를 썼다. 그리고 살금살금 걸어 들어가서 솥가지 뒤의 항아리를 더듬는다. 뚜껑을 열고 조심조심 달걀을 집어낸다. 한 개가 아니다. 대구 집어내어 치마폭에 담는다. 여남은 개를 집어냈을 때 방 안에서 으으응— 하고 며느리의 돌아눕는 기척이 들렸다. 국이 할매는 온몸이 오그라드는 것 같았다. 잠시 동안 숨을 죽이고 서 있다가 드르릉드르릉 코 고는 소리가 다시 높아지자 부엌을 나왔다.

건너 마을에서는 영장을 받은 장정들이 술을 마시고 부르는 칭칭이*(경상도 민요의 하나로, 한 사람이 사설을 메기면 여럿이 '쾌지나 칭칭나네'라는 후렴으로 받는다. 끝없이 무리 지어 부른다)소리가 아직까지 밤하늘로 퍼져나가고 있다. 달이 참 밝다.

다음 날 아침나절, 국이 어매는 시뻘겋게 눈을 뒤집어 깠다. 그리고 고래고래 악을 써댔다.

"어떤 육시할 도둑놈이 우리 달걀을 훔쳐갔노, 잉? 달걀이 부엌 항아리 속에 있는 줄을 어떻게 알았노 말이다. 우리집 부엌 속까지 아는 도둑놈이 대체 어떤 놈이고? 잡으면 당장에 며가질*('모가지'의 방언) 따버릴라구마."

국이 어매가 바락바락 악을 쓰는 동안 국이 할매는 방구석에서 고양이처럼 웅크리고 앉아 눈만 대구 깜박거렸다. 국이 어매는 시어머니 들으랍시고 그쪽을 향해 곧장 악다구니다.

"참, 살다가 별놈의 꼴을 다 보겠네. 무신 놈의 도둑이 훔쳐갈라면 다 훔쳐갈 일이지 여남은 개만 훔쳐간단 말이고. 내 참, 알다가도 모를 일이라니까."

동국이는 암탉 한 마리를 쫓느라고 이리 뛰고 저리 뛰고 한다. 실컷 악을 쓰고 난 국이 어매는 동국이가 몰아서 잡은 암탉의 다리와 죽지를 새끼로 묶는다. 그리고 부엌 항아리 속의 달걀을 죄다 꺼내어 꾸러미를 만들어 가지고 동국이와 함께 사립을 나선다. 장으로 팔러 가는 것이다.

그들 모자가 떠나고 나자, 국이 할매는

"그년, 억씨기 지랄도 하네. 지 밑구녕으로 난 달걀이가 와 그렇게 생 염병지랄을 하노."

하고 투덜거린다. 그리고 윗목 바느질곽 속에서 간밤에 훔친 달걀을 꺼낸다. 모두 열세 개다. 국이 할매는 그것을 죄다 치마에 담아 가지고 부엌으로 간다. 솥에 물을 붓고 불을 지피기 시작한다. 활활 타는 불 앞에 앉아 국이 할매는

'내가 세 곁을 무사히 넘길는지 몰라.'

이런 생각을 한다.

'국이가 돌아온 뒤에 죽어야지. 그렇지 않으면 옳게 묻어주지도 않을 끼라. 그 개방구 같은 년이……'

솥에서 물이 부글부글 끓기 시작한다. 솥뚜껑을 여니 김이 훅 피어오른다. 국이 할매는 쩔쩔 끓는 물에 달걀을 한 개 한 개 집어넣

는다. 마지막 한 개는 아까운 듯 그냥 남긴다.

달걀은 삶아가지고 자기 방으로 가서 조그마한 보자기로 싼다. 그리고 바느질곽 속에 잘 숨겨둔다.

점심때가 가까워졌다. 국이 할매는 삶지 않고 남긴 달걀 한 개를 들고 집을 나선다. 쪼르르 소주 따르는 소리가 들리는 것 같아 꿀꺽 침을 삼킨다.

"많이 묵으래이."

국이 할매는 숟가락을 들며 동국이를 바라본다. 입대하는 날 아침, 밥상머리에서다.

"많이 묵으라. 군대에 가면 배고프다 카더라."

"요샌 안 그렇답니더."

"그래도 많이 묵고 가거라."

"……."

"우째도 세 결을 지내야만 되는가? 그 전엔 못 나오는강?"

국이 할매의 얼굴에 쪼글쪼글 주름살이 진다.

"세 결 캐도 잠깐이라니까여. 걱정 말고 계시이소."

"그래, 내사 주는 밥 묵고 가만히 엎디려 있음 안 되나. 부디 니나 몸조심해서 꼭 돌아오너라이, 잉?"

'꼭'이라는 발음에 힘을 주며 말한다.

"예예."

동국이는 귀찮은 듯이 대답을 하고는 훌훌 국을 들어마신다. 국이 어매도 시어머니의 하는 소리가 어쩐지 거슬려서 숟가락으로 뚝배기를 득득 긁는다. 아침을 먹고 집을 나설 때, 동국이는 따라

나오는 할매에게 나오실 필요가 없다고 말렸다. 그러나 국이 할매
는 치마폭에 무엇인가 감싸 쥐고

"괜찮다, 괜찮다."

하면서 오히려 앞장을 선다. 읍내 국민학교 운동장에서 징집된 장
정들의 호명이 시작된 것은 거의 해가 중천에 왔을 무렵이었다.
가족들은 운동장 가에서 장정들의 출발을 기다리고 있었다. 국이
어매는 나무그늘에 퍼져 앉아 조금씩 졸고 있었다. 그러나 국이
할매는 사람들의 틈에 섞여 서서 장정들의 무더기 속에 묻혀 있는
동국이를 언제까지나 지켜보고 있었다. 이마에 수건을 질끈질끈
동여맨 장정들이 팔짱을 끼고 교문을 나섰을 때는 해는 이미 서산
위에 걸려 있었다. 교문을 나선 장정들은 뿌우옇게 먼지를 일으키
며 우루루 정거장으로 쏟아져 갔다. 가족들이 소리를 지르며 뒤를
따랐다. 국이 할매도 뒤처지지 않으려고, 비지땀을 흘리며 잰걸음
을 친다. 치마폭에 감싸 쥔 물건 때문에 더 애를 먹는다. 대기하고
있는 열차 속으로 장정들은 꾸역꾸역 밀려들어 갔다. 차에 올라
자리를 잡은 축들은 벌써부터 술병을 기울이며 고래고래 노래를
부르기도 한다. 가족들이 장정을 찾는 소리. 장정들이 가족을 부
르는 소리. 장사치들의 외치는 소리 기적소리. 난장판이다. 동국이
네 부대도 차에 올랐다. 국이 할매는 동국이가 어느 칸에 탔는지
알 수가 없어

"국아! 국아! 국애이!"

하고 목에 핏대를 세우며 쏘다닌다.

국이 어매는 넋을 잃은 것처럼 저만큼 멀뚱히 서 있다.

"국아! 국애이!"

용케 창가에 자리를 잡은 동국이가 창문 밖으로 얼굴을 내민다.

"할무이예, 그만 가시이소."

"아이고 여깄구나."

"그만 가시이소."

그러자 국이 할매는 힐끗 뒤를 한 번 돌아보고는

"아나, 이거 받아라."

지금까지 치마폭에 감싸 쥐고 있던 물건을 동국이에게 내민다. 무엇인지 보자기에 싸인 것이다. 그것을 동국이의 손에 쥐어주는 순간, 보자기에서 물건 하나가 비어 나와 땅으로 굴러 떨어졌다. 달걀이었다.

"아뿔싸, 이럴 수가 있나."

국이 할매는 땅에 떨어져 찌그러진 달걀을 주워서 흙을 닦는다. 그리고 그것마저 국이에게 쥐어준다.

저만큼 떨어진 곳에 서서 이 광경을 본 국이 어매는 코허리가 찌르르 매워오는 것을 어쩌지 못했다. 무슨 보아서는 안 될 장면이라도 본 듯 얼굴을 돌려버린다. 내가 참 너무했구나 하는 생각과 함께 눈앞이 희뿌옇게 흐려진다.

장정들을 실은 기차가 산모퉁이를 돌아 사라져갔다. 해는 어느덧 지고, 땅거미가 좍 깔려오고 있다.

국이 할매와 국이 어매는 앞서거니 뒤서거니 길을 재촉했다. 두 사람은 다 아무 말이 없다. 호젓한 들길에 어둠은 차츰 짙어온다. 언덕길을 올라가며였다. 뒤에 서서 걷는 국이 어매가

"어무이요."

부드러운 목소리로 시어머니를 부른다.

"······?"

국이 할매는 며느리가 이게 웬일인가 하고 뒤를 돌아본다.

"저 달 뜨는 거 보이소."

국이 어매는 먼 산줄기를 가리키며 말한다.

"보름이지 아매······."

"벌써 보름이던가예?"

"그럴 끼다."

산 위로 얼굴을 내민 달이 두 사람을 환하게 비춰준다. 엄청나게 큰 달이다.

"어무이 다리 안 아프신교?"

"괜찮다."

바람이 훈훈하다.

달이 제법 중천에 이르렀을 무렵에야 고부는 마을에 당도했다. 느티나무에서는 모기떼들이 앵앵 소리를 지르며 웅성거리고 있다. 가게 추녀 끝에 등불이 매달려 깜박거린다.

"어무이요."

국이 어매는 걸음을 멈춘다.

"와?"

"소주 한 꼬부 하시지예."

"아이고 다리야. 좀 앉을까."

국이 할매가 마루에 가서 걸터앉자, 국이 어매도 곁으로 가서 앉는다. 주인 영감이 안에서 나오며

"인제들 돌아오는교? 욕 봤구마."

한다.

"소주 따루이소."

국이 어매의 말에 주인 영감은 웬일이냐는 듯한 표정을 지으며, 술병 마개를 뽑는다. 주인 영감이 쳐주는 소주를 국이 할매는 단숨에 쭉 들이킨다. 그리고

"카—"

하고 이마를 찡그린다.

"저 오징어 한 마리 주이소."

"한 마리 십 원이구매."

"예, 주이소. 그리고 한 잔 더 따루이소."

국이 어매는 오징어를 찢어서 소주 컵 곁에 놓는다. 국이 할매는 오늘 이거 웬 떡이냐는 듯이 두 번째 컵을 넙죽 들어올린다. 그러면서도

"이걸 다 묵음 안 취하겠나. 그 소주 참 독하대이."

어쩌고 한다.

두 잔을 비우고 난 국이 할매는 컵을 며누리 앞으로 놓으며

"니도 한 잔 해봐라."

한다. 영감은 얼른 또 술을 따른다. 국이 어매는

"아이 내가 우예……."

하면서 컵을 들어 입에 갖다 살짝 대기만 한다. 그리고 도로 시어머니 앞으로 갖다 놓는다.

"어무이 드시이소."

"아이구 많다. 취할라."

"주무실 텐데 뭐예."

"맛이사 그만이다만, 취할라."

국이 할매는 세 번째 잔도 서슴지 않는다. 목줄기에서 꼴꼴꼴 소리가 난다. 국이 어매는 참으로 오랜만에 시어머니의 얼굴을 부드러운 눈길로 바라본다.

"카— 아따 그놈의 소주 참 독하다."

국이 할매 역시 정말 오래간만에 흐뭇한 웃음을 얼굴에 띠운다.

보름달이 커다란 달무리를 두르고 느티나무 가지에 걸려 있다. 개똥벌레가 날아간다.

《세대》(1963. 11)

승부

저만큼 정거장 건물이 보인다. 구 한식(舊韓式) 목조건물이다. 이끼가 서린 기왓장들이 잔잔한 물결을 이루고 있는 지붕과 위로 약간 치솟은 추녀의 곡선이 아름답다.

역 청사로는 어울리지 않을는지 모르지만 어딘지 풍치 같은 것을 느낄 수가 있어 좋다. 여행하는 사람들을 위해서는 오히려 저런 건물이 어울릴는지도 모른다.

'그런데 옛날에 보던 때보다 월등히 작아진 것 같다니까.'

재훈은 이마로 흘러내리는 머리카락을 쓰다듬어 넘기며 두 눈을 깜작거렸다.

'옛날엔 저 추녀 끝이 굉장히 높아 보였는데⋯⋯.'

재훈은 서울 Y여고의 교무주임으로 있는, 꽤 관록이 붙은 교사다. 손때가 반질반질하게 묻은 빨간 가죽가방이 그것을 증명해주고 있다. 그 손가방을 들고 이곳 K시까지 출장을 왔다가 돌아가는 길인 것이다.

이 K시는 그에게 있어서 잊을 수 없는 곳이다. 국민학교 2학년 때, 이 K시로 이사를 와서 중학교까지 이곳에서 마쳤다. 그러니까 그에게 있어서 이곳은 소년시절의 여러 가지 추억이 얼룩져 있는, 말하자면 무지개가 걸린 언덕 같은 곳이다.

이 K시의 여자고등학교에서 전국적인 연구발표회가 개최된다는 공문이 학교에 도달되었을 때, 재훈은 어린애처럼 가슴이 두근거리는 것을 어쩌지 못했다. 그래서 그는 이 연구발표회에만은 꼭 내가 참석해야겠다고 나섰던 것이다.

물론 연구발표회는 이차적인 것이었다. K시를 떠난 지 십오륙 년. 그동안에 모든 것이 얼마나 변했을까? 옛 학우들은 모두 어떻게 되었을까? 국민학교 시절의 그 코흘리개들…… 특히 동철이는 지금쯤 무엇을 하고 있을까? 샘이 많아 무슨 일이든지 지지 않으려고 덤비던 그 동철이. 생각할수록 가슴이 부풀어 오르지 않을 수 없었다.

십오륙 년 만에 K시를 찾아온 재훈은 옛날에 살던 집 근처를 비롯해서 거리거리, 냇둑, 모교의 뒷동산, 운동장, 심지어는 기숙사의 옛 변소를 찾아가서 오줌까지 누어보았다.

그리고 여러 명의 옛 학우들을 만나 환담을 나누었다. 교원질을 하고 있는 친구들을 제일 많이 만났다. 우편배달부가 된 친구를 만나기도 했고, 어떤 친구는 거리에 상점을 내어 꽤 번지르르하게 지내고 있기도 했다. 그러나 대체로 자기와 비슷비슷한 처지들이 아니면 그보다도 못한 처지들이어서 어떤 안도감 같은 것을 느낄 수가 있었다. 말하자면 기분이 나쁘지 않은 것이었다.

재훈은 팔뚝시계를 들여다보았다.

'야 이거, 오 분밖에 안 남았군.'

기차 시간이 임박해진 것을 알자 잰걸음을 치기 시작했다. 잠시 달리듯이 걸어가던 그는 시계가 항상 좀 빠르다는 생각이 들자 피식 웃으며 약간 걸음을 늦추었다.

여러 차례 분해소제를 했었다. 그러나 워낙 기계가 낡아서 그런지 영 정확하게 움직여주질 않게 되었다. 생각 같아서는 당장에라도 내던져버리고 새것으로 하나 갈아 찼으면 싶었으나 그게 마음대로 되지 않는 것이었다.

역 대합실로 들어선 재훈은 얼른 창구로 가서 차표를 끊었다. 물론 삼등이다.

차표를 사 들고 나서야 대합실 벽에 높이 걸려 있는 시계를 바라보았다.

'아직 팔 분이 남았군.'

아직 팔 분이나 남았는데 자기 시계를 보니 어느덧 차 시간을 사 분이나 지나 있는 것이 아닌가. 그러니까 십이 분을 앞질러 달리고 있는 것이다.

그는 침을 돌려 벽시계에 맞추었다. 어쩐지 귀밑이 약간 붉어지는 것 같았다. 그리고 그는 개찰구 쪽으로 걸음을 옮겼다. 시간이 팔 분밖에 안 남았는데 어찌된 일인지 아직 개찰을 시작하지 않아 개찰구 근처는 사람들로 붐비고 있다.

개찰이 시작될 때까지 잠시라도 어디 궁둥이를 좀 붙이고 있을까 하고 대합실 안을 둘러보던 그는 문득 어떤 얼굴과 시선이 마주쳤다. 순간

"아?"

절로 입이 벌어졌다.

걸상에 앉았던 상대방도 역시 아! 하고 두 눈을 번쩍 뜨며 자리에서 벌떡 일어난다.

재훈은 그 사람 쪽으로 걸음을 옮겼다. 상대방도 성큼성큼 다가왔다.

"아, 이 사람! 재훈이 아닌가?"

"동철이지?"

두 사람은 서로 손을 덥석 잡았다.

"이거 정말 뜻밖일세. 웬일인가?"

"나 여기까지 출장 왔지."

"응 그래. 지금 어디 있나?"

"서울 있네."

"서울? 그럼 한 장안에 살면서도 그렇게 못 만났군. 나도 서울 있는데……."

"그래?"

"응, 보자…… 이게 몇 해 만인가?"

"아마 십오륙 년 됐을 거야."

"해방 직후에 만나고 첨이니까 더 됐지."

"그런가? 세월 참 빠르군."

"정말이야."

동철이— 국민학교 시절, 같은 학급 여러 아이들 가운데서도 유독이 친한 사이였다. 집이 서로 이웃이었고, 키가 비슷해서 교실에서 앉는 자리도 노상 한 책상이 아니면 바로 곁이었다. 남달리 친한 반면에 또 남달리 다투기도 많이 했었다. 서로 지지 않으려는 경쟁심 때문에 언제나 함께 어울려 다니면서도 곧잘 투닥거리곤 했었다. 동철이가 더 샘이 많아 조그마한 일에도 지지 않으려고 덤비기가 일쑤였다. 재훈이 역시 호락호락한 성미가 아니었다. 그래서 그들은 남달리 친하면서도 남달리 시비가 많았다.

아무튼 반갑기 짝이 없었다.

"지금 이 차로 올라가는 거지?"

"그래, 자네는?"

"나도 차표를 끊었어."

그러자 동철은

"그런데 왜 아직 개찰을 않을까?"

하고 왼쪽 손을 척 들어 올리더니 팔뚝에 차고 있는 시계를 들여다본다.

재훈의 시선도 절로 그의 팔뚝시계로 갔다. 번쩍거리는 누우렇고 큼직한 시계였다. 얼른 보아도 상당한 물건임이 분명했다. 어쩌면 순금인지도 알 수 없었다.

금시계라는 생각이 들자 재훈은 어쩐지 마음 한구석이 약간 위축되는 것 같았다. 조금 전에 대합실의 벽시계에 자기의 팔뚝시계를 맞춘 일을 생각하니 더욱 그랬다. 그러나,

"몇 시야?"

예사롭게 물었다.

"시간이 됐는데……"

"웬일일까? 급행도 연착을 하나?"

"글쎄 말이야."

그때였다. 대합실 벽에 장치돼 있는 스피커에서 안내원의 목소리가 흘러나오기 시작했다. 부드러운 여자의 목소리였다.

—여행하시는 여러분에게 안내 말씀 드리겠습니다. 당역 발 열시 십 분 서울행 급행열차는…….

대합실의 모든 여객들이 스피커 소리에 귀를 기울이고 있다.

—……정시로부터 약 이십 분가량 연착될 예정입니다. 다시 한 번 안내 말씀 드리겠습니다…….

연착이라는 말에 모두 약간 실망한 듯한 표정을 지으며 투덜거리기 시작했다. 동철이도 콧방귀를 한 번 뀌고 나서 재훈을 돌아보며

"몇 분이라지?"

묻는다.

"이십 분이라잖아."

"이십 분…… 그럼 어디 다방에라도 가서 앉았다 올까?"

동철은 어느새 성큼성큼 걸음을 옮겨 앞장을 선다. 재훈은 그의 피둥피둥한 뒷덜미를 바라보며 씩 웃었다. 그리고 속으로

'자식, 여전하군.'

싶었다.

국민학교 시절에도 그랬었다. 무슨 일이든지 제가 앞장을 서려고 덤비는 것이었다. 그러나 결국은 재훈이에게 뒤지고 말기가 일쑤였다. 그럴 때마다 분해서 못 견디며

"요씨, 다음에 보자."

하고 어금니를 무는 것이었다.

하지만 그 다음에도 역시 재훈이를 당해낼 수는 없었다. 곧 이길

것 같으면서도 마음대로 되지가 않아 더욱 안달이 나는 것이었다. 공부를 비롯해서 창가(唱歌), 달음질, 철봉, 심지어는 제기차기까지 그랬다.

한번은 제기차기 내기를 하는데, 재훈이가 한 개만 더 차면 백을 채워서 이기게 되었다. 순간, 동철이는 화가 나서 재훈이를 와락 떠밀어버렸다. 한쪽 발을 들고 열심히 제기를 차던 재훈이는 그 바람에 그만 땅바닥에 나가떨어지고 말았다. 보고 있던 아이들은 이제 큰 주먹질이 벌어지려니 하고 침을 삼켰다. 그러나 재훈이는 화를 내지 않았다. 오히려 두 눈이 어떤 만족감으로 빛났다. 그리고

"약이 올라 죽겠지?"

하고 싱글싱글 웃는 것이었다.

정말 동철이는 약이 올라 견딜 수가 없었다.

역전에 아담한 다방이 하나 있었다. '나그네'라는 이름이었다.

"다방 참 깨끗하군."

재훈이 말하자, 동철은

"너무 작잖아. 좀 큼직한 맛이 있어야지."

하면서 카운터 바로 앞에 있는 자리에 가서 푹신 허리를 묻는다. 재훈이도 동철이 앞에 마주 앉았다.

카운터에 섰던 레지가 재떨이를 가지고 와서 탁자에 놓는다. 동철은 레지의 얼굴을 넌지시 바라보며

"커피 맛이 어때?"

묻는다.

"참 좋아요. 잡숴 보세요."

레지는 생글생글 웃으며 야한 목소리로 대답한다.

"진짜야?"

"그럼요. 가짜가 어딨어요. 그러나 국산이에요."

그러자 동철은

"이거 단수가 높은데…… 그러나 미안하지만 국산은 안 먹어. 쌍화탕이나 가져와."

하고 벙글 웃는다.

레지가 나긋나긋하게 따라 웃으며

"쌍화탕도 국산뿐인데요, 선생님."

한다.

"야, 이것 봐라. 헛헛허…… 됐어, 됐어, 그만하면 됐다니까. 이런 시골에 있기 아까운데…….

"아유, 별 말씀을 다 하시네. 선생님은 뭐 드시겠어요?"

"난 아무거나 하나 주. 국산 커피나 하나 하지 뭐."

재훈이 말하자, 동철은

"자네 수도 여전히 높군. 그러지 말고 이 사람아, 같이 쌍화탕으로 해."

약간 민망한 듯한 투로 나온다. 그런 기색을 얼른 알아차린 재훈은

"그럼 그러지. 아무 거라도 괜찮다니까.

했다.

그리고 어쩐지 기분이 괜찮았다. 국민학교 시절에 서로 무슨 일로 겨루었다가 이겼을 때와 같은 그런 느낌이었다. 참 어린애 같은 기분이라고 생각하면서 재훈은 속으로 씩 웃었다. 국민학교 시절의 친구를 만난다는 것은 어쩌면 이런 점에서 좋은 것인지도 모른

다. 조그마한 일에도 곧잘 그때와 같은 그런 심정이 되니 말이다. 말하자면 동심이 되살아난다고나 할까?

쌍화탕 두 잔이 앞에 갖다 놓여지자 동철은 뚜껑을 열고 스푼으로 두어 번 저은 다음, 훌쭉 한 모금 크게 마시고는

"참, 자네 서울서 무슨 사업하고 있나?"

본론으로 들어간다. 재훈은 사업이라는 말에 어쩐지 웃음이 나와, 허! 하고는

"접장질하고 있네."

했다.

"이 사람아, 접장질도 일종의 사업 아닌가. 어느 학곤가?"

"Y여고 아나?"

"알지, 제법 큰 학교 아닌가."

"거기 있네."

"그래, 교장은 아직 안 됐을 게고 교감자리쯤은 앉았겠지?"

"헛허, 아직 평교살세."

"평교사라…… 평교사가 마음은 편할 거야. 책임이 없으니까."

"그럴지도 모르지, 헛허허……."

재훈은 쓸쓸하게 웃었다. 그러자 동철은 안 포켓에서 패스포드를 꺼내더니 거기에서 명함 한 장을 뽑아낸다.

"난 여기야. 한 장 가지고 있게. 이리 연락하면 언제든지 만날 수 있으니까."

그 명함을 받아 든 재훈의 두 눈이 호기심으로 빛났다. 그러자 동철은 벙글벙글 웃으며 앞질러서 설명을 한다.

"개명을 했지. 동철이는 아무래도 좀 어린애 이름 같고, 또 그 이

름 가지고는 돈이 안 붙는다는 거야."

"흠—"

"어떤가? 그 이름."

"큰 봉이라…… 좋군."

재훈은 웃었다. 그러나 그 웃음은 코언저리를 감돌다가 사라지는 웃음이었다.

명함에는 '김대봉'이라는 석 자가 커다랗게 도사리고 있다. 그 위에 '전무'라는 두 자가 꼭 무슨 감투처럼 얹혀 있고, 회사 이름은 '태평양상사'라고 되어 있다.

"뭐하는 회산가?"

"돈 버는 회사지. 헛허……."

"헛허……"

"말하자면 저…… 각종 무역을 하는 거지."

동철은, 아니 김대봉은 빙그레 웃는다. 그런데 그 웃음이 어딘지 모르게 좀 예사롭지가 않다. 그 웃음으로 미루어 보아 아무래도 좀 수상한 구석이 있는 것 같다.

'혹 밀수 같은 것을 일삼는 회사가 아닐까? 정체를 잘 알 수 없는…… 서울에 그런 회사가 더러 있다는데…….'

이런 실례되는 생각이 들기도 했다.

'태평양상사 전무 김대봉'이라― 재훈은 또 한 번 웃음이 나오는 것을 어쩌지 못했다. 국민학교 시절의 재미있는 기억이 한 가지 머리에 떠올랐던 것이다.

4학년인가 5학년 때의 일이었다. 수신(修身)시간인가 무슨 시간에 담임선생은 픽도 공부를 가르치기가 싫었던지 교탁에 기대서서 한 아이 한 아이의 장래 희망을 물으면서 싱글싱글 웃는 것으로 시간을 보내는 것이었다.

어떤 아이는 육군 대장이 된다고 했고, 어떤 아이는 항공병이 되겠다고 했다. 전차병이 되겠다는 아이도 있었고, 도지사가 되겠다는 아이도 있었다. 혹은 '립빠나 맨쬬'(훌륭한 면장)가 되겠다고 하여 웃음을 자아내게 하는 아이도 있었다.

"재훈이, 너는 무엇이 될 생각이냐?"

재훈이는 약간 멋쩍은 듯이 일어나서

"과학자가 되어 여러 가지 발명을 하겠습니다."

하고 대답을 했더니 선생은 고개를 끄덕거리며

"애라이 애라이(장해 장해)."

했었다.

그리고 동철이 차례가 되었다.

"가내야마 너는?"

동철이는 김가이기 때문에 창씨가 '가내야마'(金山)였다.

"예!"

힘차게 대답을 하고 자리에서 일어난 동철이는 교실이 떠나갈 듯한 목소리로

"나는 죠샌소오도꾸(조선총독)가 되어 댄노해이까(천황폐하)에게 충성을 다하겠습니다."

하는 것이었다.

교실 안은 조용해졌다. 아이들의 모든 시선은 선생님의 얼굴에 집중되었다. 그러나 담임선생은 별다른 반응이 없었다. 엷은 웃음이 코언저리를 스치고 지나갔을 뿐이었다.

그런 일이 있은 뒤로 동철이는 아이들에게 '죠샌소오도꾸' 혹은 '가내야마 쇼오도꾸'라고 놀림을 받았다.

　재훈은 쌍화탕을 두어 모금 마셨다.

　'죠샌소오도꾸'가 '태평양상사 전무'로 낙착이라— 웃음이 나오지 않을 수 없었다.

　"왜 자꾸 웃는 거야?"

　"아니 그저, 어릴 때 일이 생각나서……."

　"무슨 일?"

　"죠샌소오도꾸 말이야."

　"에잇 사람!"

　"핫핫하……."

　"헛헛허……."

　가운터에 서 있는 레지도 무슨 영문인지 모르면서 덩달아 생글생글 웃는다.

　그때, 뚜— 하고 디젤기관차의 기적소리가 들려왔다.

　"차가 들어오는 모양인데……."

　"글쎄."

　재훈이는 쌍화탕을 마저 훌쩍 들어마시고 자리에서 일어났다. 그러나 동철은, 아니 김대봉은 절반가량이나 남은 쌍화탕을 그대로 내버리고 어느새 카운터로 가서 빠들빠들한*(빳빳한) 백 원짜리를 쑥 뽑아내고 있다. 그러나 재훈은 이젠 조금도 위축감 같은 것을 느끼지 않았다. 오히려 어떤 우월감 같은 것이 슬며시 고개를 쳐드는 것이었다. 어린 시절, 시험을 쳐서 점수가 그보다 많은 시험지를 받아 들었을 때 느끼던 그런 우월감과 비슷한 것이었다. 말하자면 네가 아무리 그래도 너보다는 내가 위라는 생각인 것이다.

다방을 나온 두 사람은 역을 행해 잰걸음을 쳤다. 역구내에서 땡땡땡…… 종소리가 울리고, 기차가 들어오고 있었다.

재훈은 공연히 마음이 바빴다. 그러나 김대봉은 개찰구 가까이 가자 별안간 눈에 띄게 점잖은 걸음을 걷기 시작하는 것이었다. 재훈은 또 피식 웃음이 나오는 것을 어쩌지 못했다.

'별안간 점잔을 뺄 게 뭐야. 태평양상사 전무님이시란 말인가?'

참 시시했다.

그러나 잠시 후, 재훈은 주먹으로 뒤통수를 한 대 여지없이 얻어맞은 것처럼 되어버리고 말았다. 얼굴이 화끈 달아올랐다. 지금까지 그를 업신여기던 생각이 납작해지고 만 것이다.

개찰구에서 김대봉이가, 아니 동철이가 내민 차표는 삼등이 아니라 이등이었던 것이다.

재훈은 개찰을 마치자, 자기의 삼등차표가 무슨 부끄러운 물건이거나 한 것처럼 얼른 포켓 속에 쑤셔 넣어버렸다. 표정을 어떻게 가졌으면 좋을지 몰랐다. 태연한 체하려 해도 그렇게 되지가 않았다.

김대봉은 재훈의 차표를 보고는

"삼등은 붐빌 텐데…… 이등으로 같이 타지."

예사로 말한다.

재훈은 한 번 정통으로 얻어맞는 것 같았다.

"차비 더 물면 되니까, 같이 타도록 하세. 염려 말고…….

"…….."

"같이 가면서 옛날 국민학교 때 얘기나 실컨 나누세."

"……."

재훈은 곧 울상이 되었다. 참혹할 지경이었다. 같이 이등으로 타겠다는 생각도, 삼등으로 가겠다는 생각도 없었다. 그저 손때가 반질반질하게 묻은 가죽가방을 들고 휘청휘청 걸음을 옮기기만 했다.

그리고 저도 모르게 속으로 뇌고 있었다.

'졌어, 졌어, 졌다니까…….'

《현대문학》(1964. 5)

도적

오늘 아침, 황대식은 참으로 비상한 일에 생각이 미쳤다. 정말 희한한 착안이 아닐 수 없었다.

그는 그 생각이 머리에 떠오르자 우뚝 걸음을 멈추고, 훌렁 벗어진 이마빼기를 손바닥으로 찰각! 때리며

"옳지 옳지! 좋은 생각이지."

빙그레 웃었다.

그리고, 웬일인지 좀처럼 뛰는 일이 없는 가슴이 두근두근 뛰기 시작하는 것이었다.

산책하는 길에서였다.

황대식은 보통 열 시가 넘어야 일어난다. 이만저만한 늦잠이 아니다. 그런데 오늘 아침은 어찌 된 영문인지 아직 해도 떠오르기 전에 잠이 깨었던 것이다. 또 묘한 것은 별안간 아침 산책이 해 보고 싶어지는 것이었다. 그래서 개를 이끌고 집을 나섰던 것이다.

가까운 곳에 공원이 있었다. 산기슭에 마련된 공원인데 꽤 후련했다. 아침 공기는 맑고 시원했다. 산 위에서는 벌써 누군가가 고함을 지르고 있었다.

황대식은 개를 앞세우고 공원의 비탈길을 올라갔다. 난데없이 아침 산책을 나온 개는 좋아서 곧장 꼬리를 흔들어대며 유들유들한 주둥이를 내둘렀다. 부르독*(불도그)이었다.

부르독에게 이끌리다시피 비탈길을 한참 올라가던 황대식은 어디까지가 공원이고 어디서부터가 산인지 그 경계를 잘 알 수가 없다는 생각이 머리에 떠올랐다.

사방을 둘러보았다. 저 아래 언덕바지로 차츰 기어오르고 있는 주택들. 그리고 아무렇게나 서 있는 나무들. 지저분한 잡초…… 어디까지가 공원 부지인지, 경계선이 어쩐지 흐지부지되어 있는 것만 같았다.

흐지부지되어 있는 국유지. 그 다음에 황대식의 머리에 떠오른 것은 으리으리한 실내에 버티고 앉은 처남의 의젓한 모습이었다. 결재 서류에 큼지막한 도장을 쿡 찍는 믿음직한 처남의 모습. 그리고 지금 바로 눈앞에 펼쳐져 있는 잡초가 지저분한 공원, 흐지부지되어 있는 국유지. 결재 서류, 처남의 큼지막한 도장. 국유지. 도장…….

다음 순간, 그는 우뚝 걸음을 멈추었다. 그리고, 이마빼기를 손바닥으로 찰각! 때렸던 것이다.

"정말 백만 불짜리 아이댜야, 백만 불짜리……."

황대식은 훌렁 벗어진 대머리를 소중하게 어루만지며 곧장 콧구멍을 벌름거렸다. 오늘 아침 산책 나오기를 참 잘했다고 생각했다. 진작 나올 것인데…… 싶기도 했다.

"자아 그럼 오늘은 처남을 만나러 가야지. 처남을……."

흐지부지되어 있는 것만 같은 공원 부지를 두루 돌아보며 황대식은 큰 침을 꿀컥 삼켰다. 그리고,

"골탱!"

소리를 질렀다. 부르독의 이름이 골덴(黃金)이었다. 골덴을 그는 '골탱'이라고 힘을 주어 부른다.

산 위의 고함소리를 향해 곧장 으르렁거리던 부르독이 꼬리를 흔들며 돌아선다. 황대식은 애견을 앞세우고 뒤뚱뒤뚱 비탈길을 내려가기 시작했다. 가슴은 여전히 두근거리고 있었다.

집에 돌아온 황대식은 공연히 기분이 좋아, 정원을 쓸고 있는 식모 할멈을 보고도

"오늘 날씨 좋죠?"

평소에 없던 이런 소리를 건네는 것이었다. 식모 할멈은 주인양반이 오늘 아침 이게 웬일인가 하고, 일손을 얼른 행주치마 앞으로 모으며,

"예 참 좋심더."

공손히 응대한다.

"좋다니까 좋아, 참 좋아."

황대식은 무엇이 그리 좋은지 곧장 '좋아' 소리를 뇌이며, 기름기가 번질번질한 코언저리에 미끌미끌한 웃음을 흘렸다.

부르독을 몰고 현관 쪽으로 걸어가는 황대식의 뒷모습을 멀뚱히 바라보며 할멈은

"오늘 참 별일이제? 저 소대성*(잠이 매우 많은 사람)이가 다 벌써 일어나고…… 좋긴 뭐가 그리 좋은고? 무신 수가 또 생긴 모양이제?"

마른 코를 찍! 풀었다.

송금선은 이불자락 밖으로 허연 한쪽 허벅다리를 아무렇게나 드러내놓은 채 엎드려서 조간신문을 보고 있었다.

황대식이 방문을 열고 들어서자

"당신 오늘 아침 웬일이죠?"

힐끗 돌아본다.

"왜?"

황대식은 곧장 벙글벙글 웃기만 한다.

"해가 서쪽에서 돋겠네. 그런데 말이죠, 이봐요. 요즘 도둑이 부쩍 늘어나는 모양이에요. 글쎄 하룻밤에 도난사건이 세 건 네 건이나 일어나는 동(洞)이 있다니 어디 안심하고 살겠어요."

"야단이지."

"이 기사 좀 읽어보구려."

그러나 황대식은 별 흥미가 없다는 듯 거들떠보지도 않고 그저

"집단속을 잘 해야지."

하며, 옷장 앞으로 간다.

옷장 문을 열고 이것저것 넥타이를 고르기 시작하는 남편을 바라보며

"아니 당신 오늘 아침 아무래도 수상하다니까. 벌써부터 웬 넥타이죠?"

송금선은 속눈썹을 반짝 치세운다.

"헛헛허…… 당신도…… 아침부터 샘이 나는 모양이지. 헛헛허……."

"웃기는……."

"헛헛허…… 그게 아니라 이 사람아, 우리 팔자 고칠 일이 생겼어, 팔자 고칠 일이……."

"……?"

"팔자 고칠 일이 생겼다니까. 당신 동생을 물고 늘어져야겠어."

"무슨 일인데요?"

"팔자 고칠 일이라니까."

송금선은 얼른 자리에서 일어나 앉으며

"말 좀 해 봐요. 그러지 말고……."

얼굴에 희색과 함께 바짝 궁금한 빛을 띠운다.

"일이 잘 되면 말이지, 우리가 대지주가 되는 거야."

"대지주라니?"

"지주도 몰라, 지주?"

"아니 그럼, 시골에 가서 농살 짓게 된단 말이에요?"

"헛헛허…… 헛헛허……."

황대식은 크게 웃고 나서

"농사 같은 건 짓기 싫다 그 말이지? 걱정 말어. 누가 당신 손톱 밑에 흙 들어가게 할까 봐."

"그럼 뭐예요?"

"자세한 얘긴 오늘 처남을 만나보고 와서 하지."

그리고,

"이 보, 할멈— 빨리 아침 가져오우!"

부엌 쪽을 향해 소리를 질렀다.

비서실 앞에 이르자 황대식은 넥타이를 한 번 내려다보았다. 그리고 육중한 문을 밀고 안으로 들어갔다.

황대식이 들어서는 것을 보자 기름이 자르르 흐르는 비서실장은 얼른 자리에서 일어나며,

"황 선생님, 아침부터 웬일이십니까?"

깍듯이 인사를 한다.

"음, 좀 볼일이 있어서…… 자리에 계시는가?"

"예, 계십니다. 지금 외국 손님하고 얘길 하고 계시는데…… 잠시 이리 앉으시죠."

권하는 의자에 황대식은 배를 쑥 내밀며 앉았다. 그리고 파이프를 꺼냈다. 황대식이 파이프에 담배를 담자 비서실장은 재빨리 라이터를 꺼내어 찰각! 불을 켠다.

담배를 뻐끔뻐끔 빨고 앉아서 황대식은 벽에 걸려 있는 액자를 멀뚱히 바라본다. 은은한 동양화 풍경을 배경으로 해서 무슨 공약인가 하는 글이 붓글씨로 빽빽하게 씌어 있는 커다란 편액이다.

'그 글씨 썩 잘 썼다니까.'

언제 보아도 참 잘 쓴 글씨라고 황대식은 속으로 감탄을 한다.

잠시 후, 외국 손님들이 돌아가고, 황대식은 비서실장의 안내로 으리으리한 처남의 방으로 들어갔다.

연한 다갈색 빛이 도는 안경을 낀 송건민은 자형이 들어오는 것을 보자 자리에서 약간 궁둥이를 들었다가 놓았다. 그리고 아무 말도 없이 책상 위에 놓인 서류를 펼치는 것이었다. 그 얼굴에는 반가워하는 빛도 귀찮아하는 표정도 떠오르지 않았다. 그저 꿋꿋하고 의젓하게만 보였다.

비서실장은 물러가고, 황대식은 소파에 푹신 허리를 묻었다. 그

리고 파이프를 계속 뻐꿈뻐꿈 빨았다.

서류를 한참 훑어보고 난 송건민은 책상 서랍에서 도장을 꺼냈다. 황대식은 처남의 손에 쥐어진 뽀오얀 상아 도장이 더없이 장하고 믿음직스러워서 숨을 죽이고 지그시 바라보았다. 그 도장이 가서 인주를 묻혀 가지고 서류 위에 쿡! 내려앉자 황대식은 숨을 크게 들이쉬었다. 그리고 침을 꿀컥 삼켰다.

결재를 하고 난 송건민은 서류를 기결 상자에 던져 넣고 자리에서 일어났다.

"이렇게 일찍 웬일입니까?"

황대식 옆으로 가서 앉으며, 그는 안경을 벗겨 알을 닦는다. 연한 다갈색 빛을 띤 안경알이 실내의 으리으리한 광채를 받아 무슨 보석처럼 반짝반짝 빛난다.

황대식은 얼른 입에서 파이프를 거두고,

"다름이 아니라 말이지……."

필요 이상의 은근한 표정을 지으며 처남을 바라본다.

"좀 상의할 일이 있는데 말이지……."

"……."

"저…… 다름이 아니라……."

아무리 처남이지만 좀 켕겨서 약간 망설여졌다.

"무슨 일인데요?"

송건민이 정색을 하고 묻자 황대식은

"놀고 있는 땅을 발견했지."

이렇게 불쑥 말을 꺼냈다.

"놀고 있는 땅이라뇨?"

"말하자면 쓸모없이 버려져 있는 땅이야. 이용하면 얼마든지 건설적으로 이용할 수 있는 땅인데 쓸모없이 버려져 있거든. 산책을 하다 발견했지."

"유휴지란 말이죠?"

"그렇지 유휴지지. 얼마든지 건설적으로 이용할 수 있는 땅인데…… 아깝단 말이야."

황대식은 곧장 '건설적'이란 말에 힘을 주며 말한다.

"그런 땅이 어디 있습데까?"

"바로 우리집 근처에 있더라니까. 등잔 밑이 어둡다고, 지금까지 몰랐었지. 오늘 아침 산책을 나가서 우연히 발견했어."

"물론 개인 소유 아닐 게고……."

"그야 물론이지. 개인 소유라면야 말을 꺼내 뭘 해."

"……."

"왜, 우리집 근처에 공원 있잖아, 공원."

"예."

"바로 그 공원 말일세."

"예?"

송건민은 놀란 표정으로 황대식의 얼굴을 똑바로 바라본다. 그리고,

"아니, 공원이 어째서 유휴지란 말입니까?"

어처구니가 없는 듯 픽 웃어버린다. 그러자, 황대식은 파이프를 쥔 손을 황급히 가로저으며,

"아니 아니, 공원이 유휴지란 게 아니라 공원의 일부가 쓸모없이 버려져 있더란 말이야. 아까운 땅을 그렇게 버려둘 까닭이 뭐냔 말

이지. 잘 머리를 짜면 얼마든지 건설적으로 이용할 수 있는 땅인데…… 그렇게 버려둔다는 건 어리석은 것이지.”

약간 열을 올린다.

“…….”

“그 좋은 땅을 잡초나 돋아나게 내버려 둔다는 건 어느 모로 생각하나 어리석은 일이야. 유효적절하게 이용해서 국가 재건에 도움이 되도록 하는 게 현명한 처사지. 가뜩이나 국가 경제가 곤란한 판인데…….”

제법 우국적인 투로, 그러나 히죽 웃는다.

“…….”

송건민이 아무 말 없이 눈만 껌벅거리며 그 말에 귀를 기울이자, 황대식은 용기를 내어 마침내 하고 싶은 말을 뇌까렸다.

“불하하는 거야, 불하!”

“불하?”

“그렇지. 개인에게 불할 해서 유효적절하게 이용하도록 하는 거지. 나 같음 그렇게 하겠어.”

“…….”

“그게 국갈 위하는 길도 되지. 잡초나 돋아나게 내버려 두는 것보단…….”

“음—”

송건민의 미간에 거꾸로 여덟팔자가 그려지며 표정이 차츰 굳어져 갔다. 그러나, 황대식도 말없이 잠시 파이프만 조심스럽게 빨았다.

얼마 후, 황대식은 다시 필요 이상의 표정을 애써 얼굴에 띄우며,

"좋은 기회 아닌가, 이 사람아."

나직하고 은근한 목소리로 말했다.

"……."

"솔직히 말이지, 이런 기회에 나도 한몫해야 할 게 아닌가. 자네 덕택에……."

"……."

"어디 나 혼자만을 위해선가? 누님과 함께 늙어 말년에 편히 살아보자는 생각 때문이지, 누님과 함께……."

"누님과 함께."라는 말에 송건민의 굳어진 표정이 약간 흔들렸다. 자형 따위가 무슨 소용이 있으랴. 더구나 건달이처럼 태평로나 조선호텔 혹은 광나루 쪽으로 건들건들 돌아다니며 묘한 흥정이나 일삼는 자형. 그러나 슬하에 자식을 두지 못한 누님의 일을 위해서는 역시 자형의 말도 함부로 들어 넘길 수가 없는 노릇이었다. 송건민은

"음—"

무거운 신음소리 같은 것을 토했다. 그리고, 자리에서 벌떡 일어나며,

"한 번 생각해 보죠."

했다.

이 말이 떨어지자 황대식은 좋아서 입이 옆으로 쭉 째져 나갔다. 훌렁 벗어진 대머리가 유난히 반짝거린다.

그날 밤, 황대식이 집에 돌아온 것은 통행금지 예비 사이렌이 불고 난 뒤였다. 아랫도리가 약간 휘청거리고 있었다.

대문의 벨을 누르자, 뛰어나온 것은 식모할멈이 아니라 송금선이었다. 잠옷 바람으로 문을 열며,

"늦었군요."

방긋 웃는다.

여느 때 없던 일이었다. 황대식은 기분이 좋아서

"어험!"

하고, 안으로 들어서며 빙그레 웃었다. 그리고, 그르륵 게트림을 했다.

"동생 만나 봤어요?"

"암."

"잘 될 것 같애요?"

"암."

"무슨 일이에요? 하루 종일 궁금해서 혼났다니까."

"궁금할 일이지. 궁금할 일이고말고."

"어서 좀 말해 봐요. 무슨 일이에요?"

"쉬쉬! 여기서는 안 돼. 어서 방으로 들어가자니까."

황대식이 송금선이의 허리를 살짝 안고 비칠비칠 현관 쪽으로 걸음을 옮겨 가자, 현관 옆에 놓인 개집에서 부르독이 뛰어나와 대구 꼬리를 흔들며 반긴다.

"골탱! 마이 골탱!"

황대식은 여느 때 같으면 그저 머리를 두어 번 쓰다듬어 주고 말 것인데, 오늘 밤은 기분이 좋은데다가 술기까지 거나해서 그만 부르독의 목을 가서 덥석 안아버린다. 그리고 그 유들유들한 면상에다가 자기의 볼을 갖다 썩썩 부벼대며

"마이 골탱! 마이 골탱!"

야단이다.

"아이 흉해!"

보고 있던 송금선이 황대식의 옆구리를 꽉 꼬집어 놓는다. 그러자 황대식은 훌떡 뛰어 일어나며

"샘이 나는 모양이지? 헛헛허……."

한바탕 기분 좋게 너털웃음을 웃는다. 그리고 다시 송금선의 허리를 감아 안고 비칠비칠 현관으로 들어선다.

이부자리 속에서였다. 황대식은 한쪽 다리를 마누라의 아랫도리 위에 척 갖다 얹으며

"대지주가 된다는 것은 말이지……."

하고, 허두를 떼었다.

"……?"

송금선은 속눈썹을 깜작거리며 가볍게 침을 삼켰다.

"농촌의 지주가 되는 게 아니라, 서울 한복판의 땅 임자가 된단 그 말이야."

"어떻게?"

"다 그런 수가 있지."

"……."

"우리집 옆 공원 말이야……."

"예?"

"그 공원을 잡숫는 거야."

"뭐요?"

"잡숫는다니까. 잡숴."

"공원을요?"

"그렇지. 왜? 공원을 삼키면 안 넘어갈 줄 알어?"

황대식은 아가리를 짝 벌려 보이며 벙글 웃는다. 그러나 송금선은 믿어지지가 않아 웃으며 눈을 살짝 흘긴다.

"불할 받는 거야. 불할……."

"공원 땅을 다 불하하나요?"

"그러니까 그게 다 재주지. 안 될 일을 되도록 만드는 게 재주란 말이야. 내 이 대머리 속에 그런 비상한 재주가 얼마든지 들어 있다는 걸 몰라?"

황대식은 대머리를 슬슬 어루만지며 곧장 벙글거렸다.

"공원 땅을 불하 받아서 나중에 말썽이 안 날까요?"

"말썽이라니…… 정당한 수속을 밟고 대가를 지불하는데 어떤 놈이 말썽이야. 그러나 공원 땅 전부는 안 되지. 한쪽 변두리만 슬쩍 도려내는 거야. 슬쩍."

"동생은 뭐라 그래요?"

"대찬성이지. 비상한 아이댜라고 대찬성이더라니까."

"그럼 이제 우리도 자가용을 사게 되겠군요."

"자가용뿐인가. 흠—"

"아유—"

송금선은 좋아서 어쩔 줄을 모르며 얼른 황대식의 가슴 안으로 파고 들어간다. 그리고 남편의 가슴팍에 돋아난 검숭검숭한 것을 슬슬 어루만지며,

"몇 평이나 되는데요?"

"몇 만 평 될 거야. 몇 만 평…… 확실한 건 아직 모르지만……."

"한 평에 얼마쯤 주고 불하 받나요?"

"글쎄…… 한 이삼십 원 주면 되겠지."

"뭐요? 이삼십 원?"

"그쯤 안 줘도 될지 모르지. 헤헤헤……."

"정말?"

"허 참."

"핫핫하…… 순 얌체로군요."

"얌체라니…… 어허어이!"

황대식은 팔에 지그시 힘을 주며, 두 눈에 번들번들한 웃음을 담았다. 그러자 송금선은 술내가 풍기는 남편의 입술로 자기의 입술을 가져가며 나직하고 부드러운 목소리로

"도둑놈."

하고, 방그레 웃었다.

불도저가 움직이기 시작했다. 드르릉 드르릉…… 요란한 소리를 지르며 흙을 밀어붙이기 시작했다. 앞에 서 있던 나무가 보기 좋게 넘어진다. 나무 밑에 놓여 있던 벤치도 가볍게 밀려나간다. 드르릉 드르릉…… 한 대만이 아니다. 여러 대의 불도저가 마치 갑충(甲蟲)의 떼거리처럼 움직이고 있다. 아이들의 그네도 부서져 밀려나가고, 미끄럼틀도 밀려나가고, 그리고 거기 있던 사람들도 밀려나가고 있다. 헤아릴 수 없이 많은 불도저가 공원을 밀어붙이고 있는 것이다.

황대식은 높다란 지휘대 위에 뒷짐을 짚고 서서 이 광경을 내려다보고 있다. 가만히 내려다보고 있는 사이에 공원이 온통 편편한

벌판으로 바뀌어 간다.

그리고 또 이번에는 어디선가 개미 떼처럼 많은 추럭들이 짐을 가득가득 싣고 와서 그 편편해진 벌판에다가 부리기 시작한다. 벽돌이다. 산더미처럼 쌓이는 벽돌을 가지고 사람들이 집을 짓기 시작한다. 이층, 삼층, 사층, 오층…… 높다란 빌딩이 솟아오른다. 하나만이 아니다. 여기저기 수없이 솟아오른다. 마치 빌딩의 수풀 같다. 이 광경을 내려다보며 황대식은

"백만 불짜리 아이댜야, 백만 불짜리……."

훌렁 벗어진 대머리를 곧장 슬슬 어루만진다. 그리고 이번에는

"팔자를 고쳐야지, 팔자를……."

껄껄 웃는다.

"암, 고쳐야지. 고쳐야 하고말고. 헛허허…… 헛헛허……."

곧장 웃는다.

"아니 이 양반이 뭣이 좋아서 이렇게 웃어 쌓지? 빨리 일어나 봐요, 빨리!"

송금선이 흔들어 깨우는 바람에 황대식은 번쩍 눈을 떴다.

꿈이었다.

"아니, 뭣이 좋아서 그렇게 웃어 쌓소? 개가 없어졌어요. 개가……."

"뭐?"

"개가 없어졌다니까요."

"개가 없어지다니?"

"글쎄, 간밤에 골탱이 없어졌단 말이에요."

"골탱이?"

황대식은 자리를 차고 벌떡 일어났다. 현관 옆에 놓인 개집이 텅 비어 있었다. 그리고 개집 근처에 빵 조각이 몇 개 굴러 있었다. 약을 먹여 가지고 안고 간 것이 분명했다.

황대식의 훌렁 벗어진 이마에 거꾸로 여덟팔자가 굵게 패였다. 그리고 콧구멍이 벌룸거렸다.

식모 할멈은 행주치마에 두 손을 감싸며 슬금슬금 황대식의 눈치만 살핀다. 개를 잃어버린 것이 마치 자기의 잘못이기나 한 것처럼. 송금선도 곧장 텅 빈 개집을 들여다보며 분하고 안타까워서 못 견딘다.

콧구멍을 벌룸거리며 푸르락누르락 하던 황대식이 마침내 악을 쓰듯이 뱉어 붙였다.

"씨팔! 도둑놈들 때문에 어디 살겠나! 도둑놈들 때문에…… 어떻게 된 놈의 세상이 개도 마음 놓고 키울 수 없으니……."

그리고는 기가 막히는 듯

"내 참! 더러워서……."

한다.

"정말 이러다가 세상이 어떻게 되는지 모르겠어. 세상이……."

송금선도 맞장구를 친다.

그러자, 식모할멈도 행주치마에 마른 코를 팽! 하고 풀며

"참 별일도 다 보겠제. 갤 다 훔쳐 가다니야. 나중엔 뭘 안 훔쳐 가겠노. 뭘……."

하고, 투덜거린다.

정말 어이가 없는 것이다.

《문학춘추》(1964. 7)

바람과 노교사

    양 선생은 간밤에 이상한 꿈을 꾸었다.

    바람에 날려가는 꿈이었다. 바람이라도 그냥 예사로 부는 바람이 아니라 회오리바람이었다. 회오리바람이 휘몰아오더니 학교 운동장 한가운데서 무섭게 회오리를 치는 것이었다.

    양 선생은 그때, 퇴근을 하느라고 옆구리가 조금 터진 빨간 손가방을 들고 학교 현관을 나서고 있었다. 어찌된 일인지 다른 동료들은 한 사람도 눈에 띄지가 않았다. 벌써 모두 앞서 교문을 나서버린 것일까? 아니면 아직도 모두 직원실이나 교실에 남아 있는 것일까?

    운동장 한가운데서 회오리치는 바람을 보자 양 선생은 왈칵 겁이 났다. 그래서 그 바람을 피해 운동장 가로 걸어 나가려 했다. 그러나 허사였다. 어찌된 영문일까? 무엇에 끌려가듯이 걸음이 절로 그 회오리바람 쪽으로 향해 가는 것이 아닌가. 앞에서 누가 잡아당기는 것 같기도 했고, 뒤에서 누군가가 밀어붙이는 것 같기도 했다. 참 이상한 일이었다.

잠시 후 양 선생은 비명을 지르기 시작했다. 아이고— 나 살려, 사람 살려— 그러나 그 소리는 답답하게도 목구멍에서만 감돌 뿐, 밖으로 튀어나와 주지가 않았다. 아이고— 아이고— 시원하게 소리라도 좀 질렀으면 좋겠는데 그것마저 안 되니 죽을 지경이었다.

마침내 양 선생은 그 회오리바람 속으로 말려들어가 버리고 말았다. 정신이 아찔하고 눈앞이 빙빙 도는 것이었다. 이렇게 얼마 동안 정신을 잃고 있다가 나중에 정신을 차리고 보니 하늘로 높다랗게 솟아오르고 있었다. 학교가 꼭 장난감 만하게 내려다보였다. 운동장도 꼭 도화지 한 장만 하게 보였다.

그런데 조금 전까지 한 사람도 보이지 않던 동료 직원들이 모두 운동장에 나와 서서 하늘로 높이 솟아오른 자기를 우러러보며 무엇이 그렇게 좋은지 곧장 손뼉을 치며 떠들어대고 있는 것이 아닌가. 그리고 언제 모여들었는지 아동들도 까아맣게 떼를 지어서서 자기를 쳐다보며 두 손을 쳐들고 만세들을 부르고 있는 것이 아닌가.

운동장에서 회오리바람은 말짱하게 가셔버린 듯하였다. 그런데 자기는 여전히 그 회오리바람에 휘말려 빙빙 돌며 하늘로 하늘로 치솟고 있는 것이었다. 양 선생은 왈칵 분한 생각이 들어 주먹을 부르쥐고 치를 버르르 떨었다. 그러자 그 순간, 이상한 현상이 일어났다. 회오리바람이 자기를 힘껏 내던져 버리는 것이었다. 그래서 양 선생은 산을 넘고 강을 건너 커다란 포물선을 그으며 지상으로 떨어지기 시작했다. 이미 학교도 마을도 보이지 않고, 낯선 땅이 점점 크게 눈앞에 전개되어 오는 것이었다. 지상을 향해 무서운 속도로 낙하하고 있는 것이었다.

"으악―"

드디어 양 선생은 막혔던 목구멍이 터져 고함소리가 분수처럼 힘차게 뻗어 나왔다.

양 선생의 고함소리에 놀라 곁에서 자고 있던 아내가 번쩍 눈을 뜨며

"이 양반이 무슨 꿈을 꾸길래……? 여보! 여보!"

하고 남편을 흔들어 깨웠다.

양 선생의 이마에 식은땀이 내배어 있었다. 참 이상한 꿈이라고 생각하면서 아내에게 꿈 이야기를 하자, 아내는

"좋은 꿈인데요. 당신 어쩜 이번에 교감이 되는 거 아녜요?"

이렇게 해몽을 하는 것이었다.

"교감이 돼? 내가…… 그렇다면 오죽 좋겠어, 헛헛허…….."

양 선생은 웃었다. 그러나 그 웃음은 어쩐지 허전하고 쓸쓸한 웃음이었다. 교감이 될 꿈이 그렇게 겁이 나고, 그렇게 사람을 갖다가 내던지는 수가 있단 말인가.

아침밥상머리에서였다. 세 살짜리가 볼멘소리로

"아빠, 이거 맛없어. 나 쌀밥 먹을 테야. 쌀밥 줘. 흥―"

칭얼거리며 숟가락으로 죽 그릇을 대구 휘젓는 것이었다. 옥분 (玉粉)으로 끓인 죽이었다. 그 빛깔이 노오래서 꽤 맛있는 음식처럼 보였다. 그러나 한 끼니 두 끼니가 아니고 벌써 이틀인가 사흘을 줄곧 그 노오란 죽만을 퍼먹어야 했기 때문에 어린 아이의 입에서 그런 소리가 나오는 것도 당연한 일이었다.

그러자 여섯 살짜리도

"나도 쌀밥 먹을 테야."

하고 두 눈을 굴렁거리며 맞장구를 쳤다.

양 선생은 들은 척도 하지 않고 자기 몫으로 앞에 놓인 죽 그릇을 훌훌 비워나갔다.

"아이 맛없어. 우리도 이제 쌀밥을 해 먹었음 좋겠다."

아홉 살짜리도 몇 숟갈 뜨다 말고 이런 소리를 했다. 그러자 열두 살짜리 계집아이가

"아버지 월급 나와야 쌀을 팔잖니. 어서 먹자. 난 맛있다."

이렇게 제법 철이 든 투로 동생들을 타이르듯이 말한다.

그 말에 양 선생의 표정이 약간 흔들렸다. 코끝이 어쩐지 씽— 매워오는 것이었다. 양 선생은 저도 모르게 아내의 얼굴빛을 힐끗 살폈다. 아내는 두 눈에 어느 결에 물기가 어려 있었다. 그리고 가느다랗게

"흐유—"

한숨을 쉬는 것이었다.

양 선생은 가슴이 메어지는 것 같았으나 아무 소리 없이 훌쭉훌쭉 죽 그릇을 비웠다. 그리고 아무 찌꺼기 하나 안 뜨는 멀건 숭늉을 한 모금 마시고 자리에서 일어났다.

옆구리가 조금 터진, 손때가 묻어 반질반질한 빨간 가방을 들고 논둑길을 걸어가는 양 선생의 발길은 어쩐지 무겁기만 했다.

교문을 들어서자 운동장에서 흩어져 놀던 아이들이 고개를 꾸벅꾸벅 숙이며 인사를 한다. 운동장 가의 나뭇잎사귀들이 아침 햇빛을 받아 반짝반짝 신선하게 빛나고 있다. 그러나 양 선생의 가슴은

흐린 날씨처럼 찌뿌듯하고 우울하기만 했다.

첫째 시간이었다. 출석을 불러나가던 양 선생은

"김기철!"

하고, 한 아이의 이름을 부르고는 얼른 그 아이의 좌석을 바라보았다. 오늘도 역시 결석이었다. 벌써 결석이 닷새째인 것이다.

"오늘도 안 나왔군."

그러자, 어떤 아이가

"선생님!"

벌떡 일어서더니 앞으로 나오는 것이었다. 기철이와 같은 마을에 사는 아이였다. 손에 웬 쪽지를 하나 쥐고 있었다.

"저…… 이거 기철이가 선생님 갖다 드리랬어요."

"뭐야?"

"편지예요. 저…… 기철이네 서울로 이사 간대요."

"서울로 이사 가? 흠—"

양 선생은 두 눈을 껌벅거리며 그 쪽지를 받아 펼쳤다. 쪽지에는 다음과 같은 사연이 연필로 또박또박 적혀 있었다.

선생님 안녕하십니까?

여러 날 결석을 해서 참 잘못했습니다. 용서해주십시오. 우
리집은 너무 가난하기 때문에 요새는 먹을 것이 하나도 없
습니다. 아버지는 매일 지게를 지고 읍내 정거장에 나가십
니다. 그러나 아버지가 번 돈만으로 우리 식구가 먹고 살
수가 없습니다. 그래서 어머니도 읍내 버스정류소에 가서
사과 장사를 합니다. 사과 장사는 혼자 하기가 힘이 듭니

다. 그래서 저도 어머니를 따라 가서 어머니를 도와드리고 있습니다.

이렇게 해도 식구가 너무 많기 때문에 우리집은 죽도 제대로 못 먹습니다. 아버지는 서울에 가면 지게벌이도 좋고 장사도 잘 된다고 하시며 서울로 이사 가자고 하셨습니다. 어머니는 처음에는 반대했으나 나중에는 그러자고 찬성을 하셨습니다. 그리고 어머니는 울었습니다. 어머니가 왜 울었는지 저는 알 수가 없습니다.

선생님, 서울에 이사 가면 공부를 열심히 하고 돈을 많이 벌어서 훌륭한 사람이 되겠습니다. 아직 언제 갈지 확실히 정하지는 않았습니다. 갈 때는 꼭 선생님에게 인사를 하고 가겠습니다. 그럼 선생님 안녕히 계십시오.

김기철 올림

기철이는 공부를 잘하는 착실한 아이였다. 그리고 부급장이었다. 쪽지를 다 읽고 난 양 선생은 눈시울이 더워오는 것을 어쩌지 못했다.

넷째 시간이 끝나고 점심시간이 되었다. 오늘도 결식아동들을 한 자리에 모아 앉히고 옥분 빵을 한 개씩 나누어주었다. 그 빵을 받아든 아이들은 좋아서 어쩔 줄을 모른다. 입을 짝 벌려서 뭉청뭉청 베어먹는 아이, 야곰야곰 아껴가며 조금씩 뜯어 먹는 아이, 혹은 빵을 두 조각으로 나누어서 한 조각은 슬그머니 호주머니나 책보 속에 감추어 넣는 아이도 있다.

양 선생은 아이들의 빵 먹는 광경을 멀뚱히 바라보고 있었다. 그러자 아침밥상머리에서 어린 것들이 하던 말이 머리에 떠올랐다.

아빠, 이거 맛없어. 나 쌀밥 먹을 테야. 쌀밥 줘. 나도 쌀밥 먹을
테야. 아이 맛없어. 우리도 이제 쌀밥 해 먹었음 좋겠다. 아버지 월
급 나와야 쌀을 팔잖니. 어서 먹자. 난 맛있다.

그리고 이번에는 기철이의 편지 대목이 머리에 떠오르는 것이
었다.

우리집은 너무 가난하기 때문에 요새는 먹을 것이 하나도 없습
니다. 아버지가 번 돈만으로 우리 식구가 먹고 살 수가 없습니다.
식구가 너무 많기 때문에 우리집은 죽도 제대로 못 먹습니다. 어
머니는 울었습니다. 어머니가 왜 울었는지 저는 알 수가 없습니
다.

양 선생은 가벼운 현기증 같은 것을 느끼며 두 눈을 지그시 감았
다. 그때, 교실 문이 드르릉 열렸다.

"양 선생님! 교장 선생님이 오시랍니다."

소사였다.

"왜?"

"모르겠어요. 어디서 손님이 온 모양 같애요."

"손님?"

양 선생은 누굴까? 싶었다. 그러나 천천히 걸음을 떼 놓았다.

교장실에 앉아 있는 손님은 낯선 사람이었다. 양 선생이 들어서
자 그 사람은 코언저리에 약간 웃음기 같은 것을 띄웠다.

"양 선생 인살 하시오."

교장의 말에 양 선생은 상대방이 어떤 사람인지 알 수가 없었으
나 덮어놓고 고개를 깊숙이 숙였다. 그러자 그 사람은 자리에서 약

간 궁둥이를 들며 명함 한 장을 꺼내어

"나 이런 사람입니다."

양 선생 앞으로 쑥 내미는 것이었다. 어딘지 모르게 오만하고 불쾌한 태도였다.

양 선생은 명함을 받아 훑어보았다. 신문기자였다. 이름 있는 중앙 일간지의 읍내 지국 기자였다. 양 선생은 순간 불길한 예감 한 가지가 머리를 스치고 지나가는 것이었다. 불안하고 기분이 좋지 않았다. 그러나

"아, 그렇습니까."

예사로운 표정으로 다시 한 번 가볍게 고개를 숙였다.

잠시 후, 신문기자는 제법 자기가 뭐나 되는 듯한 투로 말을 꺼냈다.

"에― 아동들에게 줄 옥분가룰 선생께서 꽤 많이 착복했다는 정보가 있어서 왔는데……."

"……."

예측한 대로였다. 양 선생은 면상을 한 대 여지없이 얻어맞은 것 같았다.

"확실한 증걸 잡고 왔으니 괜히 거짓말을 마시고 솔직하게 사실을 얘기하는 게 좋을 겁니다."

공갈조였다. 양 선생은 견딜 수 없는 모욕감을 느꼈다. 그러나 그런 사실이 있는 이상 흥분해서는 안 된다고 생각했다. 그래서 침착한 어조로,

"착복이란 말은 당치가 않습니다. 사실은 어떻게 된 일인고 하니……."

자초지종을 차근차근 얘기해 나갔다. 그러자 신문기자는 수첩을 꺼내어 제찍하게*('거드름스럽다'의 방언) 앉아서 메모를 해대는 것이었다. 교장 선생은 못마땅한 표정으로 얼굴을 잔뜩 찌푸리고 앉아서 양 선생의 얘기에 가만히 귀를 기울이고 있었다.

양 선생의 집에 소사가 학교의 옥분을 반 포대가량 갖다놓은 것은 삼사 일 전의 일이었다. 객지에 나가 중학교에 다니고 있는 장남 아이의 공납금을 주어 보내고 나니 이번 달에는 거의 빈 주먹만 남다시피 되고 말았다. 마을에서 이 집 저 집 꿀 대로 꾸고, 학교 동료들에게서도 이 사람 저 사람 몇 푼씩 빌릴 대로 빌려서 이젠 도리 없이 앉아서 굶게 되었다. 그러나 어버이로서 어린 것들을 어떻게 굶길 수가 있단 말인가. 그리고 당장 결근을 해야 될 처지가 되었으니 기가 막힐 노릇이었다. 이 딱한 사정을 같은 마을에 사는 소사가 알고는 양 선생에게 학교 옥분을 우선 좀 갖다 먹는 것이 어떻겠느냐는 것이었다. 봉급날이 얼마 남지 않았으니 그동안 무엇으로라도 연명을 해야 될 게 아니냐는 것이었다. 아동들에게 주라고 나온 것을 선생이 갖다 먹어서야 말이 되느냐고 하니까, 선생이 굶어서 쓰러지면 애들은 그럼 누가 가르칠 것이냐고 소사가 끝내 양 선생을 설복하고야 말았던 것이다. 그리고 밤에 자기가 옥분 반 포대를 짊어져다가 양 선생네 부엌에 갖다 내려놓아 주는 것이었다.

양 선생의 얘기를 다 듣고 나더니 교장 선생은

"음—"

자리에서 일어나 직원실로 통하는 문을 열고 소사를 불렀다. 소사는 무슨 영문인가 하고 약간 굳어진 얼굴로 들어섰다.

소사의 입에서도 같은 얘기가 나오자, 신문기자의 표정에도 어딘지 모르게 부드럽고 동정적인 빛이 떠올랐다.

그래서 결국 신문기자는 교장 선생이 사는 술을 한잔 얻어 마시고 돌아갔다.

방과 후, 양 선생은 교무실 창변에 석고상처럼 앉아 이따금 눈만 껌벅거렸다. 환멸과 비애가 뒤섞여 가슴속에서 소용돌이를 치는 것이었다. 도대체 누구의 입에서 그런 소문이 퍼져 나갔을까? 시오 리 상간이나 되는 읍내에까지, 더구나 신문기자의 귀에까지 말이다.

이런 일이 있으려고 간밤에 그런 괴상한 꿈을 꾸었던가 생각하니 쓸쓸한 웃음이 흘러나오기도 했다.

다음 날 오후, 또 한 사람의 신문기자가 찾아왔다. 이번에는 중앙지가 아니고, 지방 일간신문의 읍내 지사 기자였다. 아직 어른 티도 제대로 나지 않고, 말하는 투도 어딘지 모르게 유치한 애송이였다. 그러나 말하는 것이 고약했다. 무엇을 요구하는 심보가 말에 그대로 드러나는 것이었다.

교장 선생이 여러 가지로 간곡하게 타일렀으나 도무지 수그러질 생각을 하지 않았다. 옆에 있던 양 선생은 슬그머니 화가 머리로 올라오는 것을 어쩌지 못했다.

"그래, 도대체 어쩌란 말이요?"

양 선생의 좀 격한 듯한 말소리에 기자는 확 얼굴빛이 달라지며,

"아니, 그런 투로 나오기요? 좋습니다."

하고, 자리에서 벌떡 일어서는 것이었다.

교장이 약간 당황하며

"이러지 말고 좋도록 합시다. 좋도록……."

만류를 한다. 그러나 소용이 없다. 그냥 마룻바닥을 쿵쿵 울리며 드르릉 문을 열고 밖으로 나가버린다.

교장 선생은 입맛을 쩝쩝 다시며 이제 난 모르겠다는 듯이 의자에 비스듬히 뒤로 기대앉아 버린다. 양 선생은 교장 선생을 볼 낯이 없었다. 그러나 이미 엎질러진 물, 될 대로 되어라 싶었다. 운동장으로 걸어 나가는 기자의 뒷모습을 양 선생은 멀뚱히 그러나 원망스러운 눈길로 바라보았다.

이틀 뒤, 양 선생은 교육청의 호출을 받았다. 점심시간에 교실에서 결식아동들에게 옥분 빵을 나누어주고 있노라니까 소사가 약간 당황한 표정으로 들어서는 것이었다. 자기 때문에 양 선생이 이렇게 곤란한 처지에 놓이게 되었다고 신문기자가 다녀간 후로 소사는 양 선생에게 미안해서 못 견디는 것이었다. 그러나 양 선생은 추호도 소사가 원망스럽다거나 하는 생각은 들지가 않았다. 그쪽에서 미안해서 못 견디는 것이 오히려 민망할 따름이었다. 어두운 밤길을 일부러 옥분 포대를 메고 와서 부엌에 내려놓으며

"우선 살고 봐야죠. 이것이면 봉급 나올 때까지 지내실 수 있을 거예요."

하고, 싱긋 웃던 그 텁텁하고 믿음직한 표정을 생각할 때, 오히려 일이 이렇게 된 것이 그에게 무슨 죄라도 저지른 듯 가슴 아프기만 했다. 은혜를 원수로 갚는 것 같은 심경인 것이었다. 원망스러운 것은 누군진 알 수가 없으나 그 사실을 읍내에까지 퍼뜨린 그 어떤 자의 입주둥이였다.

"양 선생님, 교육청에서 나오시라는 통지가 왔나 봐요, 이 일을 어쩌죠?"

소사는 조심스럽고 미안해서 어쩔 줄을 모르는 표정이었다.

"어쩌긴…… 나가보는 거지 뭐. 설마 무슨 큰일이야 있겠나."

이렇게 예사롭게 말을 하긴 했으나 양 선생은 가슴이 덜컥 내려앉는 것을 어쩌지 못했다. 마침내 일이 벌어진 것이로구나 생각하니 눈앞이 아찔하기도 했다.

양 선생이 교육청에 들어서자 뒤로 제찍하게 기대앉아 있던 학무과장이 자세를 고쳐 똑바로 일어나 앉으며 기다렸노라는 듯이 입을 한일자로 꾹 다물고 꼿꼿한 표정을 짓는 것이었다. 양 선생은 그 앞에 가서 허리를 거의 구십 도가량 꺾어 절을 했다. 그리고 앉으라는 의자에 꼿꼿한 자세로 앉아 두 손을 무릎 위에 단정히 놓았다. 그러자 학무과장은 책상 위에 놓인 신문을 집어 들더니

"양 선생, 이 신문기사 보았소!"

하며, 신문을 양 선생에게로 내민다.

양 선생은 떨리는 손으로 그 신문을 받아 펼쳤다. 3면 한쪽 구석에 빨간 색연필로 표식이 되어 있는 기사가 얼른 눈에 띄었다.

—결식아동에게 줄 옥분을 교사가 착복.

예기한 대로였다. 그러나 양 선생은 다시 한 번 눈앞이 깜깜해지는 것이었다. 온몸의 맥이 탁 풀리는 것 같았다. 양 선생은 기사 내용을 읽어볼 생각도 하지 않고 신문을 접어서 학무과장 책상 위에 가만히 놓았다. 그리고 두 눈을 지그시 감아버렸다.

"어떻게 된 일이요? 그 기사 내용이 사실이요?"

학무과장의 말에 양 선생은 눈을 떴다. 그리고 두 주먹을 꽉 쥐고 차근차근 사실을 얘기해 나갔다. 사무실 안의 모든 시선이 양 선생에게 집중되어 있었다.

양 선생의 얘기가 끝나자 학무과장은

"음—"

하고는 뒤로 벌떡 기대앉아 버린다. 그리고 천정을 멀뚱히 바라보며 잠시 무슨 생각에 잠긴다. 양 선생도 책상 위에 놓인 신문의 활자 하나를 가만히 지켜보고 앉아서 다가올 다음 순간을 기다리고 있었다.

"그러나……."

마침내 학무과장이 무겁게 입을 열었다.

"신문에 보도되었으니 이미 때는 늦었소. 사실이야 어떻든 그런 일이 신문에 보도됐다는 것은 우리 교육구*(교육계)의 수치가 아닐 수가 없지. 책임을 져야 해요, 책임을……."

"예……."

"일단 사표를 내도록 하시오."

"예."

양 선생은 아무렇지도 않은 듯이 예예 하고 대답을 했으나 '사표'라는 말에 정신이 아찔 멀어지는 것 같았다. 가벼운 현기증이 머리를 스치는 것이었다.

사표를 써서 제출하고 양 선생이 교육청을 물러나온 것은 어느덧 해가 서산에 기울어졌을 무렵이었다.

이제 모든 것이 끝났다. 마침내 끝장을 보고야 만 것이다. 양 선생은 타박타박 무거운 발길을 옮겼다. 그러나 어찌된 셈인지 가슴속이 조용히, 그리고 시원하게 가라앉는 것 같았다. 이제 모든 것이 끝난 것이다. 될 대로 된 것이다. 불안과 초조, 그리고 조심과 절망 같은 것이 궁극의 지점에 도달하면 오히려 이렇게 조용해지고 담담해지는 모양이다.

양 선생은 모든 것을 체념한 사람처럼 덤덤한 표정으로 먼 서천의 놀을 바라보며 건들건들 길을 걸었다.

읍에서 서쪽으로 고개를 하나 넘어야 했다.

별로 큰 고개는 아니었으나 신작로가 이리저리 굽이를 치느라고 꽤 긴 고개였다. 고개 밑에 주막이 하나 있었다. 양 선생이 그 주막 앞을 건들건들 지나가려니까 주막집에서,

"양 선생 아니쇼? 어디 갔다 오시는 길이요?"

하고, 말을 건네는 사람이 있었다. 보니 면서기였다. 군에 볼일이라도 있어서 왔다가 돌아가는 길에 주막에 들어앉은 모양 같았다.

"이리 와서 한잔 합시다. 자, 어서!"

벌써 목덜미까지 벌겋게 물이 든 면서기가 앞니를 허옇게 드러내 보이며 히죽 웃었다. 양 선생은 여느 때 같으면 인사나 나누고 그대로 지나쳤을 것이다. 별로 술을 좋아하는 성미가 아니었기 때문이다. 그러나 오늘은 사정이 달랐다. 술이라도 실컷 마시고 실컷 좀 취해 봤으면 싶은 것이었다.

양 선생은 서슴지 않고 주막으로 들어섰다.

권하는 술잔을 넝큼넝큼*('냉큼냉큼'의 방언) 받아 꿀꿀꿀 마구 마셔댔다. 그러자 면서기는 불그레 상기된 눈으로 싱그레 웃으며

"양 선생, 이렇게 술 잘 하시는 줄 몰랐는데……."

곧장 권한다.

양 선생이 주막을 나선 것은 해가 지고 사방에 어둠살이 깔리기 시작할 무렵이었다. 아직도 그대로 주막에 눌러앉아서 곧장 혀 짧은 소리를 해대는 면서기를 뒤에 두고 양 선생은 혼자 휘청거리며

신작로를 걸었다. 굽이굽이 고갯길을 오르며 양 선생은 노래를 부르기 시작했다.

"울랴고 내가 왔던가. 웃을랴고 왔던가. 비린내 나는 부둣가에……."

이리 휘청 저리 휘청하다가 길가에 서서 고의춤을 풀어 헤치고 좍— 물을 뽑아내며

"이슬 맞은 백일홍, 이슬 맞은 양명식."

그리고 헛헛허 실성한 사람처럼 웃어대는 것이었다.

"이슬 맞은 양명식…… 헛헛허……."

자기의 이름을 붙여 그렇게 노래를 부르며 휘청휘청 갈지자걸음으로 고갯마루에 올라선 양 선생은 벌렁 활개를 크게 벌렸다.

바람이 시원하게 불어오고 있는 것이었다. 술기가 올라 후끈거리는 얼굴에 바람이 시원하게 와서 감기는 것이었다. 벌떡거리는 가슴 안으로 와서 시원하게 안기기도 하는 것이었다.

양 선생은 시원한 바람을 안고 마음껏 그것을 들이마시며

"아— 바람이나 먹고 살까. 바람이나……."

하고 중얼거렸다. 그러자 어디선가 속삭이는 소리가 귀에 앵 했다.

—아빠, 이거 맛없어. 나 쌀밥 먹을 테야. 쌀밥 줘, 나도 쌀밥 먹을 테야. 아이 맛없어. 우리도 이제 쌀밥 해 먹었음 좋겠다. 아버지 월급 나와야 쌀을 팔잖니, 어서 먹자. 난 맛있다.

그러자 이번에는 눈앞에 커다란 종이가 한 장 펼쳐졌다. 연필로 또박또박 눌러쓴 글씨가 그 종이에 커다랗게 떠오르며 지나가는 것이었다.

—우리집은 너무 가난하기 때문에 요새는 먹을 것이 하나도 없습

니다. 아버지가 번 돈만으로 우리 식구가 먹고 살 수가 없습니다. 식구가 너무 많기 때문에 우리집은 죽도 제대로 못 먹습니다. 어머니는 울었습니다. 어머니가 왜 울었는지 저는 알 수가 없습니다.

이번에는 그 종이가 신문지로 변하는 것이었다. 붉은 색연필로 표지를 한 기사

─결식아동에게 줄 옥분을 교사가 착복.

그리고 그것이 사라지자 다음에는 그 종이가 사표로 바뀌어졌다. 커다란 사표가 차츰 작아지더니 훨훨 바람에 날려가는 것이었다.

양 선생은 입을 크게 벌리고 붕어가 물을 마시듯이 곧장 바람을 들이마시며,

"바람이나 먹고 살지. 바람이나 실컷 먹고 살지."

하고, 신음소리 같은 소리를 질렀다.

"바람이나 먹고 살자니까, 바람이나, 바람이나……."

어느 결에 양 선생의 후끈거리는 볼을 타고 두 줄기의 물이 지렁이처럼 기어내리고 있었다. 바람은 여전히 시원하게 불어오고 있었다.

양 선생이 군내에서 가장 작고 교통이 불편한 산골 학교로 전근 발령을 받은 것은 그로부터 보름가량 지난 뒤의 일이었다. 그 동안 양 선생은 지서를 비롯해서 경찰서에까지 불려가 조사를 받았었다. 그러나 결국 좌천 발령으로 일이 가라앉고 만 것이었다.

발령장을 받아 든 양 선생은 저도 모르게

"살았군, 살았어."

하고 중얼거리며 빙긋이 웃었다.

좌천이 무슨 상관이 있으랴. 그저 모가지가 달아나지 않은 것만이 고맙고 대견해서 견딜 수가 없었다.

발령장을 가지고 집에 돌아온 양 선생은 그것을 아내 앞으로 내던지며,

"교감이야 교감! 이번에 내가 교감 발령을 받았어. 교감."

하고 곧장 빙글빙글 웃었다.

"아니 정말이에요?"

"정말이지, 왜 거짓말 같아? 나는 교감이 되면 안 되는 사람인가? 헛헛허……."

양 선생은 껄껄 크게 소리를 내어 웃었다. 그러자 아내는 그 말을 곧이듣고 좋아서 입이 슬그머니 옆으로 찢어져나간다.

"요전 날 내 해몽이 들어맞았군요."

"헛헛허……."

"아니 왜 자꾸 웃는 거요?"

"헛헛허……."

"아마 거짓말인 모양이지."

"헛헛허 헛헛허……."

양 선생은 결코 기분이 나쁘지가 않았다.

《시청각교육》(1964. 9)

그 욕된 시절

회사 근처에 새로 매월옥(梅月屋)이라는 조그마한 왜식집이 생겨, 그 집에 더러 점심 먹으러 가게 되었다. 왜식은 깊은 맛이 없다. 먹고 나면 입안이 개운한 게 고작이다. 그러나 한 가지 내 구미를 돋우는 것은 겨자의 쏘는 맛이다. 코가 맵도록 톡 쏘아 올리는 그 맛에 정을 붙여 나는 왜식집에 가면 으레 생선초밥을 먹는다.

며칠 전, 비가 부슬부슬 내리는 날이었다. 점심시간이 되어 혼자 우산을 들고 슬금슬금 그 집을 찾아갔다.

"생선초밥이시죠?"

벌써 내 식성을 아는 여급이 방긋 웃는다.

"암."

생선초밥이 앞에 놓여졌다. 한 개를 집어 올렸다. 몇 번 씹지 않아서 코가 매워 온다. 머릿속까지 찡해지는 것 같다. 그럴 때는 고개를 뒤로 젖히고 콧구멍을 위로 쳐들면 그 쏘는 기운이 쉬 가신다. 초밥에 따라 나오는 반찬은 참 별 게 아니다. '다꾸왕'*(단무지) 두어 토막과 소금물에 절여서 꾹 짠 것 같은 배추김치 몇 잎사귀, 그리고 무엇인지 고들고들하고 짭짤한 것이 조금 접시에 놓여나온 다. 소위 '나라스케'라는 물건이다. 그런데, 그날은 어찌된 일인지 그 반찬에서 몹시 냄새가 풍겼다. 물론 음식이 상해서 나는 냄새는 아니었다. 아마 날씨가 궂어서 그런 모양이었다. 소금물에 절여서 꾹 짠 것 같은 그 배추김치에서 물씬 풍기는 냄새를 맡는 순간, 나 는 그 냄새가 어디에서 몹시도 맡던 냄새인 것만 같아 고개를 기울 였다. 어디서 맡던 냄새일까? 분명히 어디에서 몹시 맡은 일이 있는 냄새인데…… 옳지 그렇지. 그때지 그때. 바로 그때 눈이 벌게 가지 고 맡던 냄새지. 나는 속으로 중얼거리며 빙그레 웃었다. 지금이니 까 웃음이 나오지, 그때는 정말 괴롭고 견딜 수가 없었다. 초밥을 한 개 한 개 처리해나가며 나는 그 괴롭고 견딜 수 없던 욕된 시절 의 회상에 잠겼다.

C사범학교의 기숙사는 남료(南寮), 북료(北寮) 두 채의 이층 건물 로 되어 있었다. 이름을 청명료(淸明寮)라고 했다.

나는 해방이 되던 해 봄, 그러니까 일제의 패망을 불과 몇 달 앞 두고 그 학교에 입학하여 청명료의 이십일 반 반원이 되었었다. 그 무렵, 시내에 자택이 있는 사람을 제외하고는 신입생은 모조리 기 숙사에 몰아넣는 것이었다. 허허한 '다다미'방이었다. 한 방에 십이 명의 반원이 각각 벽장 하나와 '다다미' 두 방 정도의 넓이를 차지 하고 기거하는 것이었다. 반장은 맨 상급생인 5학년이었고, 부반장 은 4학년생, 그 밑으로 3학년, 2학년이 몇 명 있고, 1학년인 우리들이 다섯인가 여섯 되었다. 처음 한 일주일 정도는 지낼 만했다. 어떤 때는 꽤 재미있기까지 했다. 그러나 일주일이 지나고 이주일, 삼주일, 날이 감에 따라 판세는 영 달라져 갔다.

하루는 저녁을 먹고 나서 운동장에 나가 놀다가 돌아오니 무슨 영문인지 부반장이

"고노야로다찌!"(이 새끼들!)

하고 고함을 꽥 지르는 것이었다. 눈꼬리가 밑으로 축 처지고 코끝이 뾰족한 어딘지 모르게 고약해 보이는 일본 종자였다. 난데없는 고함소리에 우리는 두 눈이 휘둥그레졌다.

"1학년 놈들 모두 한 줄로 꿇어앉어!"

알 수 없는 노릇이었다. 우리는 서로 슬금슬금 얼굴을 마주보며 한 줄로 꿇어앉는 수밖에 없었다. 그러자 부반장은 다짜고짜로 우리의 양쪽 뺨을 두 손으로 사정없이 몇 차례씩 올려붙이는 것이었다. 눈에서 불이 번쩍번쩍 하는 것 같았다. 그렇게 차례차례 모두 올려붙이고 나서

"와 때리는지 알겠나…….”

묻는 것이었다. 우리는 고개를 움츠리고 그의 눈치만 힐끗힐끗 살폈다.

"아무도 모르겠나?"

몹시 화가 나는 듯한 목소리였다. 그러자 누군가가

"잘못했기 때문에 맞았습니다."

하고 대답했다. 인식이었다. 유난히 이마가 좁고 눈이 조그마한 아이였다.

"뭣을 잘못했나 말이야?"

"……."

"응?"

"모르겠습니다."

"이 새끼가……."

주먹이 무섭게 날았다. 인식이는 그만 깩! 하고 옆으로 쓰러지고 말았다. 반장은 저쪽에서 이 광경을 바라보며 빙그레 웃고 있었다. 잠시 우리를 노려보고 있던 부반장은 조금 누그러진 목소리로 말했다.

"오늘은 이것으로 용서해 준다. 뭣을 잘못했는가 각자 잘 반성해 봐!"

일은 그렇게 싱겁게 끝나버렸다. 취침시간이 되자 이불을 뒤집어 쓰고 나는 처음으로 울었다. 소리가 나지 않도록 이를 악물고 눈물만 추적추적 대구 흘렸다. 아무리 생각해도 잘못한 일이 없는 것이었다. 저녁을 먹고 운동장에 나가 논 일밖에 없는 것이었다. 그렇게 울다보니 왈칵 어머니 아버지가 그리워지는 것이었다. 나중에 듣고 보니 저녁을 먹으면 방으로 돌아와서 상급생들의 시중을 들어야 한다는 것이었다. 밖에 나가 놀려면 상급생의 허락을 맡아야 된다는 것이었다. 노는 것까지 허락을 맡다니 어처구니가 없었다.

이렇게 별로 뚜렷한 이유도 없이 시작된 기합이 그 후부터는 거의 매일이다시피 계속되는 것이었다. 식기에 물기만 묻어 있어도 기합, 대답하는 소리가 조금 힘이 없기만 해도 기합, 복도를 걸어다닐 때 발뒤꿈치를 안 들고 다닌다고도 기합…… 도무지 정신을 차릴 수가 없었다. 기합도 그저 손으로 때리는 것이면 그런대로 어떻게 참아내겠는데, 이건 도무지 갈수록 산이었다. 저희들은 번듯이 드러누워 있으면서 우리들에게 절을 하라는 그런 기합도 있었다. 절도 그냥 서서 하는 것이 아니라 반듯하게 꿇어앉아서 이마가 땅바닥에 닿도록 숙이는 그런 절이었다. 그런 절을 수도 없이 계속 시키는 것이었다. 그것도 천천히 시키면 좀 낫겠는데, 누가 제일 빠른 동작으로 하는가, 경쟁을 시키기가 일쑤였다. 가장 동작이 빠른 사람은 용서를 해준다는 바람에 우리는 서로 지지 않으려고 상급생의 대갈통을 향해 혓바닥이 쏙 둘러빠지도록 꾸벅꾸벅 절을 해대는 것이었다. 그런 기합을 받고 나면 며칠 동안은 목을 잘 쓸 수가 없어서 반편이처럼 움츠리고 다녀야 했다. 어떤 때는 누워서 두 팔과 두 다리를 위로 번쩍 쳐들고 있어야 하는 그런 얄궂은 기합을 당하기도 했다.

한 번은 우리들을 모두 옆으로 나란히 세우더니 옷을 벗으라는 것이었다. 우리는 이건 또 무슨 기합인가 하고 두려운 표정을 지으며 시키는 대로 옷들을 벗었다. 빤스 하나가 남자

"그것도 벗으란 말이야!"

꽥! 소리를 지르는 것이었다. 그러나 아무도 성큼 그것까지 벗으려 들지는 않았다. 농담이거니 히죽히죽 병신같이 웃기만 했다. 그러자

"이 새끼들이 상급생의 명령에 거역할 참이야?"

이렇게 나오는 것이었다. 상급생의 명령에 거역한다는 것은 가장 사정없는 기합을 달게 받겠다는 뜻이 되는 것이었다. 반죽음을 각오해야 하는 것이다. 우리는 곧 울상이 되며 별수 없이 빤스의 끈을 풀고 그것을 밑으로 꺼내리는 도리밖에 없었다. 빤스 안에서 우리의 물건들이 나타나자

"야—"

"멋있게 생겼군."

"근사하다. 애기 아버지가 되고도 남겠는데……"

아직 별로 신통치도 않는 물건을 보고 모두 좋아서 야단이었다. 어떤 녀석은 손으로 자기 턱을 쓰다듬어 내리며

"애햄—은 아직 안 돋아났네."

그리고 킥킥킥 웃어젖히는 것이었다. 이건 도무지 기합이라기보다도 사람을 원숭이 취급하는 수작밖에 아무것도 아니었다. 분해서 견딜 수가 없었으나 열세 살 혹은 열네 살 먹은 우리들은 그저 질 눈물을 흘리는 도리밖에 없었다.

어떤 놈이 생각해 냈는지 참 별의별 기합도 다 많았다. 그러나 뭐니뭐니해도 가장 무서운 기합은 '후꾸로다다끼'였다. 머리에 보자기나 자루 같은 것을 씌워놓고 여러 사람이 빙 둘러서서 마구 두들기고 차고 굴리고 그냥 막 떡을 만들어 놓는 기합이었다. 이 기합은 한두 사람의 상급생이 제멋대로 행사하는 일은 좀처럼 드물었다. 2학년이면 2학년, 남료면 남료의 전 상급생이 한자리에 모여 공론을 벌인 끝에 그놈은 특별히 혼을 내주어야 된다는 결론이 내려지면 불러다가 이 '후꾸로다다끼'로 반 죽여 놓는 것이었다. 그리고 이 '후꾸로다다끼'는 비단 1학년에 한한 기합이 아니었다. 3학년생이 2학년생을 불러다가 조져대기도 했고, 혹은 동학년생에게 보자기를 둘러씌우기도 했다. 듣기만 해도 몸서리가 처지는 그 기합을 나는 하마터면 당할 뻔했었다. 참으로 아슬아슬하게 그 위기를 모면했던 것이다.

그 무렵, 소위 대동아전쟁이라는 것이 결정적으로 일본 측에 불

리해지고 언제 발등에 불이 떨어질지 모르는 위급한 상태에 놓여 있던 터이라 뭐 한 가지 넉넉한 게 없었다. 학교 교사도 대부분을 만주에서 내려온 관동군이 차지해버렸고, 학교 운동장도 거의 절반가량이나 밭이 되었으면서도 먹는 것은 날이 갈수록 점점 더 형편없어 갔다.

거의 매일이다시피 당하는 기합도 기합이지만 그것보다도 더 우리를 못 견디게 하는 것은 허기증이었다. 음식의 분량이 날로 줄어드는 바람에 배가 고파서 견딜 수가 없었다. 처음 기숙사에 입사한 날 저녁엔 제법 팥밥을 한 그릇씩 안겨주었었다. 입학식에 따라온 학부형들은 식당 밖에서 유리창으로 안을 들여다보며 모두 흐뭇해하였다. 밥의 분량이 그만하면 안심이라는 표정들인 것이었다. 식사를 마치고 밖으로 뛰어나가자 바깥에서 기다리고 계시던 아버지가 싱그레 웃으시며

"그만하면 배부르지?"

하시는 것이었다.

"예, 겨우 다 먹었심다."

정말 겨우 다 먹었던 것이다. 그래서 아버지는 안심하시고 고향으로 돌아가셨다. 그러나 다음 날 아침부터 벌써 우리는 실망을 하지 않을 수 없었다. 어제 저녁의 그 팥밥, 그 분량은 어디로 가고, 노오란 옥수수밥이 식기의 안으로 푹 꺼져 들어가 있는 것이 아닌가. 그런데 그 옥수수밥마저 날이 갈수록 더 말이 아닌 것이었다. 젓가락으로 한 알 한 알 낱알을 집어서 아껴가며 먹어야 할 형편이니 정말 사람 죽을 지경이었다.

그렇게 형편없는 식사나마 받아서 얼른 먹으면 또 좀 괜찮겠는

데, 그것을 입에 넣기까지에는 얼마나 시간이 걸리고 절차가 많은지 더러워서 살 수가 없었다. 각 반별로 차례차례 식당으로 들어가 자리를 잡고 앉는다. 그러면 한참 후에 사감선생이 나타나 정면에 마련된 식탁에 앉는다. 그러면 이번에는 그 알량한 밥그릇 앞에 꿇어앉아서 합장을 하고 무슨 주문 같은 넋두리를 한바탕 외운다. 그것이 끝나면 고향에 계시는 부모님에게 감사한다는 묵념을 올린다. 그리고

"이다다끼마스!"(잘 먹겠습니다!)

큰소리를 지르고는 젓가락을 드는 것이다. 그동안 뱃속에는 창자가 쪼르르 쪼르르 얼마나 소리를 지르는지 모른다. 재수 없는 날은 배가 덜 고픈 사람을 만나 한바탕 긴 훈화를 듣는 수도 있다. 자기는 뱃대지가 덜 고파서 아마 식욕을 돋우느라고 그러는 모양인데, 그럴 때는 그만 팍 울고 싶어진다. 또 한 가지 식사를 할 때마다 속이 상하는 것은 상급생들의 밥 분량이다. 5학년생, 그러니까 반장 밥그릇은 언제나 수북수북 고봉이다. 부반장도 반장보다는 약간 낮으나 역시 고봉이다. 3학년생도 그릇 위로 밥이 솟는다. 2학년은 그릇 안으로 약간 꺼져 들어가나 역시 우리보다는 월등하다. 그저 우리 1학년생만 죽으라는 것이다. 상급생들의 그 두두룩한 밥 봉우리를 볼 때마다 부럽기 한이 없고, 때로는 슬프기까지 했다. 아, 얼른 2학년이 됐으면, 얼른 3학년이 됐으면, 4학년, 5학년, 아― 생각만 해도 가슴이 울렁거렸다.

한창 먹어야 할 나이에 이런 식생활이었으니 몸이 어떻게 된다는 것은 뻔한 노릇이다. 날이 갈수록 눈이 기어들어 가고, 광대뼈가 불거져 올랐다. 그리고 키가 컸던 나는 젓가락처럼 꼬장꼬장 말라만

갔다.

　눈이 퀭하고 앙상하게 마른 우리 1학년생들은 모이면 화제가 절로 먹는 것으로 돌아갔다. 여름방학에 귀성하면 밥을 한 옹가지*('옹자배기'의 방언. 둥글넓적하고 아가리가 쩍 벌어진 작은 질그릇) 해 놓고 배가 터지도록 퍼먹는다느니, 그놈의 옥수수를 무더기로 삶아 놓고 원수를 좀 갚아야겠다느니 별별 이야기를 다하며 공연히 들 군침만 흘려대는 것이었다. 그런 이야기 끝에 언젠가 한 번은 식당 주방에 가면 먹을 것이 있을 것이다, 주방에 있는 벽장문을 열면 틀림없이 누룽지가 쌓여 있을 것이다, 우리 밤에 습격을 해버릴까? 이런 소리를 하며 두려우면서도 기분 좋은 웃음을 웃었었다.

　주방 벽장 안에 누룽지가 들어 있으리라는 것은 기숙사생은 누구나 다 짐작하고 있는 일이었다. 그 벽장 열쇠는 늙은 주방장이 언제나 고의춤에 차고 다닌다. 그러니까 딴 사람은 아무도 그 벽장에 손을 못 댄다. 그래서 상급생들은 그 벽장 안에는 삼년 묵은 누룽지가 처박혀 있을 것이라고 웃어대는 것이었다. 주방장은 언제나 저녁에 집으로 돌아갈 때, '유가다'(두루마기 비슷한 일본 옷) 속에 뭔가를 한 뭉치 불룩하게 감추어가지고 간다. 그게 바로 누룽지인 것이다. 그러나 주방의 그 여러 개 되는 큰 솥에서 긁어낸 누룽지의 전 분량은 결코 아닌 것이다. 다른 취사부들이 조금씩 나누어 먹는다 하더라도 역시 그 많은 분량을 전부 소비할 수 없는 것이다. 그러니까 자연 벽장 속에는 누룽지가 쌓여지게 마련이라는 결론이 나오는 것이다. 주방장이 그렇게 누룽지를 감추어가지고 돌아가는 것을 발견할라치면 우리는

　"고께메시―"(누룽지―)

"좃또 구렝까―"(좀 안 줄래―)

"좃또 구레―"(좀 다오―)

무슨 경사라도 난 듯이 떠들어대는 것이었다. 주로 상급생들이었다. 위층 아래층 이 방 저 방에서 빗발치듯 하는 바람에 주방장은 뭐라고 한마디 응수를 하지도 못하고 얼굴만 푸르락누르락하며 도망치듯 사라져버리는 것이었다. 한 번은 나도 용기를 내어

"보꾸모 좃또 구레―"(나도 좀 다오―)

소리를 질렀었다. 그러자 온 반원이 모두 웃었다. 나는 무슨 큰일이라도 한 것처럼 얼굴이 후끈거리고 기분이 좋았다.

이렇게 만날 배가 고파서 허덕이던 끝에 마침 기다리던 여름방학이 닥쳤다. 우리는 좋아서 못 견디었다. 귀성하는 전날 밤은 옳게 잠을 이룰 수가 없을 지경이었다. 방학이라는 것이 불과 십오 일간 밖에 되지 않았다. 그래도 좋았다. 십오 일간이 아니라 단 오 일간이라도 상관없을 것 같았다. 고향에 돌아가서 밥을 실컷 좀 먹어 젖힐 일을 생각하니 기쁘기 그지없었다. 칠월 이십오 일, 귀성의 길에 올랐다. 먼저 1학년과 2학년이 십오 일간 방학을 하고, 다음에 3,4,5학년이 십오 일간 방학을 하는 것이었다. 우리가 방학하는 동안 3,4,5학년은 근로봉사였다.

"어머니―"

소리를 지르며 집에 들어서자 뛰어나오신 어머니가 둘러멘 가방을 벗겨주시며

"아이고, 얼마나 고생했노, 얼마나…….."

어쩔 줄을 모르셨다. 그리고 내 얼굴을 똑바로 바라보시더니

"아이고 이런, 아이고―"

두 눈에 눈물이 핑 고이시는 것이었다. 너무나 여위었기 때문이었다. 아버지 역시 입맛이 쓰신 듯하였다. 그날 저녁, 나는 기숙사 반장 것보다도 더 수북하게 담은 밥그릇을 앞에 놓고 감개무량했다. 그러나 어찌된 셈인지 생각과는 달리 겨우 절반가량밖에 해치울 수가 없었다. 위장이 줄어들었는지, 집에 돌아온 것만으로도 푸짐했는지 모를 일이었다. 이튿날 아버지는 한약국에 가서서 약을 열 첩 지어가지고 오셨다. 그 약을 달여 먹으며, 나는 그동안 굶주렸던 배를 양껏 채웠다. 그래서 방학이 다 되어 갈 무렵에는 제법 얼굴에 살이 오르고 식욕도 대단해져 있었다. 방학이 끝나 집을 떠나던 날, 나는 무슨 몹쓸 곳으로라도 가는 것처럼 발길이 무겁고 슬프기까지 했다. 그래서 그만 어머니의 모습이 저만큼 안 보이게 되자, 질금질금 눈물을 흘려버렸다.

우리가 돌아오자, 교대로 3,4,5학년이 귀성했다. 그러자 기숙사는 온통 2학년생들의 왕국이 되고 말았다. 우리 1학년생들은 전 학년이 다 있을 때보다 어쩐지 더 켕기는 것 같았다. 3,4,5학년이 없는 동안에 단단히 좀 재미를 보자는 심산인지 2학년 놈들은 걸핏하면 기합이었다. 기합 가운데에서도 그 무서운 '후꾸로다다끼'를 곧잘 행사하는 것이었다. 고약한 녀석들이었다. 이런 때 잘못 걸리면 죽는 것이다. 조심해야지, 조심해야지 하면서도 결국 나도 걸리고야 말았다.

8월 14일, 그러니까 방학을 마치고 기숙사에 돌아온 지 나흘인가 닷새 되는 날이었다. 방학 동안에 먹은 한약의 효험이 너무 잘 나타나는지 식욕이 전에 없이 발동해서 벌써 견딜 수가 없었다. 그날 밤. 우리 반이 야경 담당이었다. 하룻밤에 한 반씩 야경을 하는

데, 기숙사만을 지키는 것이 아니라 온 학교 안을 두루두루 순찰하는 것이었다. 학교의 요소요소에 순찰함이 마련되어 있어서 시간시간에 순찰 카드를 가지고 가서 도장을 찍어 와야만 했다. 우리는 무서워서 두 사람씩 짝을 지어 차례를 정해놓고 순찰을 했다. 그날 밤, 나와 짝이 된 것은 인식이었다. 우리가 순찰을 돌게 된 시간은 새벽 한 시부터 세 시 사이였다. 인식이와 나는 별로 두려운 생각도 없이 카드와 후래쉬를 들고 순찰함을 찾아다녔다. 순찰을 한다기보다도 카드에 도장을 찍으러 다니는 셈이었다. 학교를 빙 한 바퀴 돌고 마지막 코스가 식당 쪽이었다. 식당 주방 입구에 순찰함이 걸려 있는 것이었다.

무심히 그 마지막 순찰함을 찾아가던 우리는 우뚝 걸음을 멈추었다. 주방의 창문 하나가 조금 열려 있는 것이 눈에 띄었던 것이다.

"웬일이지?"

"글쎄."

"도둑인가?"

"글쎄."

우리는 숨을 죽이고 조심조심 그 열린 창문으로 다가갔다. 가까이 가서 귀를 기울였으나 주방 안에서는 아무런 기척도 나지 않았다. 우리는 어둠 속에서 잠시 망설이다가 용기를 내어 그 창문 안으로 후래쉬를 비추었다. 잠시 긴장이 흘렀다. 그러나 주방 안은 아무 이상이 없었다.

"누구야?"

가만히 소리를 질러보았다. 그 소리가 주방 안에 울릴 뿐 아무 일이 없었다. 긴장이 확 풀리고, 이마에 맺힌 식은땀을 느낄 수가 있었다. 땀을 닦았다. 그러자 별안간 물씬 코에 스며드는 냄새가 있었다. 배춧국 냄새였다. 긴장이 풀리자 그 냄새가 코로 왈칵 밀려 들었던 것이다. 왜된장을 섞어 끓인 배춧국 냄새— 배에서 꼬르르 소리가 났다. 인식이도 그 냄새를 몹시 의식하고 있는 모양이었다. 우리는 서로 마주보았다. 그리고 빙긋 웃었다. 뜻이 통한 것이었다. 인식이가 먼저 창을 타 넘었다. 그 뒤를 내가 따랐다. 주방 안으로 들어서자 냄새는 더욱 강렬하게 후각을 자극했다. 노상 식사시간 에 식탁 앞에 꿇어앉아서 갈증이 나게 알맞게 맡아오던 그 냄새가 온통 주방 안에 가득 차 있는 것이다. 사정없이 창자가 꿈틀거렸 다. 그 냄새가 쏟아져 나오고 있는 곳을 찾아가 뚜껑을 열었다. 국 솥이었다. 솥 밑바닥에 한 바케스가량이나 되는 배춧국이 마치 우 리를 기다리고나 있는 것처럼 얌전히 담겨 있는 것이었다. 주먹만 한 군침이 목줄기를 타고 꿀컥 내려갔다. 인식이는 어느 결에 커다 란 국자를 찾아 들고 그 국을 푹 떠올리고 있었다. 그에게 뒤지고 있을 내가 아니었다. 국자가 얼른 눈에 띄지 않는 바람에 나는 우 선 손으로 커다란 배추 잎사귀를 한 가닥 집어 올려 입에 털어 넣 었다. 기가 막히게 좋은 맛이었다. 순찰을 돌러 나온 녀석들이 도장 찍은 카드는 아무렇게나 땅바닥에 떨어뜨려 놓고 배춧국에 정신이 팔려버린 것이다. 얼마나 퍼먹었을까, 목구멍으로 물이 꼬르륵 올 라올 무렵,

"누구야?"

고함소리가 뒤통수를 갈기는 것이었다. 그제야 내 정신으로 돌 아온 나는 아차! 싶었다. 이게 무슨 짓이냐 싶었으나 이미 때는 늦 어 있었다. 인식이는 질겁을 하고 국자를 땅바닥에 떨어뜨렸다. 쩽!

울리는 그 소리에 나는 목을 찔끔 움츠리며 몸서리를 쳤다. 창문으로 우리를 들여다보고 있는 얼굴은 우리 반 사람은 아니었으나 분명히 2학년생의 얼굴이었다. 자다가 일어나 변소에라도 갔다 오는 모양이었다. 더럽게 걸린 것이다.

인식이와 내가 2학년생들이 모두 모인 방으로 불려간 것은 이튿날 정오경이었다. 나는 아랫입술이 자꾸 떨려 견딜 수가 없었다. 인식이도 얼굴이 형편없이 질려 있었다. 방문을 열고 우리가 들어서자 방 안은 별안간 조용해졌다. 수많은 눈알들이 일제히 우리 두 사람에게로 퍼부어지는 것이었다. 이제 죽었구나 싶었다.

"소와레!"(앉어!)

매서운 목소리였다. 우리는 덜덜 떨리는 무릎을 꺾고 조그맣게 꿇어앉았다.

"얼굴을 보니 두 놈 다 얌전케 생겼는데……."

누군가가 이런 소리를 꺼내자 방 안의 공기가 흔들렸다.

"글쎄 말이야."

"아마 순찰을 돌다가 환장을 했던 모양이지."

"배춧국을 퍼먹고 하룻밤 사이에 살이 쪘는데……."

"치사하다, 치사해."

실내가 떠들썩해지자

"조용히들 해."

하고는

"자, 씌워!"

날카로운 목소리가 떨어졌다. 나는 불알 쪽이 싸늘하게 굳어드는 것을 느끼며 두 눈을 찔끔 감아버렸다. 자룬지 보자긴지 알 수

244

없었으나, 아무튼 내 두부는 무슨 베로 싸여지고 말았다. 나는 온몸이 경련을 일으킨 듯 와들와들 떨렸다. 그리고 어쩐지 의식이 가물가물 멀어져가는 것만 같았다.

"아이고 엄마야―"

인식이는 벌써부터 비명을 지르고 있었다. 기적 같은 사실이 일어난 것은 바로 그 순간이었다. 복도를 요란하게 뛰어오는 소리가 나더니 방문이 드르릉 열렸다. 그리고 누군가가 냅다

"닛뽕가 마께다요!"(일본이 졌어!)

소리를 지르는 것이었다.

"뭐?"

"뭐?"

"정말이야?"

모두 깜짝 놀라 어리둥절 하는 것이었다.

"방금 중대 방송이 있었어. 덴노헤이까(천황폐하)가 직접 방송하는데 무조건 항복이야."

"정말?"

"정말?"

"아이고―"

실내는 발칵 뒤집히고 말았다. 쿵쿵쿵쿵…… 방바닥이 마구 울렸다. 나는 정신이 얼얼했다. 잠시 후, 방 안이 조용하기에 씌운 것을 가만히 벗겨보니 실내에는 나와 인식이만이 댕그라니 앉아 있을 뿐 아무도 없었다. 인식이는 아직 그대로 보자기를 둘러쓰고 있었다. 나는 벌떡 일어서며 킬킬킬 웃었다. 보자기를 둘러쓰고 조그맣게 웅크리고 앉아 있는 모습이 하도 우습고 을씨년스러워서 그 위

로 주먹을 가볍게 한 대 내리쳤다. 그리고 보자기를 훌렁 벗겨주며

"자식아, 일어나! 살았어, 살아."

했다. 그러나 인식이는 아직도 얼떨떨한 모양이었다.

일본이 무조건 항복을 한 것이 잘 된 일인지 그렇지 않은 일인지, 그런 것은 나는 얼른 알 수가 없었다. 그저 그 2학년 녀석들한테서 '후꾸로다다끼'를 면한 것만이 한없이 기뻤다. 무슨 홍재*('횡재'의 방언)라도 만난 듯 기분이 좋았다. 그러나 아직 완전히 마음을 놓을 수는 없었다. 나는 얼른 문밖으로 뛰어나가 어디로 도망치듯이 긴 복도를 내달았다. 폴짝폴짝 뛰면서 내달았다.

《문학춘추》(1964. 10)

낙도(落島)

　맨 마지막째 아이가 걸상에 앉았다. 창국이었다. 창국이는 고개를 약간 숙이고 두 눈을 지그시 감는다.

　김 선생은 팔이 뻐근해서 잠시 팔뚝을 흔들어 근육의 피로를 풀었다. 그리고 창국이의 고슴도치 같은 머리를 내려다보며,

　"야 이놈, 너 몇 달이나 머리 안 깎았노?"

　대갈빼기에 꿀밤을 한 개 먹였다.

　창국이는 목을 움찔한다. 김 선생은 싱글 웃으며, 바리캉을 아이의 이마빼기에 갖다 들이댔다.

　싸빡싸빡싸빡…… 바리캉이 고슴도치 잔등 같은 머리를 먹어 들어간다. 성냥개비 길이만큼이나 한 머리칼이 우수수 떨어지며 신작로가 생긴다. 쇠똥이 누룽지처럼 눌어붙은 지저분한 신작로다.

　"고개 들어, 고개."

　김 선생은 콧등에 주름살을 잡았다. 이 녀석은 다른 아이들보다

유난히 머리 밑이 지저분한 것이다.

햇빛이 그 지저분한 쇠똥 위에 졸졸졸 쏟아져 내린다. 교사 추녀 밑 양지쪽에 자리를 잡은 것이다.

벌써 봄이 온 듯 따스한 오후였다.

찰싹찰싹…… 물결이 모래밭을 적시고 있다. 먼 수평선은 은빛으로 번쩍거리며 둥그렇게 부풀어 올랐다. 갈매기가 서너 마리 흰 손수건처럼 나부끼고 있다.

　　푸른 바다 건너서
　　봄이봄이 와요.
　　제비 앞장세우고
　　봄이봄이 와요.

교실에서 노랫소리가 흘러나오기 시작했다. 여생도들의 합창하는 소리였다. 안 선생이 제법 매끌매끌한 목청을 뽑아 아이들의 노래를 고쳐주곤 한다.

김 선생은 절로 콧노래가 흥얼거려졌다. 바리캉이 더욱 경쾌하게 움직인다. 그리고 김 선생의 턱에서 곪아가고 있는 커다란 여드름 한 개가 유난히 노랗게 반질거린다.

내일 학예회가 열리는 것이다. 개교기념일이 내일인 것이다.

개교기념일을 축하하고, 이번에 처음으로 졸업하는 스무 명 남짓한 제1회 졸업생을 환송하는 뜻에서 학예회를 개최하기로 한 것이다.

이 학교가 생긴 이후로 처음 열리는 학예회였다. 섬에는 학교가 이것 하나밖에 없다. 그러니까 이 섬사람들은 학예회라는 것을 처음으로 구경하게 되는 셈이다.

개교기념일 날 학예회가 열린다는 바람에 섬사람들은 학예회가 어떤 것인지 잘 알지도 못하면서 벌써부터 그에 대한 얘기들이 자자했고, 손꼽아 그날을 기다려오고 있는 터였다.

그러니 자연 학교 선생들도 있는 힘을 다하는 수밖에 없었다.

선생이래야 김 선생, 안 선생, 그리고 박 교장 이렇게 겨우 세 사람밖에 안 되지만.

노래와 무용은 여교사인 안 선생이 맡았고, 동극은 김 선생이 맡아 각본을 만들고 지도를 했다. 그 외에 책읽기, 이야기하기 같은 것 몇 가지를 박 교장이 담당했다.

그래서 그럭저럭 연습이 되어 내일은 그 막을 올리게 된 것이다.

김 선생은 창국이의 뒷덜미께를 싸빡싸빡 마저 문질러버리고 다시 한 개 꿀밤을 주며,

"집에 가서 쇠똥 하나도 없도록 씻는다. 알겠나?"

"예."

"깨끗하게……."

"예."

창국이는 걸상에서 일어나 선생님에게 꾸벅 절을 하고는 쪼르르 달려간다.

동극에 출연하는 아이들의 머리를 죄다 깎아주고 난 김 선생은 뻐근한 손목을 까딱까딱 흔들며, 봄이봄이 와요를 가볍게 휘파람으로 불었다. 그리고 걸상을 들고 자리를 뜬다.

운동장을 달려가던 창국이가 어떤 부인에게 허리를 크게 꺾어

절을 하는 것이 눈에 띄자, 김 선생은 가만히 멈추어 섰다.

빨간 스웨터에 역시 빨간 털모자를 눌러쓴 여자였다.

"조 여편네가 무슨 일로 학교에……."

김 선생은 공연히 못마땅해졌다.

전도부인(傳道婦人)이었다. 빨간 스웨터까지는 좋은데, 빨간 털모자를 눌러쓴 꼬락서니는 아무리 관대하게 보아주려고 해도 눈 밖에 나는 것이었다.

"재수 없게……."

김 선생은 괜히 투덜거렸다.

몇 해 전, 이 섬에 처음으로 예배당이 세워지자, 육지에서 건너온 여자였다. 그때도 아직 바람이 쌀쌀한 무렵이어서 그녀는 지금의 저 빨간 털모자를 쓰고 있었다.

섬사람들은 그녀를 어디 먼 딴 세상에서라도 온 사람처럼 이상한 눈으로 바라보았다. 역시 문제는 그 빨간 털모자에 있었다. 빨간 털모자를 납작하게 눌러쓴 여자의 꼬락서니를 보고 노인네들은 모두 눈 흰자위를 힐끗힐끗 드러내며 요물이라고 뒤에서 쑥덕거렸다. 그러나 젊은 축과 어린애들은 그렇지가 않았다. 오히려 그 빨간 털모자가 신기하고 재미있게만 보였다.

그래서 그녀의 예배당에는 먼저 어린애들과 젊은 축들이 발을 들여놓았다.

예배당이 세워지고 전도부인이 오자, 섬에는 또 하나 새로운 종소리가 울려 퍼졌다. 그 종소리는 학교의 종소리보다 월등히 우렁찬 것이었다. 학교의 종소리는 땡땡땡…… 이렇게 울리는데, 예배당의 그것은 깡깡깡…… 이렇게 울리는 것이었다.

우리 섬도 이제 어제가 옛날이라고, 좋아하는 사람도 있었고, 더러는 못마땅해 하는 이도 있었다.

빨간 털모자가 직원실로 들어가는 것을 보자,

"재수 없게 무슨 일일까?"

김 선생은 괜히 자꾸 투덜거리며 걸상을 들고 교실로 갔다.

두 개의 교실을 하나로 터서 제법 강당이 마련되었고, 정면에는 무대가 만들어져 있었다. 무대 위에 여생도들이 줄을 지어 서서 내일 노래 부를 곡을 마지막 연습하고 있었다.

"봄이 보옴이 와이요……."

조그만 풍금 앞에 앉아서 목청을 뽑아 울리던 안 선생은 김 선생과 시선이 마주치자, 살짝 귀밑을 붉히며 웃었다.

김 선생도 여드름이 반질거리는 턱을 약간 쳐들며 싱긋 했다. 그리고 풍금 곁에 가 서서 가볍게 움직이는 안 선생의 연한 손가락들을 가만히 내려다본다.

잠시 후, 난데없이 종이 울렸다. 땡 땡 땡…… 직원 집합을 알리는 종소리였다. 좀처럼 울리는 일이 없는 직원 집합 신호였다. 세 사람밖에 안 되는 직원이라, 그렇게 종으로 신호를 해서까지 집합을 하는 일은 거의 없었다. 한 집안 식구가 한 방에 모이듯 자연스럽게 모이고 헤어지고 하는 터였다.

가볍게 움직이던 안 선생의 손가락들이 건반 위에 멎었다.

"웬일이지예?"

"빨간 털모자가 오더니……."

김 선생은 괜히 불평조로 말했다.

"전도부인요?"

"예."

"무슨 일인가예?"

"글쎄 말입니더."

김 선생과 안 선생은 앞서거니 뒤서거니 직원실을 향했다.

박 교장은 두 손을 책상 위에 한데 모아 쥐고 곧장 비비적거리며 좀 난처한 듯한 표정을 하고 있었다. 그 곁에 전도부인이 빨간 털모자를 납딱 그대로 눌러쓴 채 눈을 반질거리며 앉아 있었다.

안 선생은 눈으로 약간 웃으며 그녀에게 인사를 했다. 그녀도 얄팍한 입술에 웃음을 띠었다. 그러나 김 선생은 아는 체를 하는 둥 마는 둥 제자리에 가서 앉았다.

김 선생과 안 선생이 자리를 잡고 앉자, 박 교장은 모아 쥔 손을 더욱 비비적거리며 잠시 망설이다가,

"에…… 다름이 아니라, 저…… 전도부인님의 말씀이……."

띄엄띄엄 말을 떼놓기 시작했다.

내일 예배당에서 특별한 행사가 벌어지게 되었다는 것이다. 여러 교인들이 세례를 받게 된다 한다. 세례도 보통 세례와는 달리 서양 선교사가 일부러 와서 세례를 베푼다는 것이다. 그런데 학교의 학예회와 한날이 되어서…….

박 교장은 다음 말을 얼른 떼놓지 못하고 입맛을 쩝쩝 다셨다. 그러자 전도부인이 재빨리 얄팍한 입술로,

"학예횔 하루 늦추어 줬음 좋겠어요."

하는 것이었다.

김 선생은 한 대 얻어맞는 것 같은 느낌이었다. 욱! 하고 속에서 무엇이 치밀어 올랐다. 안 선생도 안색이 홱 달라지며 시선을 김 선

생에게로 돌렸다. 박 교장의 난처한 듯한 시선과 전도부인의 반질반질한 눈길도 동시에 김 선생에게로 모였다.

잠시 조그만 직원실 안에 팽팽하게 긴장감이 감돌았다.

김 선생은 눈꺼풀을 파르르 떨며,

"안 됩니더."

한마디로 잘라버렸다.

김 선생의 대답이 떨어지자, 이번에는 안 선생과 박 교장의 시선이 재빨리 전도부인에게로 옮았다. 김 선생도 싸늘한 눈길로 전도부인의 그 빨간 털모자를 노려보다시피 했다.

그러자 전도부인의 얼굴에는 의외에도 웃음이 떠올랐다. 어딘지 모르게 어색하고 온기가 없는 웃음이긴 했으나 그녀는,

"그렇게 화내실 건 없어요. 조그만 섬에 같이 살면서……."

이렇게 부드러운 목소리로 말하는 것이었다.

김 선생은 속으로 보통내기 아니구나 싶으며 꿋꿋하게 팔짱을 끼었다.

전도부인은 학교장을 바라보며 말을 이었다.

"그러시담 할 수 없죠. 그러나 시간을 좀 늦추어 주시든지 좀 일찍 끝내주실 순 있겠죠? 교장 선생님."

"글쎄요. 예배가 몇 시부터 시작됩니까?"

"열한 시부텁니다."

"열한 시부터라…… 김 선생, 어떻겠어요? 그 전에 끝마칠 수 있을까요?"

"그렇게 빨리 끝이 안 날 겁니더."

"그럼, 그 후에 시작하면 어떨까?"

"그 후라니요. 예배가 열한 시에 시작된다는데…… 몇 시에 끝날지 압니꺼? 이미 프로그램도 다 등사해 놓았심더. 시간까지 다 예정이 돼 안 있습니꺼."

"……."

박 교장은 공연히 고개만 사꾸 끄덕서린나.

그러자 전도부인의 말투에 약간 서슬이 섰다.

"그럼, 우리 예배시간에 세례 받을 아이들만이라도 좀 교회로 보내주세요. 그렇겐 할 수 있겠죠?"

"……."

"그렇게도 못 해주시겠어요?"

대들 것 같은 기세에 박 교장은 얼른 김 선생의 눈치를 힐끔 보고는,

"그렇겐 안 되겠습니꺼. 잘 의논해 보죠."

이렇게 말했다.

"그럼 그렇게 알고 가겠어요."

전도부인은 모자를 쓴 채 고개를 까딱 숙여 인사를 하고는 얄팍한 입술을 꼭 물고 돌아서 나간다.

김 선생은 여전히 팔짱을 끼고 꿋꿋하게 앉아서 돌아서 나가는 전도부인의 뒷모습을 바라보고 있었다. 운동장으로 차츰 작아져가는 그 빨간 털모자가 콱 쥐어박고 싶도록 얄밉게만 보였다.

예정대로 아침 열 시에 학교의 종이 울렸다.

땡땡 땡땡 땡땡…… 여느 때보다 월등히 힘차고 경쾌한 종소리가 섬 구석구석까지 울려 퍼졌다.

물론 김 선생이 치고 있었다. 김 선생은 입언저리에 히죽이 웃음을 띠고 예배당의 뾰족한 지붕께를 바라보며 계속해서 자꾸자꾸 종을 두들겼다.

안 선생이 곁으로 와서,

"이제 그만해예."

의미 있는 웃음을 웃는다.

강당에는 벌써 구경꾼들이 버글버글 넘치고 있었다. 종소리가 나자 장내는 더 시끌짝해졌다.

운동장으로 이제 들어오고 있는 늦은 축들은 종소리가 울리자 허겁지겁 잰걸음들을 친다. 어떤 사람은 마구 뛰어오기까지 한다.

종소리가 멎고, 잠시 후 무대 뒤에서 이번에는 징소리가 울렸다. 징징징…… 그리고 막이 서서히 양쪽으로 갈라져 나갔다.

야아, 와아, 잠시 장내는 환호성으로 들끓었다. 남생도 한 아이가 무대에 나타나자 환호성은 가라앉고 장내는 마침내 물을 끼얹은 듯이 조용해졌다.

아이는 관중을 향해 얌전히 절을 하고는 물고기처럼 입을 발름발름 벌리며 개회사를 늘어놓기 시작했다. 꽤 긴 인사말을 줄줄 거침없이 쏟아놓은 바람에 구경꾼들은 모두 혀를 내둘렀다.

"……그럼 지금부터 이 역사적인 학예회가 시작되겠사오니 조용히 잘 보아주시고 많은 박수를 보내주시기 바랍니다."

아이는 이렇게 인사말을 맺고 무대에서 물러나갔다.

맨 첫 프로는 여생도들의 합창이었다. 봄이 봄이 와요였다. 안 선생의 풍금소리에 맞추어 여생도들은 경쾌하게 노래를 부르기 시작했다. 기운차고 명랑한 노랫소리는 실내에 가득 넘치고, 창밖으로 멀리 퍼져나갔다. 구경꾼들의 얼굴에도 봄이 온 듯 환한 빛이 감돌았다.

이렇게 해서 참으로 역사적인 학예회는 시작된 것이었다.

무대에 나오는 아이들은 대게 깨끗한 옷을 입고 있었다. 설날 같은 때에나 입는, 말하지면 자기 옷 가운데서 가장 고급 것을 입고 있는 것이었다. 그런데 간혹 묘하게 생긴 옷을 입고 있는 아이가 있었다. 양복은 양복인데 흔히 있는 그런 것이 아니라 이상한 모양과 빛깔의 옷이었다. 깃이 유난스럽게 생긴 것이 있는가 하면 섶이 동그랗게 만들어진 것도 있고, 단추가 얄궂게 생긴 것도 있었다. 빛깔도 딴 아이들 것과 달라서 두드러지게 눈에 띄었다.

그것도 위아래 것이 같은 것이면 또 괜찮겠는데, 대게는 그렇지가 않았다. 어떤 아이는 솜바지에다 그런 윗도리를 입고 있기도 했다. 꼴불견이 아닐 수 없었다.

무대에 나오는 아이들뿐 아니라 구경을 하고 있는 아동들 가운데에도 그런 아이가 더러 있었다. 그리고 아이들뿐 아니라 간혹 어른들 가운데에도 그런 윗도리를 입고 있는 사람이 눈에 띄었다. 여자들 가운데에는 전도부인의 스웨터와 비슷한 털옷을 입고 있는 사람도 있었다. 그러나 전도부인의 것보다는 어느 모로나 허름한 물건이었다.

이런 옷을 입고 있는 사람들은 모두 예배당에 나가는 사람들이었다. 예배당에 나가도 아주 열심히 나가는 축들이었다. 아이들도 마찬가지였다.

그것은 교회 계통에서 나오는 구호물자인 것이었다. 서양 아이들의 입다 남은 옷, 서양 어른들의 입다 버린 옷가지들이었다. 그러나 그것은 말하자면 진짜 양복인 것이었다.

그런 진짜 양복을 입은 아이와 조선 옷을 입은 아이들이 뒤섞여 학예회의 프로는 예정대로 잘 진행되어 나갔다.

학교에서 학예회가 진행되고 있는 동안 전도부인은 예배당 종각 밑에 서서 초조한 표정으로 먼 바다를 바라보고 있었다. 선교사가 타고 올 배를 기다리고 있는 것이었다.

먼 수평선은 오늘따라 더 눈부시게 번쩍거리고, 바다는 물감을 풀어놓은 듯 신선한 빛깔로 출렁거리고 있었다.

전도부인은 팔뚝시계를 들여다보기도 하고, 이따금 학교 쪽을 바라보며 못마땅한 표정을 짓기도 했다.

섬 안의 거의 모든 사람들이 학예회를 구경하러 학교로 몰려가고, 예배당에는 겨우 여남은 사람이 나타났을 뿐이었다. 전도부인은 심사가 좋질 않았으나 아직 마음의 여유를 가질 수가 있었다. 종소리가 울리면 신자들은 모두 예배당으로 몰려올 것이며, 아동들 가운데서도 오늘 세례를 받을 아이들은 모두 나올 것이기 때문이었다.

오늘은 서양 선교사가 오기 때문에 특별히 구호물자도 많이 가지고 올 것이라고 미리부터 단단히 말을 퍼뜨려 놓았으니, 어쩌면 신자 아닌 사람도 많이 모여들 것이라고 전도부인은 적이 마음이 놓이기도 했다. 학예회 도중에 많은 관객과 아동들을 끌어내 버린다는 것은 매우 기분 좋은 일이라고, 그녀는 내심 고소한 웃음을 웃기도 했다.

열한 시가 거의 다 됐을 무렵이었다.

먼 수평선에 가느다란 실낱같은 것이 나부끼기 시작했다. 그리고 가뭇가뭇한 형체가 나타났다. 배였다. 육지에서 섬으로 오는 뱃길이 틀림없었다.

전도부인의 얼굴에 화색이 활짝 돌았다.

"온다! 온다……."

그녀는 저도 모르게 소리를 지르며 후닥닥 종각의 줄을 풀었다. 그리고 두 손으로 줄을 불끈 거머쥐고 마구 잡아당기기 시작했다.

깡깡깡깡깡깡…… 요란한 종소리가 온 섬 안에 크게 울려 퍼졌다. 학예회 시작을 알리던 학교의 종소리보다 월등히 큰 종소리였다. 종소리는 섬 안을 뒤흔들고 먼 바다로 바다로 언제까지나 그칠 줄을 모르고 울려나갔다.

예배당의 종소리가 그칠 줄을 모르고 울려오자, 박 교장은 관객들 앞으로 나가 섰다. 방금 상급학년 여생도 몇 아이의 도라지타령 무용이 끝나고 막이 내린 뒤였다. 구경꾼들은 모두 그 신명나고 멋들어진 춤에 도취되어 침들을 삼키며 떠들어대다가 교장이 앞으로 나와 서자 무슨 일인가 하고 교장에게로 시선들을 모았다.

박 교장은 천천히 입을 열었다.

"여러분에게 한마디 말씀드리겠심더."

예배당에서 모이라는 종이 저렇게 울리고 있으니, 신자 되는 이들은 가보는 것이 좋을 것이라는 요지의 말이었다. 어제 전도부인이 와서 오늘 무슨 특별한 예배가 있다고 당부를 하고 갔으니, 그쯤 알고 자유의사대로 행동을 하라고 했다. 그리고 구경하는 아동들 쪽을 바라보며, 아동들 가운데서도 오늘 세례를 받기로 되어 있는 사람은 예배당으로 가도 좋다고 일렀다.

"자, 그럼 잠시 후에 오늘 학예회의 가장 재미있고 중요한 종목인 아동극을 시작하겠으니 많이 기대해 주시기 바랍니다."

끝으로 이렇게 다음 프로를 소개하고 박 교장은 무대 뒤로 사라졌다.

그러자 장내는 별안간 벌집을 쑤셔놓은 듯 떠들썩해졌다. 깡깡 깡깡…… 종소리는 여전히 울려오고 있었다. 막 뒤에서는 연극무대를 꾸미느라고 퉁탕거렸다.

관객들 가운데서 서너 사람의 아낙네가 자리에서 부스스 일어났다. 물론 신자들이었다. 그러나 다른 사람들이 아무도 자리에서 일어나지 않는 것을 보자, 아낙네들도 머무적거리다가,

"아무도 안 일어나네."

"글쎄. 우리도 도로 앉을까?"

"그럴까. 오늘만 믿지 말지 뭐."

"까짓 것 그러지 뭐."

"헤헤헤……."

"히히히……."

웃으며 도로 자리에 앉아버린다.

오늘 학예회 가운데서 가장 재미있는 아동극이 시작된다는 바람에 아이들 가운데서도 아무도 예배당으로 가려고 나서는 아이가 없었다. 몇몇 아이가 일어서서 창밖으로 예배당을 내다보며,

"안 가도 될까?"

"되지 뭐."

"전도부인님 뭐라 카면 우야노?"

"선생님이 못 가게 했다 카지. 난 오늘만 예수 안 믿을란다."

"헤헤헤…… 나도 그럴란다."

좋아서 서로 킬룩킬룩 웃었다.

김 선생은 아동극의 무대 꾸미기에 바빴다. 마분지로 만든 나무를 세우고, 풀을 적당한 자리에 장치하고, 걸상 하나를 나무 밑에 갖다 놓았다. 그렇게 바쁘게 돌아가고 있는데,

"선생님!"

곁으로 다가서는 아이가 있었다. 창국이었다. 이번 극에 살짝 몇 차례 등장하는 말단 역을 맡고 있었다.

"와?"

"저……."

창국이는 잠시 머뭇거리다가,

"예배당에 가야 됩니더."

손을 뒤통수로 가져가는 것이었다.

"뭐라?"

김 선생은 어이가 없어서 피식 웃으며 창국이를 노려보았다.

"오늘 세례 받는 날입니더. 꼭 가야 됩니더."

"지금 곧 극이 시작되는데?"

"그래도 가야 됩니더."

"이 녀석이 정신 나갔나…… 극이나 끝나거든 가란 말이다!"

"끝나면 늦심더. 오늘 세례 받고 양복도 받심더."

"뭐, 양복?"

"예, 구호물자 말입니더."

"에라잇 자식!"

김 선생은 그만 녀석의 뺨을 한 대 올려붙였다. 그러자 창국이는 볼을 두 손으로 감싸며 팍 고개를 숙였다. 어제 빡빡 깎아준 머리

에 아직 쇠똥이 그대로 눌어붙어 있었다.

김 선생은 이번에는 그 머리빡을 콱 쥐어박았다.

"이 녀석아! 세례 받을 놈이 쇠똥이 이기 뭐고. 세례고 뭐고 대갈빡이나 깨끗이 해라구마!"

창국이는 울상을 하고 슬금슬금 무대 뒤로 꺼졌다.

잠시 후, 징소리와 함께 막이 올랐다. 구경꾼들은 제각기 목줄기를 있는 대로 뽑아 올리며 눈들을 번들거렸다. 갓을 쓴 영감이 지팡이를 짚고 나타나자, 와아 장내에 웃음이 넘쳤다.

깡깡깡깡…… 예배당의 종소리는 아직도 안타깝게 울리고 있었다.

수평선에 나타난 배가 차츰 커져서 이제 저만치 손에 잡힐 듯이 보이자, 전도부인은 안절부절이었다. 학교에서 아무도 나오는 기척이 없었기 때문이었다. 그녀는 깡깡! 마지막 종을 힘껏 그러나 신경질적으로 치고는 줄을 놓았다. 그리고 총총걸음으로 비탈길을 내려가기 시작했다. 나루터를 향해 가는 것이었다.

배는 파란 하늘에 퐁퐁퐁…… 동그란 연기를 뿜어 올리며 가볍게 미끄러져 오고 있었다. 육지의 교회에서 섬을 순례할 때 빌려 쓰는 통통배였다.

배가 나루에 닿자, 전도부인은 얼른 빨간 털모자를 벗었다. 그리고 배에서 내리는 선교사 앞으로 다가가 허리를 깊숙이 꺾었다.

서양 선교사는 커다란 손을 내밀며 은은한 웃음을 지었다.

"수코합니다."

움푹 꺼져 들어간 눈자위 속에서 노란 두 눈동자가 마치 무슨 진귀한 보석처럼 빛나고 있었다. 전도부인은 황송한 듯 머리를 조아리며 선교사의 큼직한 손을 두 손으로 받들어 모셨다. 어색한 악수였다.

선교사와의 악수가 끝나자 이번에는 전도사가,

"수고 많지요?"

하며, 친숙한 표정으로 다가온다.

"오시느라고 욕보셨죠?"

"뭘요. 날씨가 좋아서 기분이 상쾌했어요. 많이 모였나요?"

그러자 전도부인은 눈앞이 노래지는 것 같았다.

"마침 오늘 학교에서 학예횔 하는 바람에…… 별로 많이 모이지 않았어요."

"그래요? 어디 어서 가 봅시다."

전도부인은 허둥지둥 앞장을 섰다.

선교사는 섬을 이리저리 둘러보며,

"경치 매우 훌륭합니다. 경치."

곧장 감탄을 한다.

꽤 큰 짐이 한 덩어리 배에서 내려지고 있었다. 물론 그것은 구호물자였다.

전도부인의 뒤를 따라 예배당 안으로 들어선 선교사는 어이가 없는 듯 노란 두 눈을 깜작거리다가 허어 웃었다. 전도사는 얼굴빛이 홱 달라지며,

"아니, 이게 전부란 말입니까?"

깜짝 놀라는 것이었다.

불과 여남은 사람이 마룻바닥에 모여 앉아 있는 것이 아닌가. 더구나 아이들은 하나도 보이지 않고…… 너무나도 예상외의 일이라 선교사와 전도사는 마주보며 쓰디쓰게 입맛을 다셨다.

전도부인은 구멍이라도 있으면 들어가 버리고 싶은 심정이었다. 얄팍한 입술이 파랗게 질려 있었다.

"오늘 세렐 받을 교인들도 다 안 모이다니 도대체 이게 무슨 일이요? 모처럼 오신 선교사님의 위신이 뭐가 됐소? 대성황을 이루도록 하겠다고 장담이더니······."

전도사는 참을 수가 없는 듯 목덜미에 퍼런 핏대를 세웠다.

"학교 학예회 때문에······."

전도부인은 곧 울상이었다. 그러자 마룻바닥에 모여 앉은 신자들도 조그맣게 굳어져서 움직일 줄을 몰랐다.

"학교 학예회가 무슨 상관이요. 교인들의 믿음이 약해서 그렇지······."

"······."

"다 전도부인의 책임인 줄 아시오."

실내에 냉랭한 기운이 감돌았다.

그러자 그 자리에 멀뚱히 서 있던 선교사가 두 눈을 껌벅껌벅하더니 뜻밖에도 얼굴에 부드러운 웃음을 떠올리며,

"크럼, 어서어서 예배 시작합니다."

하고, 뚜벅뚜벅 점잖은 걸음으로 단 위로 올라서는 것이었다.

전도부인은 선교사의 의외의 거동에 눈이 번쩍 띄었다. 그리고 가슴에서 뜨거운 것이 복받쳐 오르는 것을 어쩌지 못해 얼른 모여 앉은 신자들 곁으로 가서 꿇어앉아, 단위에 선 선교사의 모습을 마치 하나님이라도 바라보는 듯 경건하고 감격적인 표정으로 우러러보는 것이었다. 두 눈에는 번질번질 눈물이 어려 있었다.

전도부인이 곁으로 와서 꿇어앉자, 지금까지 평좌를 하고 있던

신자들도 모두 우루루 무릎을 꿇었다.

그러나 전도사의 표정은 여전히 풀리지가 않았다.

단 위에 올라선 선교사는 부드럽고 인자한 목소리로 말했다.

"챤송가 오백이십오 장."

모두 오백이십오 장을 펼쳤다.

아직 생긴 지가 얼마 안 되는, 낙도의 조그만 예배당인지라, 풍금 같은 것이 있을 리가 없었다. 그저 목청을 돋우어 함께 노래 부르는 것이었다.

예수의 전한 복음

천하에 퍼지니

어두운 나라 백성

그 말씀 듣도다.

음정이 잘 맞지도 않는 찬송가가 실내에 울려 퍼졌다. 찬송가가 끝나자 다음은 기도였다. 서양 선교사 앞이라 그런지 신자들은 여느 때보다 훨씬 깊이 머리를 숙였다.

선교사는 커다란 두 손을 모아 쥐고 지그시 눈을 감았다.

"하늘에 계시는 아버지 하나님이시여. 이 가난한 섬의 형제들에게 커룩하신 은총을 나려 주소서……."

어떤 신자는 살짝 얼굴을 쳐들고, 기도를 드리고 있는 선교사의 모습을 힐끔 훔쳐보기도 했다.

"이 가난하고 무지한 섬의 형제들이 모두모두 당신 앞으로 나와 은총을 누릴 수 있도록 아버지 하나님이시여, 커룩하신 마음을 베풀어 주소서. 아아멘."

"아아멘."

이렇게 기도가 끝났을 때였다. 덜커덩! 문이 열렸다. 그리고 아이
하나가 뛰어 들어왔다. 창국이었다.

숨을 헐떡거리며 창국이가 뛰어 들어오자, 실내의 모든 시선이
창국이에게로 집중되었다. 모든 사람의 시선을 받으며 창국이는
전도부인 곁으로 가서 납작 꿇어앉았다. 그리고 단 위에 서서 내려
다보고 있는 선교사의 얼굴을 신기한 듯이 가만히 우러러보는 것
이었다. 선교사가 두 눈에 노란 웃음을 짓자, 창국이도 따라서 헤
에 웃었다.

전도부인은 다른 사람 몰래 창국이의 옆구리를 살짝 꼬집었다.

"혼자만 왔니?"

"예."

"왜? 이렇게 늦었지?"

"선생님이 못 가게 안 합니꼬."

"뭐? 못 가게 해?"

"예."

"왜?"

"학예회 끝나거든 가라고예."

"너거 선생 김 선생이지?"

"예."

그러자 전도부인은 얄팍한 입술을 파르르 떨었다.

"그놈의 새끼 어디 두고 보자. 그놈의 새끼……."

다음은 세례였다. 세례 받을 사람만 앞으로 나와 한 줄로 앉았

다. 모두 네 사람이었다. 예정은 열 사람이 훨씬 넘었는데, 학예회 구경을 간 듯 나타나지 않는 것이었다.

앞으로 나와 앉은 네 사람 가운데에 창국이도 한 자리를 차지하고 있었다. 다른 세 사람은 입을 꼭 다물고 긴장된 표정을 하고 있었으나 창국이는 무엇이 그렇게 좋은지 곧장 싱글벙글했다.

전도부인이 떠다 바친 물그릇을 들고 선교사가 단 위에서 내려와 앞으로 다가오자, 창국이는 이상한 듯이 두 눈을 동그랗게 떴다. 선교사는 은은한 미소를 지으며, 그 물그릇의 물을 찍어서 창국이의 쇠똥이 눌어붙은 머리 위에 몇 방울 떨어뜨렸다. 창국이는 모가지를 움찔했다. 그리고 선교사를 힐끔 쳐다보며 헤에 했다.

물을 떨어뜨리고 나선 선교사는 창국이의 머리 위에 한 손을 얹었다.

"커룩하신 아바지 하나님이시여, 이 양같이 순진한 당신의 아들에게 영원한 성은을 나리사, 공부도 차리 하고, 운동도 차리 하고, 선생님 말씀도 차리 듣는 착한 아이가 되게 하소서. 아아멘."

창국이는 목을 움츠리고 눈을 깜작깜작하다가 코를 훌쩍 들이마셨다.

전도사도 이제 좀 심사가 가라앉은 듯 히죽이 웃고 있었다.

세례가 끝나고, 다시 찬송가가 울렸다.

　　이 세상의 모든 죄를
　　밝히시는 주의 보혈
　　성자 예수 그 귀한 피
　　찬송하고 찬송하세.

창국이는 물고기처럼 입을 짝짝 벌리며 누구보다도 힘차게 노래를 불렀다.

예배가 끝나자, 이번에는 구호물자의 배부였다. 선교사의 지시에 따라 커다란 짐 덩어리를 가지고 와서 마룻바닥에 풀어 헤치자, 신자들은 모두 와아 저도 모르게 환호성을 울렸다. 창국이는 손뼉을 딱딱 치기까지 했다.

남자 것, 여자 것, 어른 것, 아이 것…… 별별 것이 다 있었다. 주로 옷이었다. 간혹 양말이랄지 운동모자, 또는 구두 같은 것도 섞여 있었다.

신자들은 모두 눈을 번들거리며 침을 흘렸다. 창국이는 입에 손가락을 물고 곧장 눈을 굴렁거렸다. 조그만 구두 하나가 눈에 띄자,

"야아 저 구두, 내 발에 꼭 맞겠대이!"

구두와 선교사를 번갈아 바라보며 소리를 질렀다.

그러자, 선교사는 씽긋 웃으며, 그 구두를 집어다가 창국이에게 안겨주는 것이었다. 그것을 받아 안고 창국이는 좋아서 어쩔 줄을 몰랐다. 입이 실룩실룩 귀밑까지 째져나가는 것이었다.

세례를 거행했기 때문인지, 혹은 남들과 달리 학예회 구경을 가지 않고 예배당에 나온 그 믿음이 가상해서 그런지, 선교사는 그 구호물자를 전부 신자들에게 나누어주도록 이르는 것이었다. 전도사는 좀 못마땅한 얼굴이었으나, 선교사의 명이라 하는 수 없이 그 물자를 전부 몇 사람 안 되는 신자들에게 골고루 나눠주었다.

적어도 한 사람 앞에 예닐곱 가지가 돌아갔다. 그것을 받아 안고 신자들은 모두 팔자에 없는 거창한 횡재라도 만난 듯 몸 가질 바

를 몰랐다. 어떤 아낙네는 감격에 겨웠는지 눈물을 글썽거리며,

　"주여, 주여……."

하고, 뇌이기도 했다.

　창국이는 여느 사람보다 두어 가지를 더 분배받았다. 구두를 비롯해서 위아래 양복, 모자, 내의, 양말, 심지어는 허리끈까지 받았다. 말하자면 진짜 양복으로 쪽 뽑고도 남을 만큼이었다.

　구호물자 배부가 끝나고 바깥으로 나와서였다. 선교사는 종각 밑에 서서 망망한 바다를 바라보며 심호흡을 했다. 전도사는 그 옆에 서서 학교 쪽을 바라보고 있었다.

　학교 쪽을 바라보고 있는 전도사 곁으로 가서 전도부인은 은은한 목소리로 말을 걸었다.

　"학교에 김가 선생이 있는데 말이죠……."

　전도사는 무슨 말인가 하고 전도부인의 얼굴을 돌아본다.

　"그 녀석 때문에 예배당 운영에 여간 지장이 많지 않아요. 오늘만 해도 그 녀석 아니었더라면 대성황을 이뤘을 텐데 말입니다."

　"그자가 어떻게 했는데요?"

　"아 글쎄, 어제 학교엘 찾아 갔었잖아요. 찾아가서 오늘 예배당에서 선교사님까지 오셔서 예밸 올리게 됐으니, 학예횔 하루 연기해 달라고 했더니 한마디로 딱 잘라버리잖아요. 그럼 예배시간과 중복이나 되지 않도록 해 달랬더니, 글쎄 그것도 못하겠다는 거예요. 기가 막혀서……."

　"그래서?"

　"그래서 그럼 세례 받을 아이들만이라도 예배당에 나오도록 신신당불 했는데…… 교장이란 작잔 그렇게 하겠다고 했어요. 그런

데 오늘 보니 그것마저 김가 녀석이 방헬 했군요."

"방헬 해?"

"아까 창국이한테 들으니, 글쎄 세례 받으러 예배당에 가겠다고 해도 못 가게 하더라잖아요."

"못 가게 해?"

"예, 학예회가 끝나거든 가라고요."

"흠…… 괘씸한 녀석이로군. 그대로 둬선 안 되겠는데……."

그러자, 가만히 듣고 있던 선교사가,

"그 선생 이름이 무엇입니까?"

하고 묻는 것이었다.

전도부인은 약간 당황하며 대답했다.

"글쎄요. 작년에 혼자 와서 학교 숙직실에서 자췰 하고 있는 자식인데 이름은 뭔지 잘 모르겠습니다. 성은 김갑니다."

"이름을 알아서 통지를 하십시오. 그런 선생은 섬에 그냥 두어서는 아니 되겠습니다. 딴 데로 보내야겠습니다. 교육청에 차리 아는 우리 친구 있습니다."

그러자 전도사가,

"이보다 아주 형편없는 섬으로 귀양을 보내야지. 거지같은 자식……."

하고, 맞장구를 친다.

전도부인도 좋아서 생글 웃는다.

선교사도 웃으며, 그러나

"그런 선생을 또 섬으로 보내서는 아니 됩니다. 그런 선생은 도시로 나가도록 해야 됩니다. 그래야 우리 사업에 지장이 없습니다. 알겠습니까?"

하는 것이었다.

도시로 보내야 한다는 말에 전도부인은 적이 놀라는 표정을 지었다. 그러나 전도사는 알겠다는 듯이 고개를 끄덕끄덕했다.

학교에서는 무엇이 그렇게 재미있는지, 와아 웃음소리가 터져 나오고 있었다.

이튿날 아침이었다.

직원실에 나와 앉은 김 선생의 입술은 약간 터져 있었다. 학예회 바람에 너무 과로를 했기 때문인 모양이었다.

안 선생은 직원실에 들어서기가 바쁘게,

"김 선생님 한턱 내야겠심더."

방긋 웃는 것이었다.

"와요?"

"용꿈 꾸었심더. 도시학교로 전근시켜 준답니더."

"뭐요?"

"홋홋호……."

"내 참, 아침부터 재수 없게, 핫핫하……."

"거짓말인 줄 알아예? 이번에 학예회를 너무 잘 해서 도시학교로 전근을 시켜준대요. 정말입니다."

"누가요? 교장 선생이요?"

"교장 선생님이 무슨 힘이 있어서…… 서양 선교사님이예."

"뭐요? 서양 선교사가? 허 참, 너무 그렇게 놀리지 마이소."

"놀리긴 누가 놀려예. 홋홋호……."

이렇게 둘이서 재미있게 이야기를 주고받고 있을 때였다. 교실에서 왁자하게 노랫소리가 일어났다. 봄이 봄이 와요의 노래였다.

　그런데 그 노래의 가사 일부가 이상했다. 김 선생은 번쩍 귀를 기울이며 이맛살을 찡그렸다.

　　푸른 바다 건너서
　　구호물자 와요.
　　제비 앞장세우고
　　구호물자 와요.

　봄이 오는 것이 아니라 구호물자가 오는 것이었다.

　안 선생은,

　"애들도 참."

하면서 웃었다. 그러나 김 선생은 웃지 않고 자리에서 벌떡 일어났다. 안 선생도 김 선생의 뒤를 따랐다.

　교실은 아직 어제 학예회를 마친 그대로였다. 막은 걷혔으나, 무대는 그대로 남아 있었다. 그 빈 무대 위에 아이들이 제멋대로 올라서서 합창을 하고 있는 것이었다.

　김 선생이 들어서자 아이들은 노래를 뚝 그치고 우루루 무대에서 뛰어 내려왔다. 그러나 유독 한 아이만은 그 자리 그대로 서서 자랑스럽게 헤에 웃고 있는 것이었다. 창국이었다.

　창국이를 보는 순간 김 선생은,

　"헛허……."

어이없는 웃음이 터져 나왔다.

　창국이는 어제 받은 구호물자로 온몸을 감싸고 있었다. 머리에는 납작한, 서양 아이들이 쓰는 모자를 눌러썼고, 깃은 넓은데 묘하게 작은 윗도리에다가 어른 바지 같은 홀렁홀렁한 바지를 입고 있었다. 그리고 한 손에는 구두까지 소중하게 들고 있는 것이었다.

　김 선생은 안 선생을 돌아보며,

"저 녀석 꼭 구호물품 같구면."

하고, 쓸쓸한 웃음을 입언저리에 지었다.

　그러자, 안 선생은 손을 입으로 가져가며,

"홋홋호…… 그렇구만예. 꼭 동화책에 나오는 집 없는 아이 같구만예."

하는 것이었다.

《신동아》(1965.3)

『현대한국문학전집 13』(신구문화사, 1967) 재수록

해설

망각된 존재의 목소리를 복원하는 하근찬의 문학
- 귀 기울이기의 윤리

최슬기(문학연구자)

1. 하근찬 문학에서 『낙도』의 위치

하근찬은 전후문학의 대표작가로 알려져 있다. 일반적으로 전후 문학은 한국전쟁 이후의 문학을 지칭한다. 특히, 전장과 군인을 중심으로 전후의 참담한 현실을 적나라하게 보여줌으로써 전쟁이 인간의 존엄성을 훼손하는 과정을 치밀하게 그려낸 작품이 주를 이룬다.

그러나 하근찬의 문학이 여타의 전후문학과 차별화되는 지점은 직접적으로 전쟁을 드러내지는 않는다는 점이다. 그는 전쟁이 휩쓸고 간 후, 일상에 놓인 개별 인물의 삶에 집중했다. 하근찬이 작가가 된 이유는 그의 산문집과 생전 인터뷰를 통해 짐작할 수 있다.

"나는 전쟁을 집요하게 물고 늘어진 셈입니다. 그러나 전쟁을 정면으로 그려내지는 않았습니다. 전쟁의 변두리라 할까, 그것이 할퀴고 지나간 뒤의 참담한 삶들, 즉 전쟁 후일담 같은 것과, 또 그것이

밀어닥치고 있을 때 현장으로 끌려가는 사람들과 뒤에 남은 사람들의 비통한 양상들을 주로 그렸습니다." (…) 그는 "내가 작가가 된다면 이 사람들이 겪는 비애를 쓰겠다."는 결심을 했다.[*]

문학은 그 그릇 안에 철학과 종교를 다 담아내면서도 자기 목소리를 낼 수 있는 매력적인 장르여서 시작했는데 어쩌다보니까 문학이 내 종교가 되었다.[**]

하근찬은 한국전쟁 당시, 장수와 영천 등지에서 교편을 잡고 있었고 교실 창문 너머로 평범한 마을 사람들의 비극적인 모습을 확인했다고 한다. 이후 그는 전쟁의 후면에 남은 사람들의 비통함과 그들의 목소리를 작품에 담겠노라 다짐하고 한평생을 전쟁이 할퀴고 지나간 삶들을 기록하는 데 몰두했다. 하근찬에게 작품이란 목소리를 담는 그릇이었으며 그에게 글을 쓰는 일은 들어낸 목소리를 담아내는, 증언의 기록에 가까운 것이었으리라 짐작된다. 그의 문학은 애초에 개인과 주변으로부터 시작된 것이었다. 즉, 하근찬의 문학은 무수히 많은 삶의 파편화된 목소리로 이뤄진 거대한 기록이다.

그중에서도 『낙도』의 수록 단편들은 모두 1955~65년 사이 발표된 소설로 하근찬이 작가가 되고자 결심한 그 시점으로부터 이른바 전성기에 발표된 작품들이다. 이 시기 한국 사회는 식민지 잔재, 전후 트라우마를 극복하기도 전에 닥친 4·19 혁명과 5·16 군

*　고미석, 「전쟁의 慘禍(참화) 중오없이 증언」, 《동아일보》, 1988.07.16. 14면.
**　김중식, 「예순여섯 문학인생 '자전적 고백록'」, 《경향신문》, 1997.10.16. 19면.

사 정변으로 자유민주주의에 대한 열망과 군부독재에 대한 우려의 복합적인 감정이 민중에게 확산되는 혼란한 시기였다. 당시 소설을 통해 형상화된 주체들은 근대적 상징질서를 불가항력적 힘으로 받아들이고 그에 순응하거나, 순응하는 자신을 성찰하는 과정에서 또 다른 내면성을 찾아 자신의 존재 근거를 확인하는 양상을 보인다.* 하근찬 소설의 서술자는 후자의 양상으로, 상징질서에 대해 직접적인 저항은 하지 않더라도 변두리에 놓인 타자들의 '목소리를 듣는 행위'를 통해 자신의 존재 근거를 확인하는 인물들이다.

모든 역사상 전쟁의 시작과 끝에는 지배 권력이 놓여 있다. 전쟁 주도자와 전장의 지휘자, 그리고 전투에 몸을 던지는 병사들까지 전쟁의 행위자는 '정상 국민'으로 기억되며 그 기준에 부합하지 않는 자들은 역사의 이면으로 사라진다.

대개 전쟁을 다룬 작품 대부분은 불안을 극대화하기 위해 양분된 세계로 그려진다. 아군과 적군, 전쟁의 주도자와 전쟁의 보조자, 정상과 비정상, 국민과 비(非)국민 등이 대척점에 놓인다. 식민 지배와 전쟁을 연이어 겪어내면서 국가 재건이라는 중첩적 과제를 떠안은 이승만, 박정희 정권은 민족주의, 반공주의 등 정상성 이데올로기를 바탕으로 '국민'과 '비국민'을 구분한다. 이렇게 구분한 '비국민'을 배제하는 방식으로 '국민'의 결속을 견고히 다진 한국의 근대 국가권력은 빠른 속도로 강화된다. 정상 범주의 주체들, 그들로 구성된 정상 국가를 이룩하기 위해 '하위주체'들의 서사는 의도적으로 지워진다. 국가권력은 그들을 침묵하게 하고, 그들의 이야

---

* 김영찬, 「불안한 주체와 근대: 1960년대 소설의 미적 주체 구성에 대하여」, 『상허학보』 12, 상허학회, 2004, 57쪽.

기를 권력 계층의 입장에 맞게 대리·전유해온 것이다. 결과적으로
'하위주체'로 표상되는 이들의 목소리는 왜곡 또는 묵살되었다.*

『낙도』에 수록된 대다수 텍스트의 서술자는 '하위주체'로 표상
되는 이들의 삶을 포착하는 인물이다. 이를 통해 서술자의 내면과
이야기는 후경화되고 포착된 '하위주체'의 이야기가 전경화된다.
하근찬은 '하위주체'의 삶을 표면 위로 끌어올림으로써 서사 추동
의 힘을 얻는다. 정상성의 이데올로기에 갇힌 인물들을 그 대척점
에 그대로 놓아둬도 되는가에 대한 하근찬의 고민 흔적은 『낙도』
에 고스란히 묻어난다. 본고는 이 흔적을 추적함으로써 하근찬의
문학에서 『낙도』의 의의를 밝히는 것을 목적으로 한다.

2. 전근대적 계급 구조의 답습 체제 고발

하근찬은 작품을 통해 전후 이권의 아귀다툼 속에서 기형적으로
변화한 한국 사회를 고발한다. 「그 욕된 시절」과 「승부」, 「도적」은
일제 강점기에는 지배 권력, 해방 후에는 자본 권력과 결탁하며 전
근대적 계급 구조를 답습하는 기형적 사회 구조를 가시화한다.

반장은 맨 상급생인 5학년이었고, 부반장은 4학년생, 그 밑으로 3
학년, 2학년이 몇 명 있고, 1학년인 우리들이 다섯인가 여섯 되었다.
(…) 돌아오니 무슨 영문인지 부반장이 '고노야로다찌!'(이 새끼들!)

---

* 김택현, 「다시, 서발턴은 누구/무엇인가?」, 『역사학보』 200, 역사학회, 2008, 657-
658쪽.

26

하고 고함을 꽥 지르는 것이었다. (…) 어딘지 모르게 고약해 보이는 일본 종자였다.

(…)

가장 동작이 빠른 사람은 용서를 해준다는 바람에 우리는 서로 지지 않으려고 상급생의 대갈통을 향해 혓바닥이 쑥 둘러빠지도록 꾸벅꾸벅 절을 해대는 것이었다.

(…)

아, 얼른 2학년이 됐으면, 얼른 3학년이 됐으면, 4학년, 5학년, 아, 생각만 해도 가슴이 울렁거렸다.

－「그 욕된 시절」

개찰구에서 김대봉이가, 아니 동철이가 내민 차표는 삼등이 아니라 이등이었던 것이다.

재훈은 개찰을 마치자, 자기의 삼등차표가 무슨 부끄러운 물건이거나 한 것처럼 얼른 포켓 속에 쑤셔 넣어버렸다.

(…)

재훈은 곧 울상이 되었다. 참혹할 지경이었다. 같이 이등으로 타겠다는 생각도, 삼등으로 가겠다는 생각도 없었다. 그저 손때가 반질반질하게 묻은 가죽가방을 들고 휘청휘청 걸음을 옮기기만 했다.

－「승부」

「그 욕된 시절」과 「승부」는 폭력과 억압을 일삼는 지배 권력의 체제 자체에 대해 저항하는 것이 아니라 체제에 충성하는 우수 개인으로 인정받기 위해 피지배 집단 내부에서 서로 경쟁하는 모습을 꼬집는다.

일제는 1941년부터 소학교 학제를 개편하여 '국민학교령'을 내렸다. 이는 식민지인들을 전쟁에 동원할 국민으로 양성하기 위한 장치였다. 「그 욕된 시절」의 '나'를 비롯한 'C 사범학교' 조선인 학생들과 「승부」의 '동철'은 지배 계층이 구조화한 계급의 다음 단계로 올라서기 위해 서로 경쟁한다. 어떠한 방법으로도 2등 국민은 1등 국민(일본인)이 될 수 없었으나, 그들은 계급의 층계참에서 끊임없이 분투한다.

「그 욕된 시절」에서 일본인 학생과 상급생들로부터 기합을 받은 '나'는 입학 초기에는 이유 없는 기합과 통제에 대한 반발심을 가진다. 그러나 시간이 지날수록 권력을 행사하는 일본인 학생 무리와 일본인 계층의 언어와 행동 양식을 익힌 조선인 상급생 무리를 동경하는 C 사범학교 학생들에 동화되면서 "서로 지지 않으려고 상급생의 대갈통을 향해 혓바닥이 쑥 둘러빠지도록 꾸벅꾸벅 절을 해대는" 이상한 경쟁에 일조한다.

「승부」의 동철 역시 '국민학교' 시절, '재훈'과 다른 학급생들이 과학자나 군인, 정치인을 꿈꿀 때, "조선총독이 되어 천황폐하에게 충성을 다하겠"다는 발언으로 놀림 받았던 인물이다. 이런 기형적인 교육환경은 일제 패망과 함께 해체되는 듯했으나, 2등과 3등 국민을 구분 짓던 경계는 그 권력의 주체만 바뀌었을 뿐 지속된다. 동철은 일제 강점으로 조선이 식민지 영토가 되자 "가내야마(金山)"로, 급격한 자본주의 유입으로 경제개발 계획이 국토를 뒤덮자 "돈이 되는 이름, 대봉"으로 개명하고 권력의 흐름에 편승하게 된다. 재훈에게 동철은 유년 시절이나 지금이나 여전히 우스꽝스러운 기회주의자였다. 그러나 "태평양상사의 전무"가 된 대봉(동철)은 2등 칸의 좌석을, 재훈은 3등 칸의 좌석을 배치 받아 서울행 열차에 오른다. 이후 2등과 3등 칸 어디로도 가지 못하고 "휘청휘청 걸음을 옮기"며 배회하는 재훈의 모습을 통해 재훈의 패배감이 단순히 대봉 개인을 향한 것이 아니라, 일제의 식민 지배 정책에 협조했던 이들이 일제 패망 후에도 또 다른 권력의 하수인이 되어 도처에서 권력을 누리고 있다는 사실과 체제 자체에 대한 회의감에서 기인한 것임을 알 수 있다.

권력과 결탁한 세력은 무분별한 윤리의식을 바탕으로 영토를 재편하기에 이른다. 「도적」은 발표 당시 화제가 되었던 1964년 국유지 불하 사건*을 소재로 했다.

아이들의 그네도 부서져 밀려나가고, 미끄럼틀도 밀려나가고, 그리고 거기 있던 사람들도 밀려나가고 있다. 헤아릴 수 없이 많은 불도저가 공원을 밀어붙이고 있는 것이다.

황대식은 높다란 지휘대 위에 뒷짐을 짚고 서서 이 광경을 내려다보고 있다.

(…)

송금선이 흔들어 깨우는 바람에 황대식은 번쩍 눈을 떴다.

꿈이었다.

－「도적」

* 「公園用地를 拂下」,《조선일보》, 1964.04.09. 1면.

공원 용지의 지적도를 변조하여 사들인 뒤, 헐값에 매매하려는 '황대식'은 국가 소유의 공원을 불하 받기 위해 관료인 처남 '송건민'을 계획에 끌어들인다. 대부분의 전쟁사가 그러하듯 통치 주체의 영토 확장 야욕으로 발발한 전쟁은 영토 주민 개인의 일상과 맞바꾼 것이다. 황대식이 꾼 꿈속의 불하 받은 공원 "아이들의 그네", "미끄럼틀", "거기 있던 사람들도 밀려나가"는 모든 것은 권력과 결탁한 세력의 야욕이 파괴하는 민중의 삶을 상징한다. 공원을 밀어붙이는 불도저는 급격한 산업화를 나타낸다. 황대식 일가가 키우는 개의 이름을 "골덴(黃金)"으로 명명한 것 역시 빠른 속도로 진행된 산업화 이래 모든 가치가 재화로 환산되는 당대 한국 사회의 분위기를 반영한 것이다.

당시 박정희 정부는 성장제일주의를 내세우며 국가 주도로 경제개발 정책을 펼쳤다. 경제개발 정책에는 국민과 국민의 일상적 가치가 동원되었다. 개발을 위해 군대식으로 재구조화된 국가와 사회에서 정부는 근대화의 영웅으로 급부상한 한편, 국민의 희생을 전제로 한 체제의 폭력성은 극대화되었다.

하근찬은 이렇듯 급격한 근대화와 경제 성장 이후에도 한국 사회 내에서 여전히 복원되는 전근대적 계급 구조를 「승부」의 열차를 통해 수평적으로, 「그 욕된 시절」의 일본 사범학교 학제와 「도적」의 황대식 시선을 통해 수직적으로 형상화함으로써 기형적 사회 구조를 고발하고 문제를 제기한다.

3. 비인간화된 신체와 들리지 않는 목소리

근대 국가는 평등한 인간 사회를 내세우면서, 실제로는 일정한 기준에 따라 인간 신체를 분류할 장치를 만들어냈다. 이는 자본주의가 등장하면서 더욱 확고해졌다. 건강한 신체를 곧 효율적인 국가의 노동력으로 간주하면서 자본주의 체제 아래 신체적 기능은 더욱 강조되었다.

이렇게 '효율'과 '비효율'로 분류된 신체들은 중심과 주변의 경계를 형성한다. 사회시스템의 요구에 부응하지 못하는 신체는 기능적 한계를 가진 비효율 신체로 구분된다. '정상 국민'의 신체는 국가와 법의 보호 아래 놓이지만, '정상 국민'의 경계 밖과 경계선상의 신체들은 국가와 법의 영역을 벗어난 자연 상태로 내던져진다. 조르조 아감벤은 이 예외상태에 놓인 자연적 존재들을 '호모 사케르(Homo Sacer)', 즉 '벌거벗은 생명'으로 정의한다.*

「산중 우화」와 「이지러진 입」은 한국전쟁 당시를 배경으로 예외상태에 놓인 '하위주체'의 신체를 비인간화해 나타낸다.

─친애하는 인민군 패잔병들이여! 그리고 남녀 빨치산들이여! 대세는 이미 결정되었으니 지난날의 잘못을 뉘우치고 하루 속히 돌아오라. 과거에 여하한 죄를 저지른 사람일지라도 손을 들고 돌아오면 대한민국은 그대들을 따뜻하게 맞이할 것이다. 만일 그렇지 않고 끝까지 산에 숨어 있는 자들은 오는 12월 1일을 기해서 일제히

---

* 조르조 아감벤, 박진우 역,『호모사케르: 주권권력과 벌거벗은 생명』, 새물결, 2008, 319-321쪽.

소탕해버리고 말 것이다. 귀중한 목숨을 억울하게 산속에서 버리지 말고 따뜻한 대한민국의 품 안으로 돌아오라. 그대들의 부모형제 그리고 사랑하는 처자들이 기다리고 있다.

×××지구 전투사령부

그러나 영감 할미는 거기에 무슨 말이 씌어 있는지 알 까닭이 없다. 그저 흰 것은 종이고, 검은 것은 글잔가 싶을 따름이었다. 하나 영감 할미는 그것을 얼마나 신기하고 소중한 것으로 여기는지 몰랐다. 영감은 그 종이 한 장을 어제 산마루에서 주은 쇠붙이와 함께 품 안에 고이 간직했다.

(…)

그리고 바로 집 앞 개울가에 할미가 개구리처럼 뻗어 있는 것이 아닌가. 영감은 뻗어 있는 할미에게로 미친 듯이 달려들었다. 할미가 아니라 그것은 피투성이였다. 얼굴이고 뭐고 할 것 없이 온통 피에 휘감겨 있었다. 옆구리가 터져 내장이 제멋대로 흘러나와 있었다. 그리고 하늘을 향해 악물고 있는 잇바디가 징그럽도록 하얬다.

영감은 그만 몸서리를 치며 그 자리에 퍽 주저앉고 말았다. 주저 앉아서 할미의 참혹한 시체를 넋이 나간 사람처럼 바라보고 있었다. 그러고 있는데 언뜻 눈에 띄는 것이 있었다. 할미의 흘러내린 내장에 무슨 이상한 것이 박혀 있는 것이 아닌가. 영감은 저도 모르게 얼른 그것을 집어 들었다. 피에 빨갛게 젖어 있는 놈을 아무렇게나 씩 옷에 닦아보았다. 노랗고 뾰족한 물건이었다.

"으!"

영감은 두 눈을 번쩍 떴다.

"이기 뭐고? 이기?"

영감의 두 눈에 어떤 실망의 빛이 역력히 떠올랐다. 무엇에 배신을 당한 듯한 그런 표정이었다.

—「산중 우화」

「산중 우화」는 등장인물 '영감'과 '할미'를 "원숭이"와 "너구리"에 비유한다. 텍스트에서 영감과 할미의 거주 공간인 '산'은 불가역의 영역, 자연 상태를 의미한다. 폭격 안내문에 따르면 반공주의 이데올로기 아래, 산속은 "인민군 패잔병"과 "빨치산" 등 "소탕" 대상의 공간으로, 예외 상태로 규정되었다. 그러나 영감과 할미는 폭격 예정 안내문의 글을 읽지 못해 불시에 참혹한 죽음을 맞이한다. 국민을 규정하는 기본 조건인 '언어'를 완전히 가지지 못한 것이 그들을 '정상 국민'의 범주 바깥의 예외상태로 내몬 것이다.

영감은 "개구리처럼 뻗"은 할미의 시체에서 "놋쇠(탄환)"를 발견하고 "후들후들 몸을 떨었다"가 "뿌드득 이를 악물"었다가 하면서 그 어떠한 애도나 추모 없이 할미의 죽음을 받아들여야 하는 사실에 형언할 수 없는 분노를 표출한다.

'정상 국민'의 죽음은 조국을 위한 고귀한 희생으로 현창되지만, '정상 국민' 범주의 변두리와 그 바깥에 놓인 이들은 애도 의례의 일체를 보장받지 못한다. 그들의 죽음은 방치된다. 예외 상태에 놓인 이들은 법적 보호나 개인적 권리를 상실한 상태이기 때문이다. 애도 실패에 의한 죄의식은 전적으로 남겨진 '비국민' 가족, 그 개인이 떠맡는다.

이렇듯 한국의 근현대 정치사에서 '국민'의 생산은 권리의 주체를 인정하는 방식 대신 '의심스러운 국민'인 '비국민'을 배제하는 방식으로 진행되었다.* "우리는 민족중흥의 역사적 사명을 띠고 이 땅에 태어났다"로 시작하는 '국민교육헌장'은 박정희 정권의 생명 정치적 특성을 압축적이고 명시적으로 보여준다. 이 땅에 국민으로 태어난 '우리'는 민족공동체로 호출되며 국가 재건이라는 민족중흥의 역사적 사명을 정치적 의무로 부여받는다. 개인의 삶은 이 역사적 사명을 수행하는 국민으로서의 의무를 다할 때 '이 땅에 태어남'의 의미를 획득하는 것이다. 일제 강점과 한국전쟁의 여파는 민족주의, 반공주의, 성장제일주의 등 국가 주도의 이데올로기로부터 '국민'의 범위 안에 놓이기 위한 분투를 만들어냈다.

'국민'의 영역에 속하기 위한 분투는 「절규」와 「기아선상에서」를 통해 살펴볼 수 있다. 두 작품의 배경은 1960년대이다. 전쟁으로 폐허가 된 국가를 재건하기 위해 국가권력은 효율과 생산을 우선 가치로 내세워 국민을 통치하기에 이른다.

"중대장님! 지금 세상이 어떤 세상인지 아십니까? 군복을 벗고 나가면 살 수가 없습니다. 거지가 아니면 도적질밖에 할 것이 없어요. (⋯) 그런데 제가 취직이 됐단 말입니다. 미군부대에 말입니다. 내일모레 아침 아홉 시까지는 어떠한 일이 있어도 출두를 해야 합니다. 중대장님!"

(⋯)

앰뷸런스가 반대쪽으로 휙 기울어지며 길을 잡아 돌자 명구는 두

---

* 김동춘, 「한국의 분단국가 형성과 시민권: 한국전쟁, 초기 안보국가하에서 '국민됨'과 시민권」, 『경제와사회』 70, 비판사회학회, 2006, 185쪽.

눈을 한 번 껌벅했다. 그리고 위생병의 얼굴을 비로소 발견한 듯 표정을 약간 움직였다. 얼마를 달렸을까? 명구는

"지금 몇 시?"

하고 까아맣게 탄 입술을 달싹거렸다. 가느다란 목소리였다. 위생병은 시계를 가지고 있지 않았다. 대충 짐작으로

"여덟 시 반쯤 됐을 거요."

했다. 그러자 의외에도 명구는 좀 힘이 들어 있는 목소리로

"빨리, 빨리, 빨리."

하고 똑같은 발음을 세 번 되풀이하는 것이었다.

－「절규」

　　1965년 한일 국교 수립 전까지 전후 한국의 경제 사정은 매우 열악했다. 국가 경제 재건이 시급했으나, 자본을 지원받을 길이 마땅치 않았기 때문이다. 1960년 발표된 「절규」 역시 이 시기를 배경으로 하는데, 황폐화된 농경지가 국토 면적 대부분을 차지하는 전후 한국에서 국가는 근대화와 산업화의 동시 수행을 위해 '정상 국민'에게 '생산성' 증진을 요구한다. 「절규」에서 '명구'는 일 년 오 개월 만에 미군부대 노무원 자리에 합격하게 된다. 그러나 병역 기피자 대상 예비역 훈련에 소집되면서 명구는 어렵게 구한 일자리를 잃지 않기 위해 탈영을 시도하다가 총상을 입는다. 이송되는 와중에도 합격자 출두 일정을 뇌까리는 명구의 모습은 생산성에 대한 과도한 집착을 보여준다. 이 생산성이야말로 국가권력이 통치 대상의 '생사여탈권'을 검토하는 기준이었기 때문이다.

　　「기아선상에서」의 '덕님'은 '정상 국민'이 되기 위해 혼인과 출산

을 반복한다. 공출을 피해 해방 두 해 전 시집을 간 덕님은 징용 이후 소식이 끊긴 남편과 돌림병으로 세상을 떠난 첫 아이를 두고 "논밭 일에 남정네 부럽잖은 힘을 쓰며, 그 후도 꼬박 사 년을 시집" 산다. 주변의 재촉으로 개가 후, 한국전쟁으로 두 번째 남편이 전사하자 덕님은 또다시 정상 가족의 범위 밖으로 내몰린다. 산아제한 정책 등 국가권력이 가족계획에까지 개입하던 당시, 가정은 정치의 최소 집단으로 기능하였고, 가정 내 여성에게는 국가 재건의 주체인 '정상 국민'을 양성할 의무가 부과되었으며 모든 여성은 모성으로 치환되었다. 일제 강점기의 식민지 여성은 황국신민을 양육해냄으로써 국민의 범주 안에 놓일 수 있었고, 한국전쟁기 여성은 전장에서 국가를 수호하는 병사를 육성해냄으로써 국민의 지위를 부여받을 수 있었다. 전장에 나간 남성들 대신 가정과 사회의 빈자리를 채우는 것이 아니라, 그 공백을 대체할 국민을 생산해내는 것이 여성에게 할당된 유일한 생산성이었다. 여성은 국가가 규정한 최소 정치집단인 가족의 경계 내에서만 온전한 '정상 국민'이 될 수 있었던 것이다. 덕님의 경우처럼 여성들은 "떡 장사"(「절규」에서 명규 母)나 "식모살이", "미군부대 세탁일"(「기아선상에서」의 덕님) 등 여전히 먹이고 입히는 일에 동원될 뿐이었다. 먹고살기 위해 또 다른 가정의 모성을 감당해야 했던 덕님은 마침내 아이를 내다 버린다.

"조오갔을까 몰라, 안 조오갔으만 우짜노."
  슬며시 걱정이 머리를 쳐드는 것이었으나 칭칭 휘감기는 피로와 쏟아져오는 졸음을 이겨내지는 못했다. 그는 한 마리의 짐승처럼 식식거리며 깊은 잠구렁으로 떨어져가는 것이었다.

(…)

"죽일 년이 죽일 년이……."

하며, 그녀는 떨리는 손으로 포대기를 들추었다. 그리고 얼른 뺨을
어린애의 얼굴로 가져갔다. 비에 젖은 포대기 속에서 어린 것은 아직
색색 숨이 붙어 있었다. 연한 살결에는 따스한 체온이 그대로 남아
있었다.

덕님은 가슴이 벅차올라, 어깨마루를 크게 한 번 들었다 놓으며
목줄기를 뽑았다.

"으흐흐흐……."

목구멍에서 터져 나온 소리는 웃음소리 같기도 했고, 울음소리 같
기도 했다.

–「기아선상에서」

덕님은 자신을 "한 마리의 짐승" 또는 "죽일 년"이라 명명한다.
모성을 내다 버린 덕님은 '정상 국민'에게 부여되는 생명권 보장의
권리를 보장받지 못하는 존재 지위로 강등된 것이다. 그러나 이러
한 덕님의 울부짖음은 어둠 속으로 흩어져 아무도 들을 수 없게 된
다. 전후 여성들은 전쟁의 무질서와 혼란이 만든 피해자였지만, 사
회적, 상징적인 의미에서 구조화되지 못한 채, 망각된 존재였던 것
이다.*

「두 아낙네」에서 남편과 아들을 전장으로 보낸 고부는 이를 "팔

---

* 김은하, 「젠더화된 전쟁과 여성의 흔적 찾기–점령지의 성적 경제와 여성 생존자의
기억 서사」, 『여성문학연구』 43, 한국여성문학학회, 2018, 315쪽.

자소관"으로 받아들인다. 「낙뢰」에서의 '돌메댁이'와 '노실댁이' 역시 점쟁이에게 점을 보거나 관세음보살을 되뇌이는 행위로 '아들'을 잃음으로써 '비국민' 될 위기를 불가역적 영역에 부친다. 애도와 추모 없이 예외 상태에 놓인 비통한 경험을 초자연적 세계의 영험함에 기대 받아들이는 것이다. 이렇듯 주술적 세계에 대한 기이한 믿음은 국민으로서 나의 존재가 지워질 위기의 폭력적 상황에서 벗어나고자 하는 주체들의 간절한 요청으로 해석할 수 있다.

4. 흩어지는 목소리에 귀를 기울이는 윤리

앞서 다룬 텍스트들을 겹쳐 읽으면서, 한 가지 주목할 만한 지점은 '하위주체'로 묘사된 인물들에게서 공통적으로 포착되는 '말할 수 없음'의 경험이다. 안토니오 그람시는 맑스주의에서 정치적인 상황에 의해 혁명의 주체를 논할 때 배제되었던 집단을 '하위주체'로 번역되는 '서발턴(Subaltern)'으로 호명한다.* 안토니오 그람시는 서발턴을 소외된 각 집단을 하나로 포괄하는 개념으로 제시했는데, 스피박은 이를 지적하며 서발턴은 결코 하나로 호명될 수 없는 이질적인 존재들로 이들을 단일한 개체로 인식하는 것은 지배 권력이 일삼는 인식론적 폭력에 가담하는 일이라고 주장했다. 스피박은 1988년 발표한 논문에서 '서발턴은 말할 수 있는가(Can the subaltern speak?)'라는 본질적인 물음을 통해 스스로 말할 권리와

---

* 강옥초, 「그람시와 '서발턴' 개념」, 『역사교육』 82, 2002, 140-141쪽.

기회를 박탈당하고 지배 권력의 목소리로 대리, 전유되면서 흩어져 버리는 서발턴의 목소리에 귀 기울일 것을 요청했다.*

「이지러진 입」은 전장에서 '입'을 잃고 부상병이 되어 귀환한 '칠성', 「산중 우화」는 온전한 언어를 가지지 못해 폭격의 대상이 된 영감과 할미를 통해 '말할 수 없음'을 표상한다. 텍스트 내부에서 '말할 수 없는' 이들의 목소리는 어떠한 방식으로든 굴절되어 공중으로 흩어지고 만다.

「산중 우화」에서 '탄환'과 '폭격 안내 전단', '전쟁'과 '적군'은 영감에게 없는 어휘다. 영감은 분노의 대상을 명명할 언어가 없었기 때문에 분노의 목소리조차 내지 못한다. 참혹한 할미의 시체를 목격하고 "후들후들 몸을 떨었다"가 "뿌드득 이를 악물"었다가 할 뿐이다. 「낙뢰」에서 아들 '만복'의 전사통지서를 받은 돌메댁이가 전쟁에 아들을 동원해 간 국가에 대한 원망의 목소리를 내는 대신 "짐승소리 같은 고함"을 지르거나 "가슴패기를 주먹으로 벅구 치듯 마구 두들기"는 것과 「기아선상에서」에서 남편의 전사통지서를 받아 든 덕님이 "미륵처럼 섰다가", "코를 팽 풀어"버리는 행위도 마찬가지다. 전사통지서는 전사한 아들과 남편에게 온 것이기 때문에 회신할 방도가 없다. 그러므로 수신자는 발신자에게 목소리를 전할 수 없다. 통지서를 받은 이들의 목소리는 어디에도 닿지 못한다.

하근찬은 이들이 삼킨 혹은 공중에서 흩어진 목소리를 포착해낸다. 하근찬이 전후 작가들과 가장 차별화되는 지점은 민중 개개인의 '삶 그 자체'에 관한 관심에서 기인할 것이다. 하근찬은 실제로

---

* 가야트리 차크라보르티 스피박 외, 태혜숙 역, 『서발턴은 말할 수 있는가: 서발턴 개념의 역사에 관한 성찰들』, 그린비, 2013.

오랜 기간 교편을 잡은 '지식인 주체'였으나 지식인의 눈으로 민중을 대상화하지 않으면서 흩어져버린 그들의 목소리 자체를 텍스트를 통해 형상화해냈다.*

1960년대 당대의 '벽지'는 산업화에 박차를 가하던 도시와는 상반된 공간이었다. '주변'으로 분류되는 벽지는 빈곤한 환경과 구시대적 관습이 통용되는 전근대적인 장소로 인식되었다. 따라서 개발주의 이데올로기 아래 벽지는 미개발 지역 즉, 개발과 계몽의 대상이었다. 이 시기에 벽지로 발령받은 교사들이 바로 국가를 대신해 벽지의 주민들을 근대적 주체로 성장시킬 개발과 계몽의 주체가 된다. 실제로 이러한 사회적 담론은 '섬마을 선생님' 신화를 유행시키기도 했다.** 벽지 공간이 전근대적인 미개발의 표상으로 부상하면서 근대화의 주체로 호명된 '벽지 교사'들은 최소한의 의식주조차 해결되지 않는 현실과 문맹자들이 넘쳐나는 농촌에서 자신의 역할을 고민한다.

「온혈적」에서 신임 교사 '허승'은 직전 학년 담임교사가 "기타불명"으로 봉인해 둔 '기수'의 이야기를 끌어낸다. 끼니를 구하지 못해 가정 폭력에 시달리며, '메뚜기'로 허기를 달래는 기수를 위해 '메뚜기는 먹는 것이 아니라'고 계몽하는 대신 "이제 메뚜기 죽 같은 것을 먹이지 않"겠노라고 스스로 다짐하는 허승의 따뜻한 모습은 빈곤의 잔인함을 완화한다.

---

* 이정숙, 「1960년대 개발주의 이데올로기와 근대적 시혜주체의 연민」, 『동악어문학』 64, 동악어문학회, 2015, 141쪽.
** 이정숙, 앞의 글, 139쪽.

혜영은 동극을 하나 하기로 했다. 단막짜리였다. 그러나 이십 분이나 걸리고 꽤 재미있는 극이었다.

제목은 〈꿈이 열리는 나무〉였다.

강습에 갔을 때, 명길이에게 사 보내준 동화책인 그 『꿈이 열리는 나무』를 손수 극화한 것이었다.

주인공은 명길이를 시켰다. 명길이는 급장일 뿐 아니라, 그 주인공의 성격에도 알맞고 또 처지도 비슷한 것이었다.

(…)

반듯한 글씨로 먼저 '구' 자를 썼다. 그리고 '광' 자를 썼다. '무' 자를 썼다. 그 밑에 '선생' 두 자를 붙였다. 그리고 그 봉투에다가 오늘 아침 명길이의 마지막 편지를 집어넣어 봉을 하는 것이었다.

"병관아, 이거 너거 아부지 갖다 드려."

—「벽지로 가는 길」

「벽지로 가는 길」의 '혜영' 역시 마찬가지이다. 텍스트 속에서 교장과 지방의 유지인 '병관'의 아버지, '구광무'는 권력과 자본의 결탁을 상징한다. 신임 교사 혜영은 동극 학예회에서 '명길' 대신 병관에게 온갖 특혜를 주고자 하는 학교의 처사에 즉각적으로 저항한다. 빈곤한 생활로 어려움을 겪는 명길에게 동극을 통해 꿈과 희망의 목소리를 주고 싶었던 혜영이 끝내 구광무의 요구에 응하지 않아, 그 분노는 명길네 가족에게로 돌아간다. 결국, 명길네 가족은 구광무의 행패를 피해 마을을 떠나게 되는데, 혜영은 학교의 자본을 책임지고 있는 구광무에 대한 반발과 저항은 곧 '벽지행'이라는 사실을 알고 있으면서도 명길이 자신에게 남긴 마지막 편지를 구광무에게 그대로 부침으로써 명길의 목소리를 전달한다.

동극에 출연하는 아이들의 머리를 죄다 깎아주고 난 김 선생은 뻐근한 손목을 까딱까딱 흔들며, 봄이봄이 와요를 가볍게 휘파람으로 불었다.

(…)

오늘은 서양 선교사가 오기 때문에 특별히 구호물자도 많이 가지고 올 것이라고 미리부터 단단히 말을 퍼뜨려 놓았으니, 어쩌면 신자 아닌 사람도 많이 모여들 것이라고 전도부인은 적이 마음이 놓이기도 했다. 학예회 도중에 많은 관객과 아동들을 끌어내 버린다는 것은 매우 기분 좋은 일이라고, 그녀는 내심 고소한 웃음을 웃기도 했다.

(…)

어떤 신자는 살짝 얼굴을 쳐들고, 기도를 드리고 있는 선교사의 모습을 힐끔 훔쳐보기도 했다.

"이 카난하고 무지한 섬의 형제들이 모두모두 당신 앞으로 나와 은총을 누릴 수 있도록 아바지 하나님이시여, 커룩하신 마음을 베풀어 주소서. 아아멘."

"아아멘."

- 「낙도」

표제작인 「낙도」 역시 전근대적 장소인 섬마을의 계몽을 임무로 부여받은 '김 선생'의 고민이 잘 드러난다. 학예회 준비에 한창인 학교를 찾아와 구호 물품 배급을 위해 아이들의 학예회 참석을 제한하라는 무리한 요구를 하는 '전도부인'과 김 선생은 대립하는 인물이다. 외세의 자본으로 표상되는 전도부인은 구호물자로 마을의 아동과 학부모를 현혹한다. 이들에게 세례를 통해 새 이름을 부여하고 우스꽝스러운 구호물자를 전달하는 것이 "형제에게 베푸는 은총"이라 말하면서도 예배당을 찾은 마을 사람들을 외지에서 이뤄낸 선교의 성과로 수치화하기 급급하다. 예배당의 사람들은 성경을 알지 못한다. 그저 선교사의 목소리를 되풀이할 뿐 그들에게는 목소리가 없다. 김 선생을 비롯한 섬마을 교사들에게 이러한 광경은 몸에 맞지 않는 구호물자를 입은 아이들처럼 어색해 보인다. 김 선생은 얼마간 함께 준비한 합창과 동극을 통해 무대에 오른 아이들의 목소리가 예배당의 종소리 대신 섬마을 사람들을 공명할 수 있도록 조력하는 행위를 통해 고민하던 자신의 임무를 완수한다.

이렇듯 『낙도』에 등장하는 교사들을 통해 하근찬은 근대화로 급격하게 유입된 자본 권력이 '하위주체'의 존재를 대리, 전유하는 방식에 대한 근원적 비판의 시각을 드러낸다.

5. 『낙도』를 통해 찾은 하근찬 문학의 의의

1950년, 하근찬이 20세였을 당시 그의 아버지는 전주형무소(당시의 인민교화소)에서 좌익으로부터 학살의 피해자가 된다. 하근찬이 아버지의 시신 수습을 위해 장수에서 전주까지 걸어갔던 기억이 전라도 사투리로 창작한 단편 「핏빛 황혼」과 『야호』의 정 면장

학살 장면에 반영되었다.

　대다수의 '전후 작가'들이 서사 전략으로 '전쟁을 인간의 존재론적 운명으로 환원시키는 방식'을 채택한 이유는 그들 스스로 '전쟁'에 압도된 결과이다. 왜냐하면 전쟁을 인간의 능력으로 어찌할 도리가 없는 한계 상황으로 인식했기 때문이다. 그러나 하근찬에게 이데올로기 문제로 학살의 피해자가 된 아버지의 시신을 수습했던 경험은 전쟁을 존재론적 운명으로 받아들이기에는 너무 가혹한 것이었다. '비국민'으로 내몰려 온전한 애도와 추모를 허락받지 못했던 공통의 경험이 하근찬을 망각된 존재들의 흩어진 목소리에 온전히 귀 기울일 수 있게 한 것으로 보인다. 그래서 그의 문학이 여타의 전후문학과 뚜렷하게 차별화되는 것이다.

　역사에서 지워지는 주변의 이야기를 기억하고 진실을 기록하기 위해서, 하근찬은 증언에 가까운 소설을 썼다. 앞서 밝힌 대로 다양한 '하위주체' 집단의, 각 주체들의 목소리로 서사를 구현했다는 점에서 그는 재현과 전유의 문제를 극복하고 스피박이 요청한 '귀 기울이기의 윤리'를 추구한 작가라 할 수 있으며, 그의 문학은 곧 시대의 증언으로 남았다.

　6·25를 겪고부터 도무지 詩가 쓰여지지 않았다. 인생이 아름답기는커녕 몸서리가 치도록 추하고 겁나는 게 인간들이요. 세상이었다. (…) 그러한 무고한 백성들의 수난의 이야기를 하지 않으면 안 된다는 생각이 詩心 대신 나의 내부에 꿈틀거리기 시작했다. 인생의 아름다움을 노래하는 抒情詩人이 될 것이 아니라 한 시대를 증언하

는 作家가 되어야겠다는 생각이 고개를 쳐들고 있었던 것이다.[*]

그는 스스로 '말하지 않으면', '쓰지 않으면' 안 된다는 일념으로 주변의 목소리를 듣고 기록하는 데에 일평생을 바쳤다. 하근찬의 작품 속에서 망각된 존재들의 복원된 목소리와 본인의 경험은 중첩되면서 더 큰 파동을 만들고, 그 파동은 독자들에게 전달되어 계속해서 세계를 공명할 것이다.

---

[*] 하근찬, 「전쟁 그 콤플렉스의 극복」, 『문예중앙』 1981년 여름호, 1981, 223쪽.